A única
memória de
Flora Banks

EMILY BARR

A única memória de Flora Banks

Tradução
Débora Isidoro

1ª edição
Rio de Janeiro-RJ / Campinas-SP, 2020

VERUS
EDITORA

Editora
Raïssa Castro

Coordenadora editorial
Ana Paula Gomes

Copidesque
Lígia Alves

Revisão
Cleide Salme

Diagramação
Juliana Brandt
Beatriz Carvalho

Título original
The one memory of Flora Banks

ISBN: 978-85-7686-810-1

Copyright © Emily Barr, 2017
Edição original publicada por Penguin Books Ltd. London
Os direitos morais do autor foram garantidos.
Todos os direitos reservados.

Tradução © Verus Editora, 2020
Direitos reservados em língua portuguesa, no Brasil, por Verus Editora. Nenhuma parte desta obra pode ser reproduzida ou transmitida por qualquer forma e/ou quaisquer meios (eletrônico ou mecânico, incluindo fotocópia e gravação) ou arquivada em qualquer sistema ou banco de dados sem permissão escrita da editora.

Verus Editora Ltda.
Rua Benedicto Aristides Ribeiro, 41, Jd. Santa Genebra II, Campinas/SP, 13084-753
Fone/Fax: (19) 3249-0001 | www.veruseditora.com.br

CIP-BRASIL. CATALOGAÇÃO NA PUBLICAÇÃO
SINDICATO NACIONAL DOS EDITORES DE LIVROS, RJ

B247u

Barr, Emily, 1971-
 A única memória de Flora Banks / Emily Barr ; tradução Débora Isidoro. - 1. ed. - Campinas [SP] : Verus, 2020.
 ; 23 cm.

Tradução de: The one memory of Flora Banks
ISBN 978-85-7686-810-1

1. Romance inglês. I. Isidoro, Débora. II. Título.

19-62077
CDD: 823
CDU: 82-31(410.1)

Meri Gleice Rodrigues de Souza – Bibliotecária – CRB-7/6439

Revisado conforme o novo acordo ortográfico.

Seja um leitor preferencial Record.
Cadastre-se no site www.record.com.br e receba informações sobre nossos lançamentos e nossas promoções.

Atendimento e venda direta ao leitor:
sac@record.com.br

Para Craig

PRÓLOGO

MAIO

ESTOU NO TOPO DE UMA COLINA, E, EMBORA SAIBA QUE FIZ ALGO TERRÍ-vel, não tenho ideia do que é.

Há um minuto ou uma hora eu sabia, mas isso desapareceu da minha mente, e não tive tempo de anotar nada, e agora está tudo perdido. Sei que tenho de ficar longe, mas não sei do que estou me escondendo.

Estou no cume de uma montanha em um lugar gélido e impossivelmente bonito. Lá embaixo, bem ao longe, tem uma faixa de água de um lado, com dois barcos a remo na margem. Do outro, o nada. Montanhas se estendem até onde a vista pode alcançar. O céu é do mais profundo azul, o sol é ofuscante. Tem um pouco de neve no chão, mas sinto calor, porque estou vestindo um pesado casaco de pele. A paisagem é clara e nevada. Não pode ser real. Estou me escondendo em algum lugar dentro da minha cabeça.

Quando olho para trás, vejo uma cabana lá embaixo, perto dos barcos; corri para longe dela, subi a montanha, me afastei de tudo que tem dentro dela. Não devia estar aqui fora sozinha, pois sei que existe algum perigo.

Prefiro correr o risco a enfrentar o que tem na cabana.

Como não há árvores aqui, preciso atravessar o cume antes de conseguir me esconder. Assim que passar por ele, estarei em território aberto. Seremos apenas eu, as montanhas, as rochas e a neve. Em pé no topo da montanha, tiro duas pedras lisas do bolso do casaco. Não sei por que estou fazendo isso, mas sei que é essencial. As pedras são pretas e, juntas, se encaixam perfeitamente na palma da minha mão. Eu as jogo, uma depois da outra, com toda a força, o mais longe possível. Elas desaparecem entre as rochas cobertas de neve, e eu fico satisfeita.

Logo terei sumido de vista. Vou encontrar um lugar onde me esconder e não vou me mexer até me lembrar do que fiz. Não importa quanto tempo leve. Provavelmente vou ficar aqui, neste lugar gelado, pelo resto da vida.

PARTE UM

1

A MÚSICA É MUITO ALTA, A SALA MUITO CHEIA, E TENHO A SENSAÇÃO DE QUE tem mais gente na casa do que qualquer ser humano seria capaz de conhecer. As notas baixas vibram pelo meu corpo. Estou em um canto há algum tempo: respiro fundo e começo a andar entre desconhecidos.

Olho para minha mão. FESTA, ela anuncia, em letras pretas e grossas.

— Já percebi — resmungo, embora não saiba por que estou aqui.

O ar cheira a suor, álcool e perfume, tudo misturado a alguma coisa enjoativa. Preciso sair daqui. Quero sentir o ar fresco. Quero ir me apoiar na balaustrada e olhar para o mar. O mar fica fora desta casa.

— Oi, Flora — alguém diz. Não reconheço. É um garoto alto e magro sem cabelo.

— Oi — respondo, com toda a dignidade que consigo reunir. Ele usa calça jeans. Todos os garotos aqui, e a maioria das garotas, usam jeans. Já eu estou usando um vestido branco e brilhante com saia justa e sapatos amarelos que nem são legais, e não são do meu número.

Imagino ter me vestido para uma festa: estou me destacando como a pessoa que entendeu tudo errado.

Olho para minha mão. Ela diz: Tenho 17 anos. Olho para baixo, para mim outra vez. Pareço uma adolescente, mas não me sinto como tal.

Quando eu era mais nova, adorava me vestir para ir a festas. Eu colocava um vestido apropriado, como o de hoje, e as pessoas me abraçavam e diziam que eu parecia uma princesa. Mas não tenho mais idade para isso. Se tivesse uma caneta à mão, eu escreveria no braço, para enfatizar: "Sou mais velha do que penso ser". Eu não devia mais usar vestidos de festa. Devia usar jeans.

— Bebida?

O menino está apontando para uma mesa onde há copos de plástico e garrafas. Olho para o meu pulso: *Não beber álcool*, ele avisa. Todo mundo ali está bebendo o que tem nas garrafas. Pode ser álcool.

— Sim, obrigada — respondo, para ver o que acontece. Minha mão também informa que *Drake está indo embora. Namorado da P.* A festa está acontecendo porque alguém vai embora. O P é de Paige. Namorado da Paige. Coitada da Paige. — Aquela vermelha, por favor.

Lambo o dedo e esfrego *Não beber álcool* até as palavras ficarem ilegíveis.

O garoto alto me passa um copo de plástico cheio de vinho. Faço uma careta no primeiro gole, mas segurar um copo com bebida alcoólica me faz sentir que tenho a ver com aquele lugar, e eu vou procurar a Paige.

Tenho dezessete anos. Estou em uma festa. Drake vai embora. Drake é o namorado de Paige.

Uma mulher toca meu braço e me detém. Eu me viro para encará-la. Ela tem cabelo loiro, quase branco, cortado em leves camadas, e dá para ver que é mais velha que todo mundo, porque há linhas em seu rosto. É a mãe de Paige. Não sei por que, mas ela não gosta de mim.

— Flora — ela grita para se fazer ouvir acima da música. Sorri com a boca, mas não com os olhos. Faço a mesma coisa. — Flora, você veio e está bem.

— Sim — grito e assinto vigorosamente.

— Vou avisar a sua mãe. Ela já me mandou três mensagens perguntando de você.

— Tudo bem.

— O Dave e eu estamos saindo. Vai ficar bem? Eu sei que você sempre precisa de babá.

Ela agora está sendo maldosa.

— Sim, é claro.

Ela olha para mim por um instante, depois vira e se afasta. Essa mulher é mãe da Paige, e esta casa é dela.

A música para e eu suspiro aliviada. Era alta, cheia de berros. Porém imediatamente outra começa, e agora as pessoas à minha volta estão pulando e dançando daquele jeito que eu jamais seria capaz de imitar. É evidente que estão contentes com a nova e animada canção.

— Põe Pixies de novo! — alguém grita perto do meu ouvido. Eu me sobressalto, e vinho respinga em meu vestido. Parece sangue.

Uma garota dá um passo para trás e pisa no meu pé. Ela tem o cabelo bem curto e usa brincos enormes e um batom vermelho e borrado que faz sua boca parecer um machucado.

— Ai, desculpa — ela diz e retoma a conversa.

Preciso ir embora. Tenho que sair daqui. Festas não são como eu pensava que fossem, com vestidos, brincadeiras e bolo. Não acho a Paige. Não tenho com quem conversar.

Estou seguindo para a porta, para o cheiro do mar e o barulho que não tem música, para minha casa, quando alguma coisa tilinta e alguém faz um "shhh" que ecoa pela sala. Todas as conversas são interrompidas, e eu me detenho, viro e olho para aqueles rostos.

Ele está de pé em cima de uma cadeira. É o Drake. Drake é o namorado de Paige, e Paige é minha melhor amiga. Eu me sinto em terra firme com ela. Eu a conheci quando tínhamos quatro anos e fomos para a escola. Ela usava tranças, eu também, e estávamos nervosas. Lembro as brincadeiras de pular no parquinho. Lembro que aprendemos a ler uma ao lado da outra: eu já sabia e a ajudei. Nos anos seguintes, eu a ajudava com os trabalhos, e ela escrevia peças para encenarmos e encontrava árvores nas quais podíamos subir. Lembro que começamos juntas o último ano do fundamental I, animadas com a ideia de ir para o fundamental II.

Conheço Paige, e quando a vejo me surpreendo por ela ser adulta. Isso significa que Drake é seu namorado de verdade.

Noto que ele tem cabelo escuro e usa óculos de armação preta. Ele está de calça jeans, como todo mundo. Não o reconheço.

Ele olha para os convidados. Quando me vê, sorri por um instante e desvia o olhar. Isso significa que, embora eu não o reconheça, nós nos conhecemos. Tem uma garota loira parada ao lado da cadeira, olhando para ele. Está muito perto. Acho que já a vi antes. Ela não devia estar olhando para o Drake daquele jeito, se ele é namorado da Paige.

— Ei, valeu, pessoal, por terem vindo — ele fala para a sala cheia de gente. — Eu não esperava uma festa de verdade. Só estou na cidade há cinco minutos. Cinco meses, para ser mais exato. Tem sido incrível estar aqui com a tia Kate e o tio Jon, e eu não esperava fazer uma montanha de novos amigos neste lugar. Pensei que a Cornualha seria só um postinho avançado de Londres, que eu andaria naqueles ônibus de dois andares e, tipo, comeria aquela comida inglesa horrorosa e viraria um hooligan do futebol. Em vez disso, vivi momentos incríveis. Mantenham contato. Se alguém quiser ir para Svalbard me visitar na mais linda paisagem da Terra, vai ser legal. Eu sonho em morar lá desde sempre, e é muita sorte ter essa oportunidade. Mas isso não significa que a Cornualha não foi incrível, porque foi.

Alguém atrás de mim fala em voz baixa:

— Ele devia se gabar mais sobre o Ártico — e outra pessoa ri.

Tenho um telefone na mão. Uso o aparelho para tirar uma foto dele, para lembrar por que estou aqui. Não sei o que significa Svalbard. É uma palavra estranha. Mas vejo que ele gosta dela.

Bebo o resto do vinho, que ainda é horrível, e olho ao redor procurando mais. Estou meio enjoada.

— É claro — ele continua —, no tempo que passei aqui, tive a sorte de conhecer a bela Paige. — Uma pausa, ele sorri e fica levemente corado.

A pessoa atrás de mim resmunga:

— Muita areia para o caminhãozinho dele.

O grupo todo concorda.

— E, por intermédio dela — Drake continua —, conheci muitos de vocês, pessoas legais. Vou sentir saudade. É isso. Obrigado, todo mundo. Vou postar fotos de neve no Facebook para todo mundo ver. Ah, e um agradecimento especial à Paige, Yvonne e Dave por emprestarem a casa para esta festa, quando tudo o que eu planejava era um encontro no bar. Continuem bebendo e tentem não destruir a casa.

Algumas pessoas aplaudem quando ele desce da cadeira meio desajeitado, mas é um aplauso estranho, porque todo mundo segura um copo e bate palmas sem de fato bater palmas.

Tento entender o que ele acabou de dizer. Ele está indo embora. Vai para algum lugar que tem neve e está animado com isso. Ele passou cinco meses aqui em Penzance, na casa da tia Kate e do tio Jon. Paige organizou esta festa para ele.

Paige está em um canto, cercada por um grupo de pessoas. Ela levanta a cabeça e, usando apenas as sobrancelhas, pergunta se estou bem. Balanço a cabeça em uma resposta afirmativa.

Paige é linda, com o cabelo negro, longo, grosso e levemente enrolado, pele acetinada e covinhas que aparecem nas bochechas quando ela sorri. Parece uma boneca de porcelana. Hoje ela usa um vestido azul justo, meia-calça e botas. Puxo meu "vestido de festa" branco e tento não olhar para os sapatos horríveis, e me sinto toda errada.

Queria me olhar no espelho. Não vejo nenhum por ali.

Tem uma mensagem na parte interna do meu braço. *Cinema com a Paige amanhã. Para ela se animar.*

Encho de novo meu copo com vinho e saio discretamente por uma porta lateral, como se alguém fosse notar ou se importar com a minha partida. O ar frio atinge meu rosto, e o mar enche meus ouvidos e pulmões. Fecho os olhos por alguns segundos. Graças a Deus saí de lá.

Estou no meio da rua e é noite. Olho em volta tentando entender. Tem uma faixa branca sob os meus pés. Estou exatamente no meio da pista. Um carro vem rápido em minha direção e buzina. Olho para os faróis se aproximando, mas o veículo desvia e segue em frente, ainda buzinando enquanto desaparece ao longe.

Eu não devia estar fora de casa sozinha. Não devia ficar no meio da rua. Acabei de receber a autorização de atravessar a rua sem a companhia de um adulto. Por que estou fora à noite? Por que estou sozinha? Onde está a minha mãe?

Estou usando um vestido branco e um sapato amarelo esquisito. O vestido tem uma mancha vermelha na frente, mas nada dói quando toco a região. Estou segurando um copo de plástico cheio de suco de uva. Derrubei um pouco no vestido branco.

Tenho dez anos. Não sei por que meu corpo é de adulta. Odeio isso e quero ir para casa. Corro pela rua e descubro que estou perto do mar. Tem música vindo de algum lugar. Eu me apoio em uma grade e tento não entrar em pânico.

Bebo um gole do que tem no copo e faço careta. Não é suco de uva. Mas o gosto horrível é familiar, o que significa que eu já devia estar bebendo essa coisa antes.

Olho para minha mão. FLORA, ela diz, e essa sou eu. Essas marcas na minha mão formam meu nome. Eu me apego a elas. Sou Flora. Embaixo do nome está escrito: seja corajosa. Fecho os olhos, respiro fundo e me controlo. Não sei por que estou aqui, mas vou ficar bem.

Tenho 17 anos, está escrito ali.

E na outra mão: FESTA e Drake está indo embora. Namorado da P. Tem mais alguma coisa borrada e ilegível. No braço: Cinema com a Paige amanhã. Para ela se animar. E no outro pulso: Mãe e pai: Morrab Gardens, 3.

Sei quem é Paige. Minha melhor amiga. Eu a conheci quando entramos na escola, aos quatro anos. Drake é namorado dela, mas está indo embora, e Paige precisa se animar.

Sei que tenho pais e sei onde moro. Meu endereço é Morrab Gardens, 3. Preciso ir para casa, e é isso que vou fazer. Minha cabeça está estranha. Estou tonta.

Olho para o reflexo da lua no mar. Tem um cartaz preso à balaustrada, um gato perdido, avisa a mensagem. Gato preto e branco sem orelhas. Desaparecido desde terça-feira. Tem um número de telefone, para o caso de alguém o encontrar. Tiro uma foto do cartaz, depois outra, e outra. Não gosto de pensar em um gato preto e branco sem orelhas perdido por aí. Ele não vai conseguir ouvir o barulho do trânsito. Preciso procurá-lo.

Viro o telefone e tiro uma foto do meu rosto. Olho para ele e vejo que estou diferente. Mais velha do que deveria estar. Não tenho dez anos.

Teve uma festa. Drake está indo embora. Paige está triste. Tenho dezessete anos. Preciso ser corajosa.

A água é negra. É uma grande área escura que se estende para a noite. O reflexo da lua brilha na escuridão. A esplanada iluminada é onde a terra termina.

Estou pensando se desço à praia e estrago os sapatos amarelos e estranhos dos quais nem sei se gosto caminhando sobre pedras ásperas e na areia molhada.

Posso sentar lá e beber o copo de vinho tinto que estou segurando, e olhar para a água por mais um tempo. Desço com cuidado alguns degraus gastos na parte central e sigo pelas pedras. Os saltos não afundam. A areia pedregosa é mais sólida do que parece. Encontro um lugar para sentar e fico olhando para a água.

As ondas fazem barulho nas pedras, e ouço passos atrás de mim. Não olho em volta. De repente, alguém senta ao meu lado.

— Flora — diz o garoto com um sorriso largo. Nossos ombros se tocam. — Isso é vinho, não é? — Pega o copo da minha mão e toma um gole. Olho para ele. O garoto usa óculos, tem cabelo escuro e está de calça jeans.

Eu me afasto um pouco.

— Sou eu — ele diz. — o Drake. Flora, está tudo bem?

— Você é o Drake?

— Sim. Ah. Sim. Entendi o que aconteceu. Tudo bem, Flora. Conheço você há meses. Sou o namorado da Paige.

Não sei o que dizer.

— Está tudo bem. Sério. Mas vinho? Você não bebe.

Quero falar alguma coisa, mas não tenho palavras. Quero tentar fingir que sou normal. É o Drake. Ele organizou uma festa, e agora está na praia.

— O que você está fazendo aqui? — pergunto. — Aqui na praia?

Olho para as palavras em minha mão esquerda. Consigo enxergá-las com dificuldade à luz do poste atrás de nós. *Drake está indo embora*, conta a mão esquerda. A mensagem abaixo dela é ilegível. A mão direita me diz para ser corajosa.

Ele pega minha mão esquerda e lê o que está escrito. A dele é morna.

— Drake está indo embora — diz. — Namorado da P. — Olhamos juntos para as palavras. — Flora seja corajosa — continua, lendo a outra mão. — Adoro as mensagens nas suas mãos. Funciona? Elas te ajudam a lembrar?

Ele está segurando minhas duas mãos.

E diz:

— Eu era o namorado da Paige.

Não sei por que ele está aqui. Drake está indo embora. Vai para outro lugar.

A noite está ficando mais fria, e um vento gelado sopra do mar contra meu rosto.

— Como vai ser? Para onde você vai? — falo depressa, porque é desconfortável.

Ele ainda segura minhas mãos. Gosto de sentir a mão morna na minha. Vejo em seus olhos que eu já devia saber a resposta para o que perguntei.

— Vai ser incrível — Drake responde. — Frio. Já estive lá uma vez. Faz muito tempo. Fomos a Svalbard nas férias para ver o sol da meia-noite. Eu tinha dez anos e queria morar lá para sempre. Agora, depois de nove anos, finalmente vou realizar esse sonho. Vai ser épico. — Ele suspira. — As aulas do meu curso são em inglês, porque tem gente do mundo inteiro. Sorte a minha, porque sou péssimo com idiomas.

Ele se mexe, e um lado inteiro do meu corpo agora toca o dele. Drake solta minha mão esquerda e segura a direita com mais força.

É impossível prestar atenção no que ele está dizendo, porque minha pele adquiriu vida própria. Tornou-se hipersensível, e tudo o que ela quer, todas as partes da minha pele, é que ele me toque.

Ele é namorado da Paige, e não sei o que faz aqui.

— Sorte sua — consigo falar. Apoio a cabeça em seu ombro, já que não tenho nada a perder. — Você tem dezenove anos. Eu tenho dezessete. — Parece importante lembrar. Levanto a cabeça, porque ele é namorado da minha amiga.

Drake endireita as costas, me abraça e puxa minha cabeça sobre seu ombro. Eu me apoio nele, sinto os braços me envolvendo.

— A Paige e eu terminamos — ele conta.

Ele me olha, e eu olho para ele. Quando seus lábios tocam os meus, sei que essa é a única coisa no mundo que posso fazer.

Carros passam lá em cima. As ondas vêm e vão perto dos nossos pés. Estou beijando Drake. Quero sentar com ele na praia para sempre. Nem imagino como ou por que isso está acontecendo, mas sei que essa é a única coisa boa que já aconteceu em toda a minha vida. Luzes brilham. O resto do mundo desaparece.

Consigo voltar à realidade. Uma onda quebra na praia, e o vento despenteia meu cabelo.

— Ei — ele diz. — Olha só. Quer ir comigo para algum lugar? Tipo agora? A gente pode passar a noite...

Olho para ele. Podemos passar a noite juntos. Tudo em mim fica tenso. Quero passar a noite com ele. Eu não saberia o que fazer. Drake quer que eu passe a noite com ele. A noite. Esta noite.

Tenho que ir para casa.

— Mas minha mãe... — digo. Nós nos olhamos, e não consigo terminar a frase. Não consigo desviar os olhos dos dele. Tento beijá-lo novamente, mas ele se afasta.

— Sua mãe — diz. — Ai, meu Deus. Desculpa. Foi uma péssima ideia. Onde eu estou com a cabeça? Eu não...

Drake para. Não consigo falar, então assinto. Ele me encara com uma expressão difícil de interpretar.

— Eu estou bem — declaro. — Ah, desculpa. Eu não... nunca...

Puxo uma mecha de cabelo e a ponho na boca. Não consigo terminar as frases. Quero dizer que nunca imaginei que isso aconteceria comigo. Que tenho certeza de que nunca aconteceu antes. Que estou confusa e ainda tento me colocar no momento. Que vou amá-lo para sempre por me fazer sentir normal. Que adoraria passar a noite com ele. Mas não posso ser desleal com minha amiga. E não posso passar a noite toda fora de casa, porque simplesmente não posso.

— Ela chamaria a polícia — acrescento, pensando em minha mãe.

— A polícia. Jesus. Eu sou um *idiota*. Esquece o que eu falei.

Os pelos dos meus braços estão arrepiados de frio. O mar está batido, venta muito, e a lua e as estrelas desapareceram atrás das nuvens. O céu é tão inexpressivo quanto o mar.

— Acontece — ele continua — que eu posso falar tudo isso, porque, tipo, qual é? Você não vai lembrar mesmo. Eu estava em um bar com você e a Paige, olhando para você, toda linda e loira, diferente de todas as outras garotas do mundo, e imaginei como seria ficar com você. Você é muito diferente. E sempre sorriu para mim. E eu queria olhar para você e ouvir as coisas que você diz, porque são diferentes das coisas que as outras pessoas dizem. — Ele segura meu rosto entre as mãos. — Você vai ficar bem, Flora?

Respondo que sim, balançando a cabeça. Quero escrever que o beijei agora. Seria estranho rabiscar no meu braço enquanto ele está falando. Quero anotar que ele queria me levar para passar a noite em algum lugar. Não quero esquecer. Talvez a gente possa ir. Eu posso encontrar um jeito. Posso ter uma noite de gente normal, adulta.

— Eu vou ficar bem — digo. — Escuta, se a gente for para algum lugar agora, eu dou um jeito. Tenho certeza de que consigo dar um jeito.

— Não. Desculpa. Pisei na bola. Não dá. Mas, sabe... talvez a gente possa manter contato? Só... me conta se você está bem? Vai me contar, não vai?

— Manter contato. — Quero beijá-lo de novo. Quero que ele continue me beijando. Agora que o beijei, quero apagar tudo no mundo à nossa volta até não existir nada além de Drake, eu e a praia.

A água agora está perto de nós, e recuamos na estreita faixa de areia. Ele respira fundo e aperta minha mão com mais força.

— Flora Banks — diz. — Se cuida. Não conta nada disso para a Paige. Não conta para a sua mãe. Não escreve na mão. — Ele pega uma pedra da praia e a segura no centro da mão aberta. É uma pedra pequena e lisa. Mesmo ao luar, dá para ver que é perfeitamente preta, embora a maioria das pedrinhas ali seja cinza. — Pega. É para você.

Ele põe a pedra na minha mão e a fecha.

— Vou guardar para sempre — falo.

Nós dois ficamos em pé. Estou congelando, estática e confusa. Quero ir para a cama e lembrar este momento incansavelmente. Drake está em pé na minha frente, e nós nos olhamos.

— Bem — ele diz. — Bom, eu vou... Ah, não posso voltar para a casa da Paige. Não agora. Vou embora, e amanhã cedo deixo a cidade quietinho.

Ele me beija nos lábios outra vez. Inclino o corpo para ele, sinto os braços me envolvendo. Sei que nunca mais vou me sentir desse jeito.

— Quer que eu te leve para casa? — Drake pergunta, e eu balanço a cabeça, recusando a oferta. Fico na praia e o vejo ir embora. Drake sobe a escada e volta ao mundo real. Para e acena antes de sair da minha vida para sempre.

Beijei o homem dos meus sonhos. E ele está indo embora para um lugar gelado e distante, onde tem um sol da meia-noite. Olho para o céu escuro.

Quando chego em casa, minha mãe está esperando de camisola, com o cabelo solto e uma xícara de chá nas mãos. Ela beija meu rosto e me olha da cabeça aos pés.

— Foi divertido? — pergunta.

— Foi.

— Você bebeu.

— Um pouco.
— Manchou o vestido. Tudo bem. Foi legal?
Sorrio para ela.
— Sim. Foi ótimo, obrigada. Na verdade, foi absolutamente, completamente ótimo.
— Que bom. A Paige veio com você até aqui?
— Sim.
— Ótimo. Pode devolver meus sapatos, então.

Tiro os sapatos amarelos e subo. No meu quarto, visto o pijama e escrevo cada detalhe do encontro com Drake. Faço as anotações no fim de um caderno velho onde minha mãe não vai pensar em olhar, e escondo o caderno sob todas as outras coisas na caixa embaixo da cama. Escrevo uma nota em um post-it para lembrar que o caderno está lá, e de manhã eu acordo e leio tudo várias vezes.

Leio, mas não é necessário, porque eu lembro.

A pedra preta está em cima do criado-mudo. Eu lembro. Tenho dezessete anos.

2

— VOCÊ BEIJOU ELE! — PAIGE NÃO ESTÁ GRITANDO, MAS SERIA MELHOR se estivesse. Sua fúria é contida. O olhar é intenso quando ela me encara e repete: — Você beijou ele. Eu *sei* que beijou. Não vai lembrar, mas beijou, e eu sei que beijou porque...

Minha cabeça está apitando e não consigo me concentrar nas palavras dela. Sei que está falando. Sei que está brava. Sei que tem o direito de estar brava. Ela está dizendo as palavras, mas eu não as escuto. Faço um esforço para olhar para ela. Eu me obrigo a encontrar o foco.

Paige está respirando fundo.

— E você anotou! — Um dos meus post-its está na mão dela, por isso não posso fingir nada, claro. As palavras estão lá, com a minha caligrafia, e ela sabe que só anoto fatos. Sabe que isso é real.

Eu também sei que é real. Eu lembro. Lembro coisas anteriores à doença, e agora me lembro de ter beijado Drake. Agora sei que não sou uma garotinha, porque beijei um garoto em uma praia, e ele disse para passarmos a noite juntos. Não tenho dez anos. Tenho dezessete.

Eu me lembro disso. A pedra, ou Drake, ou o amor, alguma coisa me fez lembrar. Talvez se apaixonar seja assim.

Não posso desmentir a Paige. Eu me lembro de ter beijado Drake. Aquilo pode ter recuperado minha memória, embora eu ainda não me lembre de nada do que aconteceu depois dos meus dez anos. Olho para o papel que Paige está segurando e vejo que escrevi as palavras bem pequenas nas beiradas do papelzinho amarelo. No meio está escrito *comprar leite* com uma caneta grossa. Em volta, com letras bem miúdas, escrevi: *Eu beijei o Drake, eu amo o Drake.* Continuo olhando para as palavras. Estou espantada por ter acontecido. Isso me faz feliz e me faz chorar.

Continuo esperando o esquecimento, mas ainda lembro. Eu estava sentada na praia, ele chegou, sentou ao meu lado, e nós nos beijamos.

Essa é a única lembrança clara em minha mente, além das outras, anteriores à minha doença. Eu me apego a ela querendo fazê-la ficar, vivendo dentro dela tanto quanto possível. Adoro essa lembrança. Preciso guardá-la para sempre. Se me lembrar disso, vou lembrar outras coisas. O beijo de Drake vai ser minha cura. Logo vou lembrar mais alguma coisa, mas torço para que não seja essa conversa.

Paige está segurando o bilhete e olhando para mim com tanto ódio que tenho que abaixar a cabeça. Estamos em um café, um alegre "salãozinho de chá" na Market Jew Street, aguardando um bule de chá. Depois disso, íamos sair e fazer outras coisas. Paige encontrou o bilhete porque eu sentei e peguei meu celular para mandar uma mensagem para minha mãe e avisar que estava aqui. Uma chuva de papeizinhos amarelos brotou da minha bolsa. Paige se abaixou para recolher os papéis para mim, e eu não lembrava que podia haver alguma coisa em um deles que eu não queria que ela visse.

Tinha esquecido. É claro que sim. Lembro do beijo, mas tinha esquecido que escrevi sobre o beijo.

Ela viu o nome dele na beirada de uma anotação que peguei e tirou o papel da minha mão. E agora está olhando para mim.

— Você *ama* o Drake? — pergunta. — Não foi só um beijo... e eu nem faço ideia de quantas vezes isso pode ter acontecido, como você também não sabe, mas você acha que *ama* o Drake. Por essa eu não esperava.

Não sei o que dizer. Sei que o amo, mas não quero que Paige saiba quanto aquela noite me fez sentir passional. Mesmo assim, balanço a cabeça numa resposta afirmativa.

— E você beijou o Drake. Admita. Eu *sei* que beijou. Tenho certeza absoluta.

Olho para o chão, que parece de madeira, mas não é. Depois viro a cabeça para o outro lado e olho para as pessoas em uma mesa próxima. É uma família: dois adultos e duas crianças. Os adultos leem jornais, as crianças se chutam por baixo da mesa. Todos vestem jeans e blusas de lã azul.

— Ele foi à praia — Paige continua. — E não voltou mais. Você passou a noite toda com ele.

— Não! Eu fui para casa. Pode perguntar para a minha mãe. Paige... eu lembro!

Lembro que ele falou em passarmos a noite juntos. Não vou contar essa parte a ela.

— Não, nem vem. A sua mãe seria o seu disfarce. Se você levou o Drake para a sua casa, para a sua cama de solteiro, e ele foi embora bem cedo na manhã seguinte, ela não vai me contar, porque não vai querer que você perca a sua única amiga no mundo. Aliás, pode dizer a ela que eu mudei de ideia sobre aquele favorzinho. Só concordei para poder desligar o telefone. Diz que eles podem te levar junto.

— Não! — Sinto o pânico me dominar. — Não, eu juro, Paige! A gente ficou na praia. E se beijou. Desculpa. Eu fui para casa e ele foi... Não sei. Desculpa, Paige. Eu não tive a intenção. Mas eu lembro. Lembro de verdade. Na minha cabeça.

Não sei que *favorzinho* é esse. E agora não é hora de perguntar. Provavelmente já me falaram umas doze mil vezes.

— Não teve a intenção? Jesus. E, Flora, não vem dizer que lembra. Eu sei que não lembra.

— Eu não tive a intenção de *fazer acontecer*. Não esperava. E eu lembro, sim. Não sei por que, mas...

Ela me interrompe.

— Você ama o Drake.

Dou de ombros, constrangida.

— Correção: você escreveu a sua historinha de amor, e a cada duas horas, quando esquece tudo, você lê e se convence de que o ama. É patético. Da parte dele, acima de tudo. Pode ficar com o Drake, se é esse o comportamento que espera de um namorado. Até onde eu sei, e até onde você sabe, ele pode ter te seduzido várias vezes nos últimos meses. Legal. Ele vai te ajudar muito no polo Norte. Pode ficar com o meu namorado, mas ele foi embora. — Ela para e respira fundo. — E sabe do que mais? Fui a única que cuidou de você durante anos e anos. Eu saí com você, quando a sua mãe teria preferido que você ficasse trancada em casa, embrulhada em plástico bolha. Te levei ao cinema. À aula de zumba. Te levei para remar em equipe durante um ano inteiro. Cuidei melhor de você do que aquela mulher que te acompanhava nos tempos da escola. Te ajudei cada vez que você esqueceu onde estava. A minha mãe sempre odiou o meu envolvimento com tudo isso. Ela dizia que eu não era sua cuidadora. Mas tudo bem, fica com o meu namorado. E, se quer saber...

Ela para de falar quando a garçonete, que parece entediada, se aproxima com o chá em uma bandeja redonda. Ela demora muito para pôr uma xícara na frente de cada uma, uma jarrinha de leite entre nós duas, um pote com sachês de açúcar e, finalmente, o bule azul e brilhante.

Nenhuma de nós fala ou olha para a outra enquanto ela serve o chá. No fim, Paige diz um "obrigada" seco.

Sirvo o chá para nós duas, primeiro para ela. Paige observa, minha mão treme e a bebida cai na mesa, faz uma poça que se transforma em um riacho que corre para a beirada. Paige não faz nada. Termino de servir e vou até o balcão buscar um punhado de guardanapos para limpar o chá antes que caia no chão.

Paige não pega a xícara. Ela veste calça preta e justa e camiseta apertada e decotada. O cabelo está preso e o batom é brilhante. Está escrito na minha mão que vamos ao cinema. Provavelmente ela ia falar sobre o Drake e como sente falta dele.

Agora não vamos fazer nada disso, nunca mais.

Paige respira fundo e continua de onde parou.

— Eu sempre soube que você queria alguma coisa com ele. Dava para ver. Ninguém é mais transparente que você, Flora. Não imaginei que ele entraria nessa, e Deus sabe quantas vezes isso aconteceu. Eu nem sabia que ele tinha prestado atenção em você, além da curiosidade pelo seu histórico médico, do qual você não sabe nem a metade. Na verdade, não tem nada que você possa dizer para me convencer de que não transou com ele. Nada. E eu não consigo nem pensar nisso. Meu namorado. *Meu.* Eu sei que você vai esquecer o Drake, porque não o conheceu antes da sua suposta doença, mas você tem o nome dele na sua mão, onde também escreveu que ele é meu namorado. Eu sei — ela balança o papel no ar — que você acha que está apaixonada por ele. Sempre esteve apaixonada por ele em segredo?

Tento negar balançando a cabeça, mas não consigo.

— Não sei — respondo. Minha voz é fraca e trêmula. — Não lembro.

— Ei. Tudo bem. — Agora ela está sorrindo, olhando nos meus olhos. — Você escreveu uma envolvente história de amor, e por isso se sente menos infantil. Não é mais segredo, já pode atualizar o bilhetinho bobo. Espera, eu faço isso para você.

Paige estende a mão aberta. Empurro os post-its em branco por cima da mesa. Ela pega uma caneta na bolsa e começa a escrever, primeiro na minha anotação, depois em mais um, dois, três lembretes. Cada vez que preenche um deles, ela o cola na mesa na minha frente. Quando termina, Paige pega a bolsa e sai. Sem tocar o chá.

Ela para na porta aberta e me encara. Olho para ela. Vejo que abre a boca como se fosse dizer alguma coisa. Começo a levantar, mas ela balança a cabeça e vai embora. A porta bate.

Leio a sequência de quadradinhos amarelos. As palavras *comprar leite* estão riscadas. Agora está escrito:

Eu beijei o Drake. Eu amo o Drake. Isso NÃO é segredo. Preciso encontrar uma nova melhor amiga.

No segundo post-it está escrito:

Paige nunca mais vai falar comigo. Lembrar de não ir atrás dela, nunca.

A terceira mensagem é:

NÃO TELEFONAR OU MANDAR MENSAGENS PARA PAIGE NUNCA MAIS.

Bebo meu chá e olho para as palavras. A pedra está no meu bolso, cuidando de mim de um jeito traiçoeiro.

— Eu lembro — falo para a cadeira onde ela estava sentada. — Lembro.

Quando chego em casa, o lugar está agitado e eu ainda penso na briga com Paige. Vejo a mala ao lado da porta. Minha mãe não está na janela esperando por mim. Ouço passos lá em cima. Tudo parece movimentado e diferente.

— Olá? — falo conforme tiro os sapatos. Queria saber se a mala significa que tem alguém chegando ou saindo. Talvez Drake esteja aqui. Talvez a gente vá viajar.

Pego a correspondência no capacho. Tem um cardápio de pizza e um panfleto anunciando a temporada de verão no Flambards. Flambards é um lugar onde tem montanha-russa e outros brinquedos. Quero ir lá. Guardo o panfleto no bolso de trás da calça, com a pedra.

Estou ansiosa para contar aos meus pais que tenho uma lembrança, mas não posso dizer a eles que beijei o namorado da Paige. Mas tem alguma coisa acontecendo aqui, e estou apavorada com a possibilidade de Paige ter telefonado e contado a eles o meu segredo. Talvez eles saibam de tudo e tenham decidido me mandar embora.

Meu pai desce a escada pulando os degraus.

— Flora! — ele diz. Depois olha para cima. — Annie! — grita. — É a Flora! — E olha de novo para mim. — Vamos esperar a sua mãe.

Meu pai é divertido e adorável. Ele é contador, mas em casa usa coletes estampados que ele mesmo tricota. Seu cabelo é espetado, quando minha mãe não o ajeita com as mãos. Ele diz coisas engraçadas. Faria qualquer coisa por mim, eu sei, e eu faria qualquer coisa por ele, se fosse capaz de fazer alguma coisa. Tudo nele me enche de alívio quando o vejo. Ele é meu lar.

No momento ele parece preocupado. Dou uma olhada em minhas mãos e nos braços, tentando descobrir se esqueci alguma coisa importante.

— Vamos mudar de casa? — arrisco.

Ele sorri sem muito entusiasmo.

— Não. Não, querida, não vamos mudar de casa. Annie!

Minha mãe desce a escada correndo e quase cai em cima de nós. Seu cabelo está solto, rebelde, e ela usa um cardigã comprido.

— Flora, querida — diz. — Ah, Flora. Querida. E a Paige? Certo. Vem, vamos tomar uma xícara de chá.

Ela olha para os meus braços, e eu os estico para mostrar que não tem nenhuma anotação nova. Os bilhetinhos amarelos de Paige estão na bolsa, e sinto um alívio enorme por meus pais não saberem sobre Drake. Eles entrariam em pânico e tentariam falar com Paige e resolver tudo, como se eu fosse uma criancinha, alguém que não é responsável pelos próprios atos. Não sou mais uma criancinha. Tenho dezessete anos.

Drake me fez lembrar. Abro a boca para contar tudo a eles, mas a fecho sem dizer nada. Não quero que saibam que beijei um garoto na praia. Nesta casa eu sou uma menininha. Seria errado beijar um menino.

Eu sabia o que estava fazendo. Apego-me a isso. Não foi uma atitude legal, mas o beijo é meu e foi real. Ainda está lá. Está na minha mente. Consigo lembrar porque amo Drake. Seguro a pedra dentro do bolso, certa de que, se perdê-la, vou perder a lembrança.

— Vou pôr água para ferver — aviso.

— Obrigada, querida.

Ponho a chaleira sobre o fogão e preparo o chá, usando o bule manchado que temos desde que eu era pequena. Eu o coloco na mesa, ao lado da embalagem de leite que tiro da geladeira, e pego a caneca favorita de cada um. Tem um cartaz na porta da geladeira mostrando as canecas favoritas: é uma folha A4 impressa com fotos e nomes embaixo de cada imagem. Imagino que eu mesma tenha feito o cartaz. Minha caneca favorita, aparentemente, é cor-de-rosa com bolinhas, a caneca mais sem graça do mundo. A da minha mãe tem a inscrição "MELHOR MÃE DO MUNDO!" e o desenho de uma mulher de avental, e a do meu pai tem a inscrição "WILLIAM SHAKESPEARE" com a foto de um homem de barba. Aposto que não são as canecas de que eles mais gostam de verdade, mas vou pegá-las mesmo assim.

Posso sentir as palavras de Paige dentro da minha bolsa. Não preciso ir olhar para ter certeza do que dizem. Ainda não. As palavras queimam minha pele através da lona.

— Flora — meu pai fala quando estamos sentados à mesa. É incomum ele começar uma conversa. — Olha, surgiu uma novidade, uma coisa difícil.

O caderno e a caneta estão na minha frente, e meu telefone também, porque sinto que vou precisar me lembrar disso.

Minha mãe segura a caneca de chá com as duas mãos e continua em silêncio. Ela nem sugeriu um biscoito.

— Sabe o Jacob? — minha mãe pergunta.

— Eu amo o Jacob! Jacob é meu irmão. Cadê ele?

Meus pais olham para as fotos na parede.

São fotografias em que eu, minha mãe e meu pai aparecemos. Estão coladas à parede com fita adesiva. Ao lado delas tem um retrato emoldurado de um garoto. Tem o nosso nome embaixo das fotos, e embaixo da foto do garoto está escrito "Jacob (irmão)".

Conheço Jacob. Ele é a pessoa que mais amo no mundo. É mais velho que eu. Ele costumava me pegar no colo e me carregar por aí, e me deixava sentar em seu colo para assistir televisão, e tenho uma lembrança muito nítida dele me deixando pintar suas unhas dos pés.

— Está na França — minha mãe fala depressa. — Você sabe que o Jacob é mais velho que você. Sabe disso? Ele tem vinte e quatro anos. Agora mora na França e nós não o vemos com frequência, mas ele te ama muito. Mais do que nos ama.

— Vinte e quatro? — Olho para a foto com a testa franzida. O garoto é magro, tem cabelo escuro e é bonito. Parece ter menos que vinte e quatro anos.

— É uma fotografia antiga — meu pai explica. — Sim. Ele agora tem vinte e quatro. Não o vemos há algum tempo. — Ele olha para mim, estuda meu rosto e continua: — Ontem ele telefonou aqui, e hoje de manhã o hospital ligou. Parece que ele está muito doente. Temos que ir vê-lo, Flora.

Estou tentando acompanhar.

— Se não o vemos há muito tempo, como sabem que ele me ama? Eu sei que o amo porque lembro.

— Nós sabemos, só isso — diz minha mãe. — E essa não é a parte importante. Temos que ir visitá-lo no hospital.

— Nós vamos para a França? Por isso a mala? Vamos ficar longe de casa? Vamos ver o Jacob? — Nunca estive longe de casa. Não tenho ideia de como é a França, exceto por uma foto da Torre Eiffel.

— Não — meu pai responde, e minha mãe bebe metade do chá de uma vez só. Está estressada. — Você não vai. Nós vamos, mas você tem que ficar aqui. Este é o melhor lugar para você. A França seria demais, e nós vamos ter que cuidar do Jacob. A viagem seria muito difícil, e depois você ainda teria que lidar com o fato de estar em um lugar novo. Vai ficar muito melhor aqui.

— Mas eu quero ver o Jacob! Quero ir com vocês!

— Você não tem passaporte — minha mãe argumenta. A voz dela está estranha. — Se ficar aqui, vai estar segura. Falei com a Paige ontem, um pouco antes da festa na casa dela, e ela vem para ficar com você. Eu arrumei o quarto de hóspedes. Ela vai cuidar de você. Lembre-se de não ir à casa da vizinha, se precisar de alguma coisa, porque a sra. Rowe está mais confusa que você ultimamente, e só Deus sabe o que vocês duas poderiam aprontar juntas. Conte com a Paige e tudo vai ficar bem. Vamos deixar dinheiro. Vou deixar a geladeira cheia de comida, e não vamos ficar fora por muito tempo. Eu mando uma mensagem para você todo dia na hora do remédio. Pode tomar um comprimido a mais todas as noites, para dormir melhor e ficar tranquila. Sempre que você esquecer onde está, a Paige vai explicar.

— Ah. — Penso nessa situação inesperada. Paige não vem ficar comigo nem vai explicar onde estou, porque não está falando comigo, porque beijei o namorado dela. Nossa conversa ainda está na minha cabeça, mas, se eu não contar nada disso aos pais, vou conseguir ficar sozinha em casa.

Escrevo tudo que eles falaram, depois fotografo a página com o celular. Jacob está doente e eu quero ir vê-lo, mas não posso, porque não tenho passaporte. Se ficar em casa sozinha, vou poder pensar em Drake o dia todo. Vou ficar aqui e lembrar o nosso beijo. Vou poder andar até a praia onde o beijo aconteceu sem ninguém me perguntar aonde vou. Tenho o beijo, uma ilha em minha memória, e quero passar todo o tempo que puder com ele, caso acabe desaparecendo.

A ideia me anima.

— Quanto tempo vocês vão ficar fora?

Vejo minha mãe relaxar um pouco.

— Temos reserva para cinco dias. O que quer que esteja acontecendo lá, nós vamos conseguir resolver e voltar nesse tempo. Se um de nós tiver que ir para lá de novo, daremos um jeito. Odeio deixar você aqui, meu bem, mas dessa vez vai ser necessário.

Balanço a cabeça em uma resposta afirmativa e bebo meu chá.

— Quando vocês voltarem, podemos ir ao Flambards? — pergunto.

Minha mãe se inclina para trás como se eu tivesse falado alguma coisa chocante. Fecha os olhos. Meu pai segura a mão dela sobre a mesa.

— Nós vamos fazer alguma coisa divertida — ele diz. — Prometo.

Estou sentada à mesa na casa que conheço, com pessoas que são parecidas com meus pais, porém velhas demais. Olho para minha mão: sou Flora. Tenho que ser corajosa. Não sei o que está acontecendo ou o que cada um aqui está falando, nem o que eu estava fazendo há um instante.

Sei que beijei Drake em uma praia. Ele me convidou para passarmos a noite juntos. Não sou uma garotinha. As ondas quebravam nas pedras. Estava escuro, e a lua refletia na água. Eu o amo.

Levo a mão ao bolso de trás da calça e encontro a pedra mágica que me faz lembrar. Está lá. Não a tiro do bolso. Quero contar aos pais que tenho uma lembrança, abro a boca, mas decido que eles não devem saber que eu beijei um menino e fico quieta.

Também tem um panfleto no meu bolso. Eu o pego e deixo em cima da mesa. Meu pai o pega e joga no lixo. Nem vi o que estava escrito.

Tem um papel na minha frente. Eu o pego e leio. Ninguém fala nada. Minha mãe mantém um braço sobre meus ombros.

— Está tudo bem — ela diz. — Você está em casa. Acabamos de contar que temos que ir a Paris ver o Jacob. Ele está muito doente e precisa de nós. Você vai ficar aqui por alguns dias, a Paige vem te fazer companhia.

Jacob é meu irmão. Eu o amo. Eu me lembro dele. Ele era legal comigo quando eu era pequena. Agora está doente e eles vão visitá-lo. Paige vem ficar comigo e cuidar de mim.

Vai ser muito legal.

— Tudo bem? — minha mãe pergunta. — Já se atualizou? Então, viajamos amanhã cedo, porque o avião sai de Exeter às onze da manhã. Anota isso, ou eu escrevo, se quiser. Vamos de carro até o aeroporto. — Eles não gostam de dirigir, apesar de termos carro. Fica na rua atrás de casa e nunca é usado. Não sei como sei disso, mas sei. Isso deve ser importante, para eles terem decidido dirigir. — Pedi à

Paige para vir às nove. É melhor checarmos com ela. É melhor você telefonar para ela agora. Ou eu telefono, se preferir.

— Não, tudo bem — respondo. — Eu falo com a Paige. Vai ser ótimo ficar com ela aqui.

Beijei o namorado da Paige. Não posso contar para ela. Não posso contar para minha mãe.

— Promete que vamos ficar em contato.

— Sim — eu digo. — Sim, prometo.

— Manda mensagem — diz meu pai. — Só não vamos responder se estivermos no avião, porque nos obrigam a desligar o celular.

— Ou se ficarmos sem sinal — minha mãe acrescenta. — Mas já verifiquei a cobertura internacional e sei que os celulares vão funcionar na França. E vamos voltar bem antes do seu aniversário. Nós nunca perderíamos. Mantenha o celular carregado. Verifique as mensagens.

Levanto e empurro a cadeira para trás. Ela cai, e eu tenho que fazer uma manobra estranha para levantá-la e colocá-la de volta no lugar.

— Eu vou ficar bem — falo para os dois. — É claro que vou. Vou ficar muito bem aqui sozinha. Com a Paige. Vai ser bom para mim. E eu vou ligar para ela agora. Não se preocupem. A Paige e eu vamos ficar bem.

Minha mãe sorri.

— É claro, querida. Vou deixar bilhetes pela casa antes de sairmos, está bem? Sobre tudo. Se a Paige vai ficar aqui com você, não tenho que me preocupar muito.

— Guarda a preocupação para o Jacob — sugiro. — O que ele tem?

— Não sabemos — respondeu meu pai.

Ligo para Paige, mas ela não atende.

Tem outra foto de Jacob na parede do meu quarto. O garoto de que me lembro está em pé em um jardim, usando uma camiseta com a inscrição "ARIZONA, O ESTADO DO GRAND CANYON" e segurando a mão de uma menininha loira de vestido azul. De acordo com a anotação embaixo da foto, a menina sou eu.

Estamos em um jardim. É o jardim desta casa, mas tem um balanço. Queria que ainda tivesse um balanço. Posso pedir para eles comprarem um para mim.

Tiro a foto da parede para examiná-la de perto. Toco o rosto dele com a ponta do dedo. É meu irmão. É o Jacob, que agora é mais velho e está doente. Viro a foto e vejo uma inscrição no verso. Não esperava encontrar uma anotação.

"Me liga. Te amo." E uma sequência de números.

Olho para eles, depois devolvo a foto no lugar.

Minha mãe passa o resto do dia cozinhando, embora eu devesse ser capaz de me alimentar sozinha. Ela está preocupada com a possibilidade de eu deixar o forno ligado, ou saturar a casa de gás e riscar um fósforo. Minha mãe guarda toda a comida em potes fechados e vasilhas cobertas com papel-alumínio e marca cada recipiente com uma etiqueta, na qual anota a data em que Paige e eu devemos comer aquele prato. Tem lasanha para amanhã, curry para terça-feira, torta de peixe para quarta, macarrão com queijo para quinta e pizza para sexta. Eles voltam para casa no sábado. O armário está cheio de pão e coisas para pôr nele, e minha mãe está fazendo uma panela enorme de sopa para aquecer todos os dias na hora do almoço.

Tento ligar para Paige, mas vejo que já tentei outras cinco vezes. Ela não atende. Recebo uma mensagem dela:

> Flora, para de me ligar. Não quero falar com você. Você beijou meu namorado. Me deixa em paz.

Não conto aos pais.

Eu me perco na lembrança. Amo tanto Drake que ele fez meu cérebro funcionar de novo. Eu estava sentada na praia. Tinha ondas. Ele chegou e sentou ao meu lado. Disse que costumava ficar sentado no bar se perguntando se estava com a garota errada. Disse que eu era bonita e interessante. Lembro da nossa conversa. E me apego a ela. Eu lembro. Repasso cada palavra de novo, de novo e de novo.

Encontro os bilhetes amarelos de Paige em minha bolsa e tiro uma foto deles lado a lado para lembrar que não devo telefonar para ela. Não posso escrever no braço com caneta de ponta grossa como gostaria de fazer, não até os pais terem saído.

Finalmente é fim de tarde e está tudo pronto. Meus cinco dias de comida estão garantidos. Tem comprimidos em caixinhas na cozinha, com o dia certo escrito em cada uma com letras enormes. A mala está ao lado da porta, e os pais verificaram várias vezes os passaportes. Eles não têm passagens, porque fizeram as reservas pela internet, mas eu sei que o voo para Paris sai de Exeter e que eles saem amanhã às cinco da manhã. Sei disso porque as informações estão escritas em bilhetes espalhados pela cozinha, no corredor e na sala de estar, e provavelmente no resto da casa. Eles me levam à cozinha.

Minha mãe pendura o avental, tira o elástico que prendia seu cabelo e olha para mim com um sorriso tenso.

— Vamos andar um pouco na praia, querida? — ela diz. — Um sopro de ar fresco da Cornualha pode ser bom. Preciso disso antes de viajarmos.

Calço os sapatos, visto a capa de chuva e paro na varanda, entre vários objetos que foram ficando por lá (bolas de tênis, um bastão de críquete que parece ser muito velho, uma caixa de papelão com meus livros de exercícios do fundamental). Torço desesperadamente para não encontrarmos Paige. Vou ficar bem sozinha, mas sei que os pais nunca me deixariam se descobrissem a verdade. Quero que eles viajem para ver Jacob. Quero ver como consigo me virar sozinha. Quero poder viver dentro da minha lembrança.

Alguém abre a porta atrás de mim, só uma fresta, e eu ouço os pais conversando em voz baixa, como fazem quando não querem que eu escute. Fico tentada a empurrar um pouco a porta para ouvir de verdade, mas, assim que dou um passo, minha mãe diz:

— Não, é evidente que ela não tem nem ideia, e vamos manter as coisas desse jeito.

E eu congelo.

É evidente que não eu tenho a menor ideia. Isso vai mudar agora, porque vou lembrar coisas. Os pais estão guardando algum segredo. Anoto isso em um pedaço de papel e guardo no bolso. M e P escondem alguma coisa de mim. Vou poder procurar pela casa enquanto eles estiverem fora, tentar descobrir o que é.

Eu me afasto, saio da varanda e continuo pela alameda do jardim, olhando para o lugar onde tenho certeza de que havia um balanço.

Minha mãe está lá atrás, em pé na varanda e respirando fundo. Finjo não notar sua presença, e ela espera meio minuto, mais ou menos, antes de falar com sua voz mais animada:

— Flora! Certo. Vamos descer para ver o mar.

É evidente que ela não tem nem ideia. Essa é a história da minha vida inteira, até Drake.

— Sim — respondo e hesito ao olhar em volta. Se eu perguntasse sobre o que não tenho nem ideia, ela não responderia, então, por enquanto, vou deixar isso de lado. Mais tarde eu descubro.

— Qual é o problema com o Jacob? — pergunto.

— Não sabemos. — Devo ter perguntado a mesma coisa milhões de vezes, porque ela parece irritada.

Minha mãe é mais baixa que eu, mais larga, e seu cabelo escuro é grosso, crespo e completamente diferente do meu, que é irritantemente liso, claro e sem volume nenhum. Consigo ver quanto ela está perturbada por causa de Jacob e quero cuidar dela. Não tenho nem como começar. Ela cuida de mim, e é assim que funciona.

O mar desenha uma linha reta no fim da rua, mas, em vez de seguir direto até lá, andamos pelos jardins do outro lado. São verdes e lindos, um lugar feliz que me envolve como um cobertor.

— Por que você parou de ir vê-lo? — pergunto.

Ela se assusta e olha para mim.

— Parei de ver quem? — pergunta, embora saiba muito bem de quem estou falando.

— Meu irmão. — Tento lembrar o nome dele. — Jacob — acrescento.

— Ah, Flora. Foi complicado. E faz tempo. Ele era jovem e teimoso, achava que sabia de tudo. E foi... — Ela desvia o olhar.

— Teve alguma coisa a ver comigo? — Tenho certeza que sim. O rosto dela revela.

— Ah. Não exatamente.

Minha mãe se afasta, anda depressa em direção aos portões de saída, onde uma placa avisa que "Incêndio proposital é crime". Ando atrás dela. Sei que é melhor não perguntar mais. Se ela respondesse, eu esqueceria. Ela já deve ter me falado tudo isso um milhão de vezes. Deve ser irritante viver comigo.

Atravessamos a rua e nos debruçamos na balaustrada sobre o mar, olhando para a água. O ar é frio, mas o sol da tarde revela cada detalhe de tudo por ali. Cada pedra na praia projeta sua sombra. O mar brilha como um espelho, e o céu é limpo e frio.

À esquerda fica a piscina descoberta. É linda de ver, mas, apesar de lembrar que tive aulas nela quando era pequena, não me atreveria a tentar nadar agora. Além dela, tem um castelo de conto de fadas na água e a terra atrás dele, o que dá a sensação de que este é um mundo particular, um porto seguro e fechado. Esse é o meu mundo; sempre foi o meu mundo.

À direita a terra segue descrevendo outra curva.

Drake está longe, em um lugar gelado para onde queria ir desde os dez anos. As aulas do curso que ele faz são em inglês, o que é bom, porque ele é péssimo com idiomas.

Olho para minha mão direita. FLORA seja corajosa, leio. Um dia farei alguma coisa. Um dia.

— Vou sentir saudade — minha mãe diz.

— Você volta? — pergunto, mesmo sem saber por quê.

Sinto que ela olha para mim, mas continuo olhando para o mar. Drake e eu nos beijamos perto daqui, um pouco mais à esquerda. A maré estava alta. A água chegou perto de nós. Lembro como foi sentir seus lábios sobre os meus, o cheiro de alga marinha. Naquele momento sacrifiquei minha amizade, e o vergonhoso é que eu faria tudo de novo, uma centena de vezes. Toco o bolso da calça jeans. A pedra ainda está lá.

— É claro que voltamos — ela diz. — Flora, olha para mim.

Eu me viro devagar, relutante. Ela está me encarando, e não consigo ler sua expressão.

— Prometo que vamos voltar — minha mãe diz, sem desviar os olhos dos meus. — Vamos fazer o que temos que fazer, depois voltamos para casa. Não vá a lugar nenhum. Não tenha ideias.

Tento fazer uma piada.

— Vou estar bem gorda quando vocês voltarem. Você não vai me reconhecer. Toda aquela comida que eu tenho que comer...

Quero que ela saiba que consigo me lembrar da comida. Percebo que ela fica satisfeita.

— Sim. É para comer mesmo. Coma três vezes por dia, tome os comprimidos de manhã e à noite e mande mensagens para mim o tempo todo.

— É claro que sim.

— E se cuida. *Não vá a lugar nenhum.*

Ela me encara com ar sério até eu me virar de frente para o mar novamente. Ficamos lado a lado olhando para o Atlântico. Só consigo pensar em Drake.

3

ESTOU SENTADA NO CHÃO DO MEU QUARTO, LENDO UM LIVRO.

O livro é preto, de capa dura, e na frente tem um adesivo branco que diz:

A HISTÓRIA DA FLORA. LEIA SE ESTIVER CONFUSA.

Não é minha letra. Tenho quase certeza de que é a caligrafia da minha mãe.

Você é Flora Banks.
Você tem dezessete anos e mora em Penzance, na Cornualha. Quando tinha dez anos, apareceu um tumor no seu cérebro, e os médicos o removeram quando você tinha onze. Parte da sua memória se foi com ele. Você lembra como fazer coisas (como preparar uma xícara de chá, como ligar o chuveiro) e consegue lembrar da sua vida antes da doença, mas desde a cirurgia não consegue construir novas memórias.
Você tem AMNÉSIA ANTERÓGRADA. Consegue manter as coisas na cabeça por algumas horas, depois esquece. Quando esquece as coisas, você sente uma confusão repentina. Tudo bem. Isso é normal para você.

Quando ficar confusa, você tem que olhar para a sua mão, suas anotações, seu celular e este livro. Essas coisas ajudam a lembrar onde você está e o que está acontecendo. Você se tornou muito, muito boa em anotar coisas. Seu nome escrito na mão faz você se sentir estável, e você sempre segue suas dicas e se recorda do que está acontecendo.

Você lembra de nós e da sua melhor amiga, Paige, e de pessoas que conheceu antes dos dez anos. Outras você esquece, mas tudo bem, porque os moradores daqui te conhecem e entendem.

Você nunca vai morar em outro lugar que não seja Penzance, porque é aqui que está segura. Esta cidade está mapeada na sua cabeça e é o seu lar. Você sempre vai morar conosco, e nós sempre vamos cuidar de você, e você vai ficar bem.

Você é brilhante e forte. Não é esquisita.

É muito boa em ler e escrever, e percebe melhor as coisas que muita gente sem nenhum histórico médico.

Vamos garantir que você sempre tenha tudo de que precisar. Você toma remédio duas vezes por dia, e vai tomar para sempre.

*Beijos,
Mamãe*

Fecho o livro. Como posso ter esquecido que tenho amnésia? Como, porém, poderia lembrar?

Sei que tenho dezessete anos. Beijei Drake. Cada detalhe do nosso beijo ainda está em minha cabeça. Eu estava sentada na praia. Ele chegou e sentou ao meu lado. Eu tinha dezessete anos, e ainda tenho.

Meu quarto continua como era quando eu tinha dez anos. A decoração é cor-de-rosa e branca, com babados e bonecas e brinquedos de criança. Tem Barbies, ursinhos e Lego.

As palavras neste livro não são mais verdadeiras. Agora consigo lembrar uma coisa, e não é algo anterior aos meus dez anos. É de um dia que sinto que pode ter sido ontem. Decido fazer um teste.

Ponho uma fileira de brinquedos na cama. Uma Barbie de cabelo castanho, uma ambulância de Lego e uma boneca mole chamada Phyllis, depois um Bicuço, o hipogrifo cinza. Olho para eles. Barbie, Lego, boneca, hipogrifo. Jogo o cobertor cor-de-rosa fino em cima deles e escrevo no meu caderno:

Barbie, ambulância Lego, boneca Phyllis, Bicuço. Tiro o cobertor e verifico, mas sabia que estava certa, porque teria acertado de qualquer jeito. Preciso sair do quarto e voltar horas depois para ver se vou me lembrar deles.

Cubro os brinquedos de novo e arranco uma página do fim do caderno.

Que brinquedos estão na cama?, escrevo e deixo a folha no chão, perto da porta, com uma caneta para eu poder escrever a resposta quando voltar.

Beijei um garoto e estou apaixonada. Tenho dezessete anos e não preciso de um quarto de menininha. Isso é ridículo. Pego os ursinhos, ponho todos na caixa de Lego e empurro tudo para o canto do quarto. Cubro a caixa com um lençol do cesto de roupa suja. Esses brinquedos pertencem a uma criança, e eu não sou criança.

Posso pintar este quarto. Se fosse pintá-lo, seria de branco. Seria simples e vazio, como um quarto normal, e qualquer coisa poderia acontecer dentro dele.

Sento no chão, olho para o volume coberto da caixa de Lego e revejo minhas lembranças.

Eu estava sentada no chão (provavelmente neste chão), brincando com uma ambulância de Lego. Era uma menininha normal. Estava conversando com alguém grande, sentado comigo no chão. Ele me ajudava a levar uma menina de Lego para o hospital. Eu estava feliz. Era meu irmão, Jacob.

Era meu primeiro dia de aula. Eu estava com medo e agitada, então levantei quando ainda não havia amanhecido e vesti o uniforme, pendurei a mochila nas costas e esperei quanto pude antes de ir acordar os pais e meu irmão. Todos reclamaram e resmungaram porque ainda era cedo.

Eu me arrumava para passar o dia fora. Era excitante, porque íamos a um lugar com brinquedos de parque. Eu mal podia esperar. Estava agitada e impaciente, perguntando a todo mundo se eu já podia entrar no carro. Mal podia esperar para chegar lá. Eles riram de mim e explicaram que precisávamos tomar café da manhã primeiro. Não consigo me lembrar do dia nesse lugar com brinquedos. Queria lembrar... Flambards. O nome do lugar era Flambards.

— Mãe? — grito, me perguntando onde ela está e se é hora de uma xícara de chá. Ela não responde. Corro até a cozinha e ponho a água para ferver assim mesmo e, quando vejo todos os bilhetes nas paredes, entendo o silêncio. Eles viajaram, foram ver Jacob, que é a pessoa grande na minha primeira lembrança, que é meu irmão, que está doente.

Começo a entrar em pânico. Não posso ficar aqui sozinha. Não quero ficar sozinha. Preciso de alguém. Preciso da minha mãe. Preciso do meu pai. Preciso de pessoas à minha volta. Se Jacob está doente, devia ter vindo para casa para receber cuidados.

Lembro de ter beijado Drake na praia, mas não lembro mais nada. Subo a escada correndo para o meu quarto, não olho para a porta do quarto dos meus pais, porque não quero ver que eles não estão lá.

Tem um bilhete com a minha letra. *Que brinquedos estão na cama?* Levanto o cobertor e vejo uma Barbie, uma ambulância de

Lego, uma boneca mole chamada Phyllis e um hipogrifo. Anoto tudo, porque tem uma caneta ao lado da pergunta, mas nem imagino por que tenho que anotar. Isso é tão frustrante que me faz chorar.

Se vou ficar sozinha, tenho que deixar bilhetes melhores que este para mim. Viro uma página no livro e escrevo: *Regras de vida da Flora*. Sublinho. Tento pensar em uma, mas tudo que me vem à cabeça agora é: não entre em pânico. Escrevo.

Não entre em pânico, porque provavelmente está tudo bem e, se não estiver, o pânico só vai piorar as coisas.

Olho para o que escrevi. Parece sensato.

Ando de um cômodo ao outro olhando para as coisas. Escrevo bilhetes cada vez mais longos e os ponho em lugares estranhos, dizendo a mim mesma por que estou sozinha e quanto tempo isso vai durar, me perguntando por que também não me lembro disso. Grudo bilhetes em volta da fotografia de Jacob: *Mãe e pai estão com Jacob porque ele está doente*, escrevo. *Não sei quanto ele está doente, mas é grave.* Carrego todas as mensagens que troquei com os pais, copiando-as em post-its e colando os papéis em uma fileira na parede da cozinha. Tomo meus comprimidos quando eles mandam uma mensagem me dizendo para tomar o remédio.

Minha mãe escreve:

> Tome os comprimidos, querida.

Respondo:

> Podemos ir ao Flambards quando vocês voltarem?

Ela não responde.

Decido mandar uma mensagem para a Paige, porque ela devia estar aqui comigo e eu não consigo encontrá-la dentro de casa. Porém, quando acho o nome dela no celular, surge na tela uma lista de mensagens que ela mandou, todas dizendo que tenho que parar de ligar para ela, porque beijei seu namorado. Fico olhando para o celular. Sinto medo de novo. Se os pais não estão aqui, Jacob está doente, Paige me odeia e Drake está em Svalbard, não tenho ninguém.

Paige não é mais minha amiga. Beijei o namorado dela na praia. Eu lembro. Sei que isso é verdade. É claro que ela não quer me ver. Olho para as palavras dela. Conheci Paige no nosso primeiro dia na escola, quando tínhamos quatro anos. Nós duas usávamos tranças.

Olho para um bilhete ao lado da cama no qual tem a palavra Drake. Escrevi o nome dele e desenhei um coração em volta. Encontro a pedra preta. Fico em pé ao lado da janela do meu quarto e levo a pedra aos lábios. Ele me deu a pedra. Eu me lembro disso. Lembro sim.

A segunda-feira passa, e eu não saio de casa para nada. Lembro o beijo. Pode desaparecer da minha cabeça a qualquer momento, e eu mergulho nele de novo e de novo, até ser mais real que a casa à minha volta. Quando fico confusa, sem saber por que estou sozinha, tenho a lembrança e me recordo do restante com os bilhetes que estão em todos os lugares.

Jacob está doente, eles dizem. Pais estão em Paris com ele. PENSAM QUE A PAIGE ESTÁ AQUI, MAS ELA NÃO ESTÁ, PORQUE ESTÁ MUITO BRAVA COMIGO. PAIGE NÃO É MAIS MINHA AMIGA. Esse fato está em todos os lugares para onde olho, ocupa minha cabeça e me faz chorar. Paige não é minha amiga. Tenho que deixar os pais acreditarem que ela está aqui para não se preocuparem, mas ela não está aqui porque não é minha amiga. Eu mereço isso.

Entre pensamentos sobre Drake e lembranças do beijo, toco "Brilha, brilha, estrelinha" no piano, adapto a letra para a canção do alfabeto, depois para outra música infantil. Tomo banho e tento ler um livro. Fico quieta no meio do quarto e ouço o silêncio.

Encontro uma lata de tinta branca no armário embaixo da escada e começo a pintar meu quarto. Quero que seja branco porque é uma cor normal e adulta, e eu gostaria de ser uma adulta normal. Puxo a cama e a caixa de brinquedos para o meio do cômodo e uso um lençol e um cobertor cor-de-rosa fino para proteger as tábuas do assoalho. Estou coberta de respingos de tinta, e só pintei metade do quarto, mas estou satisfeita com o resultado.

Respondo com cuidado às mensagens que os pais mandam do aeroporto, depois da França, e anoto a que horas eles chegaram e o que disseram. Lembro de dizer a eles que Paige está comigo. Finjo que estamos vendo televisão. Eles ficam satisfeitos. Tomo os comprimidos. A dose extra à noite me deixa com muito sono.

Encontro um bilhete que diz: M e P escondem alguma coisa de mim. Não gosto disso. Colo o bilhete na parede e olho para ele por um tempo. Depois vou ao quarto deles e olho tudo, para o caso de eu descobrir qual é o segredo, mas não tem nada de interessante ali, não que eu esteja vendo. Viro as páginas dos livros para ver se tem alguma coisa escondida. Olho nas gavetas. Encontro uma pilha de cartões presos com elástico no fundo de uma gaveta de roupas da minha mãe. É uma coleção de dezessete cartões de Dia das Mães, todos enviados por mim. O primeiro tem um carimbo de tinta dos meus pés. O quarto tem meu nome escrito com letras infantis enormes, minha assinatura. Os seis seguintes são escritos por mim com palavras como *Para Mamãe* e *amor, Flora* cada vez mais legíveis. O que vem depois deles foi escrito pelo meu pai. Os seguintes são meus de novo.

Não pode ser esse o segredo. Vou continuar procurando.

Tomo sopa no almoço e como metade da lasanha no jantar, e nas duas vezes encho a pia com água quente e detergente, lavo a louça e deixo tudo em ordem. Bebo café, depois chá, depois água e vou para a cama no meu quarto meio branco, sentindo que fiquei tão ocupada que não tive tempo de sair, gostando do cheiro de tinta. Tenho que me lembrar de terminar o trabalho.

Ficar em casa sozinha não vai dar problema.

Deitada na cama, leio tudo que escrevi sobre Drake. Ele saiu do país. Está no Ártico. Tento imaginá-lo lá, mas tudo o que vejo é neve. Imagino se tem lojas. Na minha cabeça, o polo Norte não tem lojas ou prédios de nenhum tipo, mas ele não está realmente no polo Norte. Está na universidade em "Svalbard", e na universidade deve ter comida, deve ter camas.

As aulas do curso dele são em inglês. Sei disso porque ele me contou, e eu lembro.

Pego no sono imaginando como é ser normal. Imagino minha cabeça cheia de imagens nítidas de todas as coisas que realmente aconteceram, arquivadas para eu poder voltar a elas e vê-las sempre que quiser. Não consigo imaginar esse luxo e adormeço chorando por tudo que me falta. Espero acordar e ainda conseguir lembrar.

Acordo à noite assustada. Meu coração está acelerado e eu sento na cama, olhando em volta. A casa está tão quieta que o silêncio sufoca, é uma presença.

Minha mão treme quando a estendo em direção ao abajur. Beijei Drake na praia, tenho dezessete anos, mas tem mais alguma coisa. Tateio procurando o abajur sobre o criado-mudo. Tem alguma coisa errada. Não encontro a luminária, por isso levanto da cama, agitada demais para continuar no escuro por mais um momento. Minha cama está no meio do quarto, é por isso que não encontro o interruptor. O quarto tem cheiro de tinta. Meus pés grudam nas tábuas do assoalho. Estou no corredor, sinto o velho tapete sob os pés, depois corro e pulo os degraus da escada e abro a porta do quarto dos pais. Sei que ver um deles vai me acalmar. Entro no quarto devagar, não quero acordá-los. Um raio estreito de luz entra pelo vão entre as cortinas e ilumina parte da cama, que está arrumada e vazia.

Eles não estão aqui. O pânico surge, ameaça me dominar, e eu corro para o interruptor na parede, pisco com a luz forte e olho em volta. Eles não estão aqui. É o meio da noite, mas meus pais não estão na cama. São eles que cuidam de mim e não estão aqui. Eles sempre estão na cama à noite, e não sei o que fazer quando não estão. Eles são tudo. Não sei o que fazer sem eles. Estou respirando depressa. Tem um bilhete em cima do travesseiro do meu pai. Ando devagar em direção à cama e pego o papel. É um pedaço de folha pautada arrancada de um caderno, e a caligrafia é do meu pai:

> Querida Flora, estamos fora porque o Jacob está doente. A Paige está com você. Tudo explicado nos bilhetes na cozinha. Beijos

Na cozinha eu junto as peças. Paige não está aqui porque beijei o namorado dela. Eu me lembro disso. Estou sozinha em casa. Não existe a menor chance de voltar a dormir. Estou sozinha, e não tem ninguém neste país que saiba ou se importe.

Posso fazer qualquer coisa.

Decido fazer um bule de chá, levar para o quarto, voltar para a cama e tentar ler um livro. Posso fazer qualquer coisa, mas olhar para um livro com uma xícara de chá é a única atividade em que consigo pensar.

Posso sair de casa e ir para onde quiser. Poderia, mas não vou.

Acendo as luzes por onde passo e olho para os bilhetes que meus pais e eu deixamos pela casa. Seguindo as instruções deles, vejo primeiro se a porta da frente está trancada (está, e a corrente está no lugar), depois vou olhar a porta dos fundos (também trancada). Ponho água para ferver e, enquanto espero, ando por ali lendo bilhetes. Muitos dos que têm minha letra contam sobre Drake. Eu sei que beijei o Drake. A lembrança é clara na minha cabeça, nítida, definida e real, se destacando na imprecisão de todo o resto.

São duas e quinze. A maioria das pessoas em Penzance está dormindo. Tenho a casa e o mundo só para mim. Sento na frente do computador grande, o que os pais usam, e olho para ele meio em transe, pensando no que fazer.

Devo ter cochilado, porque acordo sobressaltada na frente do computador e tenho que lembrar tudo de novo. Acho que é hora de voltar para a cama, por isso pego o laptop, porque tem nele um adesivo com a inscrição *laptop da Flora*, e subo a escada levando-o embaixo do braço, com a caneca de chá morno na outra mão.

As paredes do quarto são brancas e cor-de-rosa, e o chão é de madeira polida com um lençol e um cobertor respingados de tinta. Um quadro de fotos com legendas ocupa a maior parte de uma parede que ainda é cor-de-rosa.

Tem alguma coisa ao lado da cama, um volume embaixo de um cobertor, e encontro uma caixa de brinquedos. Não quero uma caixa de brinquedos. Beijei um garoto na praia e tenho dezessete anos. Pego a caixa e a deixo no corredor, perto da escada. Vou pintar o resto do quarto. Quero que seja branco, como os quartos normais. Aprovo minhas atitudes passadas, presumindo que tenha sido eu que comecei a pintar as paredes.

Estou olhando para a página de Svalbard na Wikipédia quando noto um e-mail. Não sabia que recebia e-mails. É só um "1" vermelho ao lado do ícone do envelope que me faz clicar, e, quando vejo o nome, quase não consigo respirar.

É uma mensagem de Drake, e ela diz apenas:

Flora, não consigo parar de pensar em você.

Leio de novo e de novo. São oito palavras, mas são as melhores oito palavras do mundo. Copio a mensagem muitas vezes e espalho bilhetes para mim mesma pelo quarto.

Drake me fez lembrar. Talvez agora eu também me lembre disso.

Fico feliz por estar sozinha, porque, se os pais estivessem aqui, tudo seria seguro e controlado, e eu nunca estaria com o computador ligado às vinte para as três da manhã.

Leio as oito palavras de novo e de novo. Eu amo Drake, e sei que ele escreveu essa mensagem para mim. Ele não consegue parar de pensar em mim. E eu não consigo parar de pensar nele. Mal consigo digitar a resposta, porque estou desesperada para contar que ele me fez lembrar.

Quando consigo escrever as palavras certas na ordem certa, mando a mensagem, mesmo sabendo que deveria esperar até amanhã. Assim que mando o e-mail, deito e sonho com Drake em sua casa nova e estranha. Eu o imagino em um lugar vazio e coberto de neve, com casas feitas de gelo e uma vida fria, espartana, e me pergunto se poderia mandar para ele alguma coisa útil. Talvez prepare um pacote com coisas da Cornualha, coisas de que ele possa precisar.

Quando amanhecer, vou à praia procurar outra pedra preta para enviar a ele.

Acordo tarde, o sol atravessa as cortinas finas e ilumina minha cama. Viro de lado enrolada na colcha cor-de-rosa e bocejo. Algumas paredes foram pintadas de branco e a cama está no meio do quarto. São quinze para as onze.

Estou totalmente desorientada e meu coração dispara. Não sei por que estou na cama no meio do quarto. Leio minha mão. Leio o caderno ao lado da cama. Leio tudo que está colado nas paredes ainda cor-de-rosa. Eu sou a Flora. Tenho dezessete anos. Fiquei doente quando tinha dez anos e tenho amnésia anterógrada. Beijei Drake na praia. Paige me odeia. Estou sozinha.

Drake escreveu para mim. *Flora, não consigo parar de pensar em você.*

O laptop está no chão. Segundos depois estou sentada na cama, olhando para ele. Releio a resposta que mandei para Drake no meio da noite. É curta, o que acho que é bom, mas ainda é muito mais longa que a mensagem dele para mim. Ajeito o cabelo atrás das orelhas e começo a ler. Escrevi às três da manhã.

Querido Drake,

Estou muito feliz por ter notícias suas. Nunca pensei que isso aconteceria. Também não consigo parar de pensar em você! E o mais incrível é que eu me lembro! Eu me lembro de nós dois sentados na praia, com a maré subindo. Lembro cada palavra que dissemos. Lembro de ter beijado você. Tudo isso. Todo o resto desaparece da minha cabeça, mas o beijo ainda está lá. Não consigo parar de pensar em você.
Eu devia ter passado a noite toda com você. Queria poder voltar no tempo e mudar isso (viu? Eu lembro de verdade).
A Paige não quer mais ser minha amiga, porque sabe de tudo. Eu esqueci essa parte, mas tinha anotado. Fico triste, mas não a culpo.
Meus pais foram para a França, porque meu irmão Jacob mora lá e está doente. Estou em casa sozinha. Vou ficar sozinha até sábado. Por isso estou com o computador ligado no meio da madrugada.

Conta mais sobre Svalbard. Lembro que você disse que foi para lá quando tinha dez anos e viu o sol da meia-noite, e agora, aos dezenove, finalmente foi morar lá. Conta o resto.

Flora

Queria que ele tivesse respondido à noite. Olho para a caixa de entrada esperando o e-mail chegar. Eu o assustei. Não faço ideia de que horas são no polo Norte. Talvez eu pergunte. Qualquer que seja o horário, nove horas já se passaram desde que mandei mensagem, e ele já deve ter visto e não respondeu.

Levo o laptop para baixo para fazer café e torrada. Verifico se o volume do som está alto, porque, no momento em que o e-mail chegar, um ruído vai me avisar. Não ligo o rádio, embora possa ouvir a música que eu quiser, com os pais fora.

Posso ouvir música tão alto quanto quiser, e eu quero. Quero pôr uma música bem alto e dançar pela cozinha. Mesmo Drake estando no polo Norte e não tendo respondido à mensagem, nada pode apagar o fato de ele ter dito que não consegue parar de pensar em mim.

Neste momento, Drake é a única pessoa do mundo. O curso que ele foi fazer no polo Norte deve durar um ano, talvez dois ou três. Não sei. Depois disso ele pode voltar. Ou ele e eu podemos ir para algum outro lugar. Podemos morar juntos. Podemos nos casar. Eu posso ser sua esposa. Sra. Flora Andreassen. Ele tem dezenove anos e eu, dezessete, e isso significa que vamos ter idade suficiente para isso. Ele pode cuidar de mim, e eu, do meu jeito, posso cuidar dele. Vou me lembrar de tudo se estiver com Drake.

Drake me fez lembrar. Vou ser normal por causa dele. Tenho que passar a vida ao lado dele, porque ele faz minha memória funcionar.

Não me sinto uma criança.

Faço café, ponho algumas fatias de pão na torradeira e olho para a tela do laptop tentando, com a força da minha vontade, obrigá-lo a apitar anunciando a chegada de um novo e-mail.

Minha mãe manda uma mensagem que diz:

> Bom dia, querida. Como você e a Paige estão? Não esqueça os remédios.

Tomo os comprimidos. O telefone fixo toca. Eu atendo, e uma voz feminina diz:

— Só queria ter certeza de que você não se matou deixando o gás aberto.

— Paige! — respondo. Mas ela já desligou.

Nada mais acontece. Depois de um tempo, deito no sofá, ligo a televisão e pego no sono.

Acordo assustada e descubro que já se passou mais de uma hora. Segundos depois, estou na frente do laptop. Drake respondeu. Tem um e-mail novo na caixa de entrada.

Por um momento, não me permito ler a mensagem. Depois me sento diante do laptop e a devoro.

Flora,

Sério? Você lembra? Isso é maluco e incrível.
Falou com o médico? Isso significa que pode estar começando a se recuperar?
Está bem aí sozinha? Isso é surpreendente, sua mãe sempre pareceu superprotetora. Ela deixou você sozinha? Espero que o seu irmão fique bem.

> Sua mensagem me fez imaginar coisas que poderiam ter acontecido, mas não aconteceram. Queria ter repetido o convite naquela noite. Teríamos encontrado um jeito. Passo mais tempo do que você pode imaginar pensando em você nua. Isso é uma coisa horrível para dizer? É, não é? Desculpa. Tenho pensado sempre em você, e a gente nem pode se ver. Nunca imaginei que isso pudesse acontecer. E se a sua memória está voltando, então... qualquer coisa pode acontecer. Quando os seus pais voltam? Ei, se cuida. Lembra de comer e essas coisas. Continue lembrando!
>
> Drake

Leio a mensagem várias vezes, e em todas fico chocada com o fato de ele querer me ver nua. Isso me faz corar no corpo todo, mesmo estando sozinha. Não sei como lidar com ele fazendo esse tipo de comentário. Tento gravar o e-mail na memória (sinto que é possível), depois imprimo a correspondência e guardo tudo em uma pasta.

Ele passa mais tempo do que posso imaginar pensando em mim nua. Fecho os olhos e tento absorver essa informação. É assustador. Não tenho mais dez anos.

A casa muda. Não está mais vazia, exceto pelo silêncio ensurdecedor. Ela se torna um lugar mágico. Cada superfície parece brilhar. Tem um encantamento no ar. Troco mensagens com Drake enquanto o dia vira noite e a noite vira dia. Ele precisa trabalhar em sua estação de satélite, mas, sempre que pode, corre para o computador e escreve para mim. Respondo sempre, muitas vezes, deixando as mensagens acumularem para quando ele tiver tempo de ler tudo.

As respostas dele são brilhantes e douradas.

As mensagens progridem. Em uma ele está pensando em mim nua, em outra está contando o que gostaria de fazer com o meu corpo nu, e eu me esforço para escrever as respostas apropriadas. Não sei como uma conversa desse tipo deve progredir, por isso escrevo só o que eu penso e espero que seja suficiente. As coisas que ele diz são estranhas e novas, mas adoro todas elas. Minhas palavras aparecem na tela diante dele, no lugar gelado, e ele responde assim que pode. É inebriante. Sabe-se lá como, estou fazendo isso certo.

Eu me pego digitando:

Não tem nada que as pessoas façam juntas que eu não faria com você, se você quisesse.

Assim que escrevo, desejo me explicar melhor, porque imediatamente começo a imaginar pessoas fazendo coisas horríveis umas com as outras, e não foi isso que eu quis sugerir. Porém mandar outro e-mail começando com "exceto..." não seria nada romântico, por isso começo a escrever, paro e deleto a mensagem. Espero que Drake entenda o sentido do que escrevi.

Às vezes me pego sentada diante do computador grande dos pais, olhando para páginas aleatórias e me perguntando o que é que estou fazendo ali. Meus e-mails estão no laptop. Acho que migro para o outro computador sem nem perceber quando estou preocupada com os pais. Às vezes eles enviam mensagens de texto dizendo que estão bem, mas Jacob está muito doente e é um momento difícil para todos. Eu respondo, digo com entusiasmo para não se preocuparem comigo. Eles perguntam sobre a Paige, mas sei que a Paige me odeia, porque está escrito em todos os lugares, então falo que ela perdeu o celular e transmito os recados dela.

Encontro um bilhete que diz: *Falei para a minha mãe que a Paige perdeu o celular, assim eles não ligam para ela.*

Então devo ter dito a mesma coisa duas vezes. É provável que eu tenha dito muitas e muitas vezes.

Minha memória não melhorou. Mas me lembro do beijo. E me apego a isso.

Na terça-feira não como o curry que está em um recipiente na geladeira, apesar de a etiqueta dizer "COMER NA TERÇA-FEIRA". Devoro algumas torradas e uma banana e não saio de casa, porque isso significaria me afastar do computador. Fico sentada olhando para ele e, quando não estou olhando para ele, corro até o banheiro ou fervo água para o chá. Tomo os remédios quando minha mãe manda mensagem. Paige liga no fixo e diz: "Não pôs fogo na casa? Maravilha".

É quarta-feira. Eu devia tomar uma ducha. Porém tomar banho significa deixar o laptop em um lugar seco. Não posso deixá-lo. Levo o computador de um cômodo para o outro e passo o dia de pijama, olhando para a tela. Redijo longas mensagens que reviso e mando, e também escrevo mensagens curtas de improviso. Eu amo Drake e digo isso a ele, e ele fala que também me ama. "Também te amo." Olho para mim nua na frente do espelho e me imagino pelos olhos dele.

Lembro do beijo. Está lá, na minha cabeça. Fica lá. Não vai embora. Outras coisas vêm e vão, mas o beijo fica.

Falamos mais sobre sexo. Até recuperar a memória, eu não seria capaz de ter o tipo de relacionamento que outras pessoas têm. Drake me convidou para passar a noite com ele, e eu respondi imediatamente que não podia por causa da minha mãe. Eu me arrependo disso. O arrependimento é um sentimento estranho.

Escrevo:

Daria tudo pela chance de te beijar de novo, te tocar e sentir suas mãos no meu corpo.

As palavras saem de mim sem censura e cheias de alegria. Algo que nunca imaginei existir dentro de mim se liberta.

Queria ter dito a coisa certa quando você sugeriu que passássemos a noite juntos. Daria qualquer coisa para ter você comigo aqui na minha cama, onde estou agora. Qualquer coisa.

Ele responde:

E eu daria qualquer coisa para estar aí. Acordar ao seu lado e te tocar. Seu corpo é perfeito. Eu sei que é. Se não fosse tão esquisito, eu pediria para você me mandar uma foto.

Não posso. Tirar uma foto nua é uma ideia impossível, e eu digo isso a ele. Eu nunca me atreveria a tirar uma foto minha e mandá-la anexada a um e-mail. Eu não posso.

Você vai ter que imaginar. Talvez um dia... quem sabe?

Ele responde:

Espero que sim. Quando seus pais voltam? Sábado?

É o que está escrito. Que dia é hoje? Quarta?

Quinta. Você tem mais dois dias antes de alguém perguntar o que está fazendo na frente do computador por tanto tempo.

Eles gostam quando eu fico na frente do computador.
Significa que estou segura.

Consigo perceber o tom divertido quando ele escreve de volta:

Eles sabem o que é internet? A maioria dos pais não quer que as filhas fiquem conversando com homens pela internet.

Isso vale para meninas de dez anos. Eu tenho dezessete.

Acordo tarde, com as palavras "Beijei o Drake" na cabeça. Eu beijei o Drake. Mantenho isso na cabeça. Eu o beijei na praia a noite passada. E, embora tenha dormido desde então, todos os detalhes ainda estão nítidos em minha memória e quero que continuem ali para sempre. Sinto um calor e uma luminosidade me envolvendo. Eu amo o Drake.
    Ele disse: "A gente pode passar a noite..."
    Eu respondi: "Minha mãe".
    Pego uma caneta para anotar tudo antes de esquecer. Beijei o Drake. Não vou perder isso de jeito nenhum. Minha cama está no meio do quarto, e as paredes estão parcialmente pintadas de branco.
    Olho os bilhetes que deixei ao lado da cama.
    Descubro que:
    Apesar de me lembrar do beijo, não me lembro de nada que parece ter acontecido depois dele. Isso é devastador.
    Meus pais estão na França.
    Meu irmão Jacob está muito doente.
    Decidi pintar meu quarto de branco.
    Paige não é mais minha amiga. Ela sabe que beijei o Drake.
    Drake está no Ártico. Nós trocamos e-mails.
    Olho para as fotos no celular. Leio tudo de novo. Leio os e-mails que Drake me mandou. Quando estou relendo, um novo e-mail chega.

Drake escreve:

> Sinto muito, Flora ⊗.
> Vou ter que sair da cidade e ir para a base do satélite no polo Norte para fazer a pesquisa, ou vão me expulsar do curso quase antes de ele começar. Os satélites ficam longe da cidade e não vou ter sinal de celular, muito menos wi-fi. E, de qualquer modo, você precisa se preparar para a volta dos seus pais. Mando um e-mail amanhã no meio da noite, no seu fuso horário.

Concordo escolhendo cuidadosamente as palavras, torcendo para serem adequadas.

> Tudo bem. Se cuida. Amo você.

Fecho o laptop e olho em volta. De acordo com tudo que acabei de ler, esta casa tem sido um paraíso encantado de amor há dias. Um lugar lindo, um novo e cintilante universo. Tudo tem sido impecável e perfeito.

Beijei o Drake há vários dias, mas ainda me lembro disso. Não sei por que, mas quero saber. Deve ser porque o amo. Pode ser por causa da pedra. Preciso perguntar a um médico. Talvez seja o começo da minha recuperação. Vou tentar achar um médico e perguntar. Escrevo um bilhete para mim mesma sobre isso.

Desço tentando entender minha realidade. Estou apaixonada. Escrevo cartas de amor no computador e recebo cartas de amor. Este é um lugar encantado. Tenho dezessete anos e amo um garoto. Antes disso eu tinha dez, e agora cresci.

Isso é o que estou pensando quando entro na cozinha e paro sem conseguir me mover, incapaz de respirar.

Fomos assaltados. Eu fui assaltada enquanto dormia. Alguém entrou no meu mundo perfeito de sonho e revirou tudo.

Pensamentos invadem minha cabeça e desaparecem antes que eu consiga me agarrar a eles. Este cômodo não é como deveria ser. A cozinha é uma bagunça, com tudo espalhado. E cheira mal. Todos os pratos estão fora do armário e há trilhas de migalhas. Os pratos usados estão por todos os lados, nem foram empilhados na pia. Só foram deixados em lugares aleatórios.

Tem café em tudo. São riozinhos secos e círculos marrons em quase todas as superfícies.

Isso não deve ser coisa de assaltante. Meu coração volta a bater no ritmo certo enquanto examino os detalhes. Eu fiz isso. Fui eu. Escrevi que o lugar era encantado e mágico, mas a verdade é que não era.

Eu nunca devia escrever coisas que não são verdadeiras.

Não encontro nada que sugira que saí de casa desde domingo, quando, aparentemente, fui até a praia com a minha mãe. Eu volto para o corredor e me examino no espelho grande. A menina no reflexo se espanta com a desconhecida desarrumada. Meu cabelo está grudado na cabeça. Devo estar com o mesmo pijama há muito tempo. Sinto o cheiro que exalo. Os vizinhos devem sentir também. Os pais provavelmente podem sentir meu cheiro da (confirmo olhando para a parede) França.

Leio os bilhetes presos nas paredes da cozinha e verifico a comida na geladeira. Os pratos de terça, quarta, quinta e sexta-feira ainda estão lá, mas eu sei que isso não significa que é segunda. Parece que tomei as doses certas de comprimidos. Preciso confirmar que dia é hoje, e não me atrevo a abrir o laptop de novo, porque isso significa que vou escrever para Drake, e sei que isso é algo que estou tentando evitar. "Que dia é hoje?" Desculpa esfarrapada para recomeçar a conversa. Além do mais, acabei de ler que ele está trabalhando e sem acesso a e-mails. Ele não poderia responder, e isso me deixaria triste.

Lembro do beijo. Lembro das nossas conversas. Lembro das ondas quebrando na praia de cascalho, do cheiro do mar e da luz da lua. Lembro da pedra. Abaixo a cabeça e a vejo em minha mão.

Em cada lugar que olho, a casa está pior. Tem cartas empilhadas no capacho e um cartão de "destinatário não encontrado" deixado pelo carteiro. Tiro fotos de tudo, da bagunça, da devastação e de mim mesma, para poder me lembrar disso.

Todas as janelas estão fechadas, mas, quando me aproximo de uma delas, vejo o sol brilhando lá fora. A casa precisa de ar fresco. Abro as janelas.

Tem post-its em todos os lugares, e muitos deles dizem coisas como "EU O AMO" e "ele quer me ver nua". Recolho todos e os guardo em um envelope, que escondo embaixo da cama.

Telefono para um número que leio em um cartão preso no quadro de avisos da cozinha.

— Alô — responde uma voz masculina. — Táxi do Pete.

— Oi — respondo. — Hoje é sexta?

— Hoje? Sim, flor. Sexta-feira. Precisa de um táxi, meu amor?

— Não, obrigada. Tchau.

Desligo o telefone. Os pais voltam para casa amanhã, e tenho muito trabalho a fazer.

Vou cuidar de mim primeiro. Começo a encher a banheira e despejo uma enorme quantidade de sabonete líquido na água. Enquanto o banheiro vai se enchendo de vapor, dou uma olhada no espelho, deslizo os dedos pelo cabelo e fito meus olhos.

Sou uma pessoa diferente.

O espelho embaça. Escrevo o nome dele com a ponta do dedo. DRAKE. Depois escrevo FLORA e seja corajosa. Cerco todas as palavras com um coração.

Passo um bom tempo olhando para meu corpo nu, imaginando se ele ficaria decepcionado se o visse. Deslizo as mãos pelo corpo, pela cintura, tento sentir a pele pelos dedos dele.

Sinto o cheiro no ar e tento entender por que o forno está ligado, mas, quando desço enrolada na toalha, descubro que o acendi em algum momento mas não pus nada dentro. O cheiro no ar é das migalhas deixadas por outros pratos assados ali.

Desligo o forno e volto ao banheiro. A água é quente, a banheira está bem cheia, e fico feliz ao constatar que não deixei a água transbordar.

Drake me pediu uma foto nua em um de seus e-mails. Eu respondi que não. Isso, considero ao entrar na água quente demais, é bom. Drake tem na cabeça uma menina estranha e bonita. Se me visse agora, meu verdadeiro eu, ficaria decepcionado. Estava escuro na praia.

Reclinada na banheira, estudo meus braços e mãos. Isso é importante, porque posso estar prestes a apagar mensagens vitais. E não posso escrever um bilhete na mão para me lembrar de olhar as anotações em minhas mãos. Neste momento, não tem nada nelas que não esteja em minha cabeça.

Lavo o cabelo com xampu e condicionador. Esfrego o corpo e depilo as axilas e pernas. Quando saio da banheira, estou rosada como uma lagosta e muito mais cheirosa que uma lagosta ou minha versão anterior.

Com as janelas abertas, a casa começa a respirar novamente. O cheiro que pairava no ambiente vai se dispersando, e o ar que entra me faz lembrar que tem um mundo lá fora. É cheiro de mar, do ar fresco que vem do Atlântico.

Enrolada na toalha, fico olhando pela janela e descubro que estou chorando. Não sei se a troca de e-mails com Drake realmente aconteceu, se os pais estão viajando de verdade, se meu irmão Jacob está tão doente na França que eles tiveram de me deixar aqui e correr para lá. Não sei se o menino grande que lembro de quando era pequena é meu irmão Jacob. Não acredito que a Paige não está falando comigo, porque ela é minha melhor amiga e nós nos conhecemos quando tínhamos quatro anos, no primeiro dia da escola. E só sei de tudo isso porque li as anotações, mas poderia ter escrito qualquer coisa. Tem um garoto no polo Norte que me ama tanto quanto eu o amo? Beijei mesmo um menino? Ele me convidou para passar a noite a seu lado?

Sim. Sim, convidou. Sei disso porque lembro. Beijei Drake na praia, essa é a única coisa que eu sei.

O mundo começa a ficar branco nas extremidades. Volto caminhando até o quarto, meio trêmula, e sento na cama. Depois deito e fecho os olhos.

Quando acordo, está escuro. Todas as janelas estão abertas e o ar da noite sopra frio em meu rosto.

Não fechei as cortinas. A luz do meu quarto está acesa. A cama está no meio do quarto e as paredes são parcialmente brancas. Leio as anotações e vou entendendo tudo. Os pais voltam no sábado. Encontro um pijama limpo na gaveta. É de algodão branco, e sinto frio com ele, por isso visto também um suéter e calço meias de lã. A casa está quieta.

Beijei um menino na praia ao luar. Todos os pelos dos meus braços ficam em pé.

Todas as janelas estão abertas, e eu me arrepio e vou fechando uma por uma. Ouço gritos distantes na orla, mas esses sons são de outro universo. A sala está mortalmente quieta, a televisão permanece cinza e muda, acusando-me de não assistir a ela, conforme as instruções. O sofá está arrumado, com uma almofada um pouco mais funda, mas intocado, exceto por esse detalhe. Sento só para criar a impressão de que tenho estado ali.

Arrumo a cozinha antes de perceber que são duas da manhã. Os pratos estão na lavadora, o chão foi varrido, mas ainda não passei o pano, e recolhi com a esponja uma quantidade ridícula de migalhas, que joguei na lata de lixo.

Devia voltar para a cama, mas faço uma xícara de chá de hortelã e abro o laptop, sem ter a menor ideia do que vou encontrar. Pode ou não haver uma sequência de e-mails entre mim e Drake, uma sequência de tirar o fôlego. Não acredito inteiramente na Flora que escreveu que isso aconteceu. Tenho medo de encontrar só o meu lado dessa correspondência. Não quero ter mandado mensagens para ele como uma pobre garotinha perturbada. Seria insuportável.

Mas não: está tudo ali na tela. Leio as mensagens com espanto e entusiasmo crescentes.

A conversa terminou há doze horas, com nós dois dizendo que íamos fazer coisas.

Drake deve estar dormindo ao lado de suas antenas de satélite. Eu subo, deito e volto a dormir também.

4

— TÁXI DO PETE.

— Que dia é hoje, por favor?

— Sábado. Agora precisa de um táxi, meu bem?

A casa está limpa e arrumada. Passei pano, usei produtos de limpeza, tirei o pó e limpei. Joguei fora a maior parte da comida e levei o lixo para fora para ninguém encontrar os pratos ainda perfeitamente bons dentro da lata. Fotografei tudo limpo para saber que fiz aquilo. Eles vão chegar sábado à tarde, e agora é sábado de manhã. Decido enfrentar o mundo lá fora e substituir todo o pão que comi.

É estranho sentir o ar no rosto. Acho que não saio de casa há muito tempo. É um dia quente, e saio de vestido de algodão, cardigã e chinelos. Quando passo pela porta da frente, me sinto uma transgressora: subo a rua, passo por um grande prédio de escritórios e deixo minhas pernas me levarem para a Chapel Street, onde tem uma mercearia. O ar fresco queima meus pulmões. Sinto a cor voltar ao meu rosto. Penso em Drake naquele lugar frio e cheio de neve, e meus passos ganham novo ritmo.

Estou longe do computador. Quando eu chegar em casa, pode ter um e-mail. Enquanto não chega, vou relendo aqueles outros e-mails que dizem coisas maravilhosas. Ele disse que me adora. Tem um menino muito longe daqui que me ama. Ele me quer. Respondeu às minhas mensagens. O beijo dele me fez lembrar.

Quero ir para o polo Norte encontrá-lo.

Olho para minha mão. FLORA seja corajosa.

Compro três pães grandes, alguns biscoitos e um bolo molhado de gengibre. Compro leite, embora não saiba se ainda tem em casa, porque comprar leite para casa parece ser o tipo de coisa que as pessoas fazem. Eu me lembro da minha mãe comprando leite aqui quando eu era pequena. Tento comprar vinho para os pais porque eles gostam de vinho, mas descubro que não posso, porque tenho dezessete anos. Então compro uma caixa grande de chocolates.

Quando sorrio para as pessoas, elas sorriem de volta. Isso é tão animador que decido andar pela cidade, sentir o sol na pele e sorrir para mais gente, balançar minha sacola de compras e me sentir feliz, normal e desejada. Drake me deseja. Ele me beijou na praia.

Vou andando e Penzance me envolve. Entro em lojas e paro em barraquinhas. Tem muita coisa de segunda mão à venda. Olho para mim. Tenho dezessete anos. Uso um vestido infantil e chinelos, e sou ainda muito parecida com o que era aos dez anos, porém maior. Olho para uma garota que vem andando pela rua em minha direção. Ela usa um vestido vermelho e branco, com a saia justa, e sapatos bonitos com fitas amarradas nos tornozelos. Eu gostaria de ser parecida com ela, não comigo. Do outro lado da rua tem uma mulher com um casaco longo e gola de pele. Ela parece uma pessoa que poderia ir ao polo Norte. Eu não.

Em um brechó que parece uma caverna, encontro um enorme casaco de pele falsa e o experimento sobre o vestido sem graça. É tão quente quanto um cobertor, mas me faz parecer uma espiã. E é um pouco grande para mim. A mulher refletida no espelho é misteriosa, pronta para aventuras. Provavelmente teria uma pistola em um dos bolsos e não estaria usando um vestidinho infantil embaixo do casaco.

Ela teria um namorado.

— Quanto custa? — pergunto à vendedora, que está apertando com insistência um botão em algum tipo de equipamento que não vi, alguma coisa que pergunta persistentemente: "Vamos verificar a conexão sem fio?"

— O preço está na etiqueta — ela responde.

Procuro a etiqueta. Trinta e cinco libras.

— Pode dar um desconto? — Sei que estou ficando vermelha com meu atrevimento.

A mulher dá de ombros.

— Trinta? O verão está chegando. Tudo bem.

Tiro o casaco e o deixo em cima do balcão, parando para pensar se não poderia comprar também uma velha máquina de escrever, e tiro três notas de dez da bolsa enquanto ela dobra o casaco até conseguir deixá-lo do tamanho apropriado para uma sacola de papel pardo.

— A sacola não é muito grande — ela comenta ao entregá-la —, mas é um grande casaco. Lindo, realmente. Parabéns, Flora.

Estou tentando escolher as palavras para dizer que é melhor um grande casaco em uma sacola ruim do que o contrário, mas me espanto por ela saber meu nome. Olho para a mulher. Rosto redondo, cabelo curto e escuro, e eu não a reconheço. Odeio não conhecer meu próprio passado. Odeio que ela me conheça, mas eu não a conheça.

— Obrigada, então — falo e vou embora.

Paro na esquina e penso se devo vestir meu novo casaco. Eu sentiria muito calor, mas seria melhor do que carregá-lo em uma sacola de papel pardo rasgada. Ajeito as compras e ponho a mão no bolso do vestido para tatear as chaves.

Encontro um pedaço de papel dobrado várias vezes. Um mapa. Não é um mapa desenhado à mão, mas impresso, com ruas amarelas identificadas pelo nome. Alguém desenhou uma cruz em Morrab

Gardens e escreveu "CASA" ao lado, e é lá que eu moro, de fato. Na Morrab Gardens, número 3. Também desenharam uma cruz do outro lado da cidade e escreveram "DRAKE".

Olho para as anotações em meus braços e tento comparar a caligrafia. Não sei se fiz as anotações no mapa ou não.

Levo um tempo para olhar o nome das ruas e entender onde estou agora, depois marco o lugar no mapa e desenho uma linha até o local com o nome "DRAKE", porque é o único lugar no mundo onde quero estar. Drake está no Ártico, e este mapa é de Penzance, portanto, a menos que tenha mais alguma coisa que não anotei, não acho que vou encontrá-lo lá, mas preciso ir ver, porque ele pode ter voltado.

Drake pode ter voltado. O nome dele está no mapa.

A jornada é em linha reta e eu a sigo com facilidade. Passo por muitas lojas, depois pela estação, sempre com o mapa na mão. Quando saio da rua e começo a subir uma ladeira íngreme, as compras estão pesando e me arrependo de não ter levado tudo para casa antes de começar essa caminhada para um lugar chamado "DRAKE". A sacola com o casaco rasgou tanto que é melhor jogá-la fora na próxima lata de lixo e vestir o casaco. A que tem leite, chocolates, pães e bolo é muito mais pesada do que deveria, mas continuo subindo, pois quero saber o que tem lá e por que tenho esse mapa. Sinto como se fosse uma mensagem do universo. Uma missão. Eu queria uma aventura, e agora tenho uma.

Posso estar caminhando para Drake. Ele pode estar lá.

É uma casa de pedra cinza no topo de uma encosta, uma casa de três andares. Eu me aproximo da porta e toco a campainha.

Sei como o Drake é. Cabelo castanho e óculos. Sei como é o seu beijo. Se ele estiver aqui, vai me beijar agora, e eu vou corresponder ao beijo.

Nada acontece por um tempo, depois ouço passos lá dentro, alguém mexendo na porta do outro lado, abrindo-a, e um homem aparece na soleira. Ele não tem cabelo, mas tem olhos sorridentes e me cumprimenta com um aceno de cabeça.

Não é o Drake. Mas, se trinta anos houvessem passado sem eu perceber, ele poderia ser o Drake. Esse pensamento me assusta, e olho para mim para ter certeza de que ainda tenho dezessete anos. É difícil dizer pelas roupas, por isso me inclino um pouco para o lado para olhar meu reflexo na janela.

Ainda tenho dezessete anos, e este não é o Drake.

— Oi, Flora — ele diz.

— Oi — respondo. Tento sorrir com os olhos também. Não o conheço, mas ele me conhece.

— O Drake mandou você aqui? — ele pergunta.

Balanço a cabeça dizendo que sim.

— Ótimo — o homem continua. — Ele disse que alguém viria buscar as coisas. Não esperava que fosse você, mas entre.

Engulo em seco. Drake não está aqui. Isso teria sido maravilhoso. Porém esse homem conhece o Drake, me conhece e quer me dar "coisas".

— Obrigada.

— Entra, Flora. Parece que já está bem carregada. Não vai conseguir levar toda a tralha hoje, vai? Não combinou com alguém para vir buscar você aqui?

Balanço a cabeça.

— Não posso levar as coisas hoje. Desculpa.

Esse homem vai me dar as coisas do Drake. Vou ter coisas que pertencem ao Drake. Preciso levar alguma coisa, pelo menos uma.

Ele suspira.

— O garoto devia ter arrumado o quarto dele antes de ir para o polo Norte. Ele nem se incomodou. Para que teria esse trabalho, se podia mandar uma namorada legal vir arrumar tudo por ele, não é?

— É. — Tento arquivar as palavras "namorada legal". Gosto delas. Mas não sei como responder. Sigo o homem para dentro da casa, que tem cheiro de coisas intensas como comida e perfume, e subo uma escada. Eu o sigo até uma porta, mas ele só espia pela fresta e fala:

— Kate? A amiga do Drake está aqui. Ela vai dar um jeito nas coisas dele, mas só veio avaliar o estrago por enquanto.

Não consigo ver o interior do quarto, mas assinto, porque o que ele diz faz sentido. Um gato se esfrega em minhas pernas. É um gato branco com pelos muito longos. Examino suas orelhas e vejo que estão lá. É claro que estão. Não sei por que pensei que poderiam não estar.

— Maravilha — diz uma voz do outro lado da porta, depois uma mulher aparece na minha frente. Ela tem o cabelo grisalho na altura do queixo e usa um vestido cor-de-rosa justo e uma echarpe com estampa de oncinha. — Ah. Oi, Flora. Pensei que fosse a Paige. — Meu coração dispara. Prendo a respiração e espero ser mandada embora.

— Bom, você vai resolver tudo, não vai? Vem, vamos subir.

— Você é tia do Drake? — arrisco.

— Sim, eu sou, minha flor. Kate Apperley. Este é o meu marido, Jon, e aposto que ele não pensou em se apresentar de novo, não é?

Subimos outra escada, e eu chego ao quarto do Drake.

Isso é milagroso. A Paige deve ter estado aqui. Eu poderia ter estado aqui. Este é o quarto para o qual ele teria me trazido, se eu tivesse dito sim ao convite para passar a noite com ele. Esta é a cama em que teríamos dormido. Este é o nosso lugar.

Ele disse: "Ei. Olha só. Quer ir comigo para algum lugar? Tipo agora? A gente pode passar a noite..."

Eu respondi: "Minha mãe."

As palavras mais idiotas que eu poderia ter dito.

O quarto de Drake tem teto inclinado e uma janela, uma cama de casal, uma cômoda com gavetas e uma arara de roupas com alguns cabides vazios. Inspiro o ar que Drake expirou antes de ir embora. Tem livros sobre uma mesa e roupas no chão, a maioria camisetas. Objetos espalhados por todos os lados. A cama é a única superfície limpa. Uma colcha branca e dois travesseiros a cobrem. Queria que os lençóis dele ainda estivessem aqui. Eu me deitaria na cama, se eles estivessem. Estaria atrasada, mas teria finalmente estado ali.

Kate está olhando para mim.

— Eu sei! — ela diz. — Os jovens de hoje! Estou brincando, mas queria ter vindo dar uma olhada aqui antes de ele ir embora. Só presumi que ele limparia a própria sujeira. Fui boba.

— Uau.

— Se fosse uma menina, é claro que ele teria sido mais preparado para arrumar a casa. Você não sairia de uma casa e a deixaria nesse estado, não é, querida? Não era tão ruim quando ele morava aqui. Quer dizer, ele punha a louça na lavadora e fazia a parte dele na cozinha. Bom. Mesmo assim, nós sentimos saudade dele. Mesmo que ele tenha nos deixado todas essas adoráveis lembranças.

— Também sinto saudade dele.

— Bom, dê uma olhada por aí. Empilhe tudo, se quiser. Volte com uma ou duas caixas. Não tem nada importante. É só a tralha com que ele não se importou.

— Tudo bem — respondo, e ela sai do quarto. Estou sozinha com as coisas do Drake.

Pego uma camiseta e cheiro. Volto instantaneamente à praia.

Ele disse: "Sua mãe. Ai, meu Deus. Desculpa. Foi uma péssima ideia. Onde eu estou com a cabeça? Eu não..."

Respondi: "Eu estou bem. Ah, desculpa. Eu não... nunca..." E depois: "Ela chamaria a polícia."

"A polícia. Jesus. Eu sou um idiota. Esquece o que eu falei."
Estraguei tudo.

Seguro a camiseta perto do nariz. Era o cheiro que Drake tinha na praia. Quero passar o resto da vida respirando só isso. É a única coisa que eu quero. Estava tão perto dele naquele momento que o único cheiro que sentia era o de Drake.

Escrevo na mão primeiro. *Estou no quarto do Drake*. Depois recolho todas as roupas do chão e cheiro cada uma delas. Dobro a camiseta vermelha e a ponho na sacola com o leite e o chocolate. Tem algumas coisas em cima da cômoda. Um papel com um número, uma fileira de pedras arranjadas em ordem de tamanho, uma vasilha com conchas. Arrumo tudo, como a mulher legal me pediu para fazer, e pego tudo o que consigo enfiar na sacola. Pego todas as pedras e todas as conchas. Pego o papel.

Vou voltar para pegar o resto. Vou trazer a mala para levar tudo. E vou guardar essas coisas para sempre. Vai me ajudar a preservar a memória.

Paro diante da janela e olho para fora. Sei que devo estar olhando para Penzance, mas não faz sentido. Moro em Penzance e não reconheço o que vejo. Sei que da janela de casa eu vejo a copa das árvores e o topo dos prédios do outro lado do parque. Sempre foi isso que vi da minha janela. O lugar que vejo é bonito, e Penzance é comum. Estou olhando para uma faixa de oceano à esquerda, fileiras e mais fileiras de casas, palmeiras, tudo iluminado por um sol radiante que brilha sobre as coisas e as clareia. Tem uma igreja que parece o Batman.

Agarro o parapeito. Não estou em Penzance. Vim para outro lugar. Não é a mesma área. Estou em um local diferente. Não me lembro de ter vindo para cá, mas estou aqui.

Minha mão diz que estou no quarto de Drake. Isso significa que estou no lugar frio? Svalbard? Mas aqui não parece frio.

Continuo olhando para fora, tentando entender.

A porta se abre e uma mulher entra.

— Tudo bem, minha flor? — ela pergunta.

Eu a encaro.

Quero perguntar onde estou, quem é ela, onde está o Drake. Quero perguntar em que país estamos, onde estão meus pais, o que está acontecendo e como posso ir para casa.

— Sim — respondo, em vez disso. — Sim, tudo bem, obrigada. Acho que preciso ir embora.

5

ESTOU SENTADA À MESA DA COZINHA COM MEU TELEFONE. ELES VÃO MANDAR mensagem ou ligar, porque são duas e vinte e, de acordo com tudo o que li, tem um avião pousando exatamente agora, e é nesse avião que meus pais estão. Eles foram para a França porque meu irmão estava doente. Agora estão voltando, o que significa que talvez ele esteja melhor.

A casa está impecável. Melhor que isso. Olhando para ela, ninguém suspeitaria de que vivi esta semana de outra forma que não fosse limpa e diligente. Nem eu acreditaria, exceto por algumas fotos no meu celular mostrando o caos. Agora está tudo arrumado: varri e passei pano no chão, a louça está limpa e guardada. A porta dos fundos está aberta, deixando entrar o ar de primavera, perfumado por todas as coisas que brotam, desabrocham e crescem.

Tudo parece exatamente como deveria estar. Se eu não tivesse as anotações e as fotos, não suspeitaria de nada.

Beijei Drake na praia. Vivo nessa lembrança. Tê-la, possuí-la em sua nitidez cristalina, carregá-la em minha mente, não na pele, tudo isso me faz sentir um ser humano. Vivo nela tanto quanto posso, e no resto do tempo descubro (muitas e muitas vezes, desconfio) que nosso relacionamento continua. Trocamos e-mails, e são mensagens maravilhosas. Amo Drake e ele me ama. Ele me fez lembrar, e preciso encontrá-lo de novo, fazer minha memória funcionar outra vez.

Reuni todas as minhas anotações sobre o que aconteceu esta semana: estão organizadas em uma pasta, escondida embaixo da minha cama. Pasta embaixo da cama. A frase no pulso esquerdo é a única evidência. Quando os pais chegarem, só verão normalidade. Li tudo; no momento, estou bem confiante de saber a maioria dos fatos.

Coloco um CD e espero, ainda olhando para o celular. É um álbum de David Bowie, *Hunky Dory*, e descubro que sei todas as letras, sem saber como. Eles vão ouvir a música ao fundo quando ligarem para mim.

Estou usando uma camiseta de tamanho muito maior que o meu. Ela tem o cheiro do Drake.

O álbum chega ao fim. Aleatoriamente, coloco um CD dos Beatles e descubro que gosto muito dele. O nome do álbum é *Abbey Road*, e me pergunto se já o escutei antes, ou se é a primeira vez. Anoto em um post-it: Adoro Abbey Road.

Ligo para o celular deles. Ninguém atende. Já devem ter aterrissado. É provável que eu nunca tenha estado em um avião, mas sei, porque anotei, que não é permitido usar o celular a bordo.

— Desculpe — diz uma voz eletrônica feminina. — O número chamado não está disponível no momento. Para deixar um recado, aperte 1.

Decido deixar uma mensagem.

— Oi. Sou eu, a Flora. Liguem para mim quando puderem. Até já! — Aperto 1 e repito a mensagem.

Escrevo em uma folha pautada ao lado do telefone: Deixei um recado no celular deles. Somo o número de vezes que já fiz essa anotação na folha e vejo que deixei trinta e quatro recados. Eles certamente vão saber que estou pensando neles.

O celular pode ficar sem bateria. Pode quebrar, pode ser perdido, pode cair entre os assentos e ser deixado para trás.

Eles planejavam voltar do aeroporto dirigindo, mas odeiam dirigir.

Muitas coisas podem acontecer com um telefone pequeno. Refaço os preparativos para a volta dos meus pais. A chaleira com água está em cima do fogão, o bule está preparado com os sachês de chá, o bolo de gengibre está fatiado em uma travessa sobre a mesa, e tem pratos e xícaras para nós três. Olho para o celular e espero.

O bolo de gengibre está ficando ressecado nas beiradas. Os pais não voltaram para casa. Devo ter feito alguma coisa errada.

Tomo meus comprimidos e começo a bocejar. Eles ainda não chegaram.

Não tem bilhetes para me orientar. Não tem nada interessante em minha mão; todas as anotações são sobre telefonemas que dei, cronogramas que verifiquei, recados que deixei. Encontro um número de telefone do Aeroporto de Exeter e verifico se o avião pousou, porque os sites podem dar notícias erradas, e pensar em um avião no fundo do mar enquanto deixo vários recados me faz tremer.

Não consigo falar com uma pessoa de verdade, mas uma mensagem gravada informa que todos os voos vindos da França aterrissaram no horário previsto. Penso que, se houve algum acidente aéreo, outras pessoas vão querer saber, então ligo a televisão e acesso mais uma vez a internet. De novo, nenhuma notícia sobre um avião.

Acho que já liguei para o Aeroporto de Exeter antes. Acho que estou fazendo a mesma coisa várias vezes.

Meu pulso anuncia: Pasta embaixo da cama. Olho embaixo da cama e me distraio, absorta na visita que fiz à casa da tia de Drake. Pego o celular e olho todas as fotos que tenho nele, volto às fotografias da casa limpa e, antes delas, da casa suja. Olho para a foto do cartaz do gato desaparecido, e a de Drake de pé em cima de uma cadeira.

Não me lembro de tê-la tirado, mas tenho uma foto de Drake no meu celular, e quando a encontro eu olho para ela por um bom tempo.

Pego tudo que trouxe do quarto dele e enfileiro os objetos. Ponho as pedras uma ao lado da outra, ordenadas por tamanho, como estavam na foto que tirei na casa da tia dele. Faço uma longa fila de conchas no parapeito da janela do meu quarto para poder olhar cada uma delas. Tiro a camiseta vermelha e enterro o rosto nela, lembrando.

Quando volto ao presente, meus pais ainda não estão ali.

Pode ter acontecido alguma coisa ruim na viagem. Leio um bilhete que diz que eles escondem alguma coisa de mim. Talvez o segredo tenha a ver com eles não voltarem para casa.

Queria que a Paige estivesse aqui. Preciso de alguém que saiba como agir. Deve ter alguma coisa que não estou percebendo, alguma coisa óbvia, alguma coisa que vai resolver tudo instantaneamente. Pego o celular para mandar uma mensagem para ela e vejo que ela pediu muitas vezes para eu deixá-la em paz. Isso me faz chorar.

A última mensagem de minha mãe diz:

> Estou ansiosa para te ver, Flora querida.
> Se cuida! Lembre-se: pizza hoje.
> Beijos, mamãe e papai

> Sim, pizza! Paige e eu estamos ótimas.

Essa é a última linha da conversa. Preciso de alguém para me ajudar agora.

Encontro alguns números no verso de uma fotografia de Jacob. Tem um recado: "Me liga. Te amo". Digito o número no telefone fixo. Alguém atende com uma voz estranha, falando outro idioma. Não pode ser Jacob, e eu desligo.

A sra. Rowe mora na casa ao lado. Lembro que ela me dava doces e trocava nossos potes vazios de geleia por barras de chocolate. Lembro que eu subia no muro e conversava com ela apoiada sobre a barriga, pendurada. Lembro que ela tinha filhos adultos gêmeos, um menino e uma menina, e que o filho dela também tinha gêmeos. Nessas lembranças eu sou menor. Ela pode morar na mesma casa, ou não. Os gêmeos de seu filho gêmeo podem ter mais gêmeos agora.

Saio, tomando o cuidado de deixar a porta da varanda entreaberta, e atravesso o jardim em direção à casa da sra. Rowe. Quando toco a campainha, que faz o barulho de que me lembro, a porta é aberta antes mesmo de o som silenciar.

— Aí está você! — ela diz. — Finalmente! Trouxe os... — Ela para. Olha para mim. Seus olhos são turvos e ela está muito mais velha. Tão velha que deve estar quase morta. — Trouxe alguma coisa para mim? — ela acaba perguntando.

— Não. Sabe onde estão meus pais?

— Você gosta de geleia de morango?

— Você costumava ficar com os potes de geleia.

— Entra!

Tenho a sensação de que passei em algum tipo de teste e a acompanho para o interior da casa, que é igual à nossa, mas invertida. Tem fotos dos filhos dela nas paredes, retratos desde quando eles eram bebês. Cada pedaço de parede tem uma foto. Paro na frente de uma.

— Olha! Olha, sra. Rowe. Esta sou eu! E este é o meu irmão Jacob. Aqueles são os seus gêmeos. Um menino e uma menina. E aqueles são os seus outros gêmeos. Os netos.

Os gêmeos netos têm mais ou menos a idade do Jacob. São dois meninos. Olho para os três meninos grandes e para mim. Estou vestida com um short cor de laranja e um colete amarelo, e estamos todos no quintal da nossa casa. Tento lembrar o momento em que a foto foi tirada. Não é justo, porque devo ter uns sete anos na fotografia. Devia me lembrar dela, mas não lembro.

— Sim, sim — ela responde, mas sei que não está escutando.

A casa tem um cheiro estranho.

— Aqui está — ela anuncia. — Geleia.

Paro na porta da cozinha e olho para a cena. Tem potes de geleia cobrindo toda a superfície da mesa, as bancadas e até alguns trechos do chão. Deve haver centenas deles.

— Uau — digo.

— Pegue um pouco de geleia, querida — ela diz.

— Flora — eu falo. — Eu sou a Flora. Você viu os meus pais?

Ela não responde. Acho que nem me ouve. Pego a geleia e a beijo no rosto, porque sei como é, e vou para casa.

A geleia está coberta de mofo, mas não quero jogar fora. Guardo o pote no fundo do armário.

Mando um e-mail para Drake e faço o melhor relato cronológico possível, tentando determinar o que deveria ter acontecido e quando e o que realmente aconteceu (nada). Conto sobre a geleia da sra. Rowe. Assim que mando o e-mail, percebo que deve ser uma mensagem estranha de receber. Verifico a caixa de entrada toda hora, mas ele não responde. Não tem nada dele, e não tem nada dos pais.

Encontro um número no verso de uma fotografia. Ligo para ele do meu celular, mas não consigo completar a ligação. Recebo uma mensagem de "número bloqueado".

Acho que esqueci alguma coisa. Não consigo lembrar o que é. Puxo os cabelos numa reação frustrada, e a dor é bem-vinda. Repito o gesto. Bato a cabeça na parede branca desse quarto meio rosa idiota. Olho para a janela, sinto vontade de quebrar o vidro, me cortar, me jogar por ela. Quero provocar uma sensação intensa o bastante para me lembrar dela.

Paro ao lado da janela. Seria fácil. Não tem ninguém aqui para me impedir.

Drake me faz recuar. Lembro do Drake. Lembro dele me convidando para passar a noite a seu lado, e deito na cama para rever essa lembrança. E a revivo muitas vezes. Volto à praia como uma presença-fantasma e ando por ali na ponta dos pés, nos vejo sentados lado a lado.

— Frio — ele diz. — Já fui uma vez.
— Sorte sua.
— Passar a noite?
— Minha mãe.

Puxo uma cadeira para perto da janela do quarto e fico olhando as árvores lá fora. Não tem carros passando, porque a viela na frente da casa não é larga o bastante para isso. Algumas pessoas passam andando. Devemos ter vizinhos do outro lado também, mas não me atrevo a bater na porta da casa deles. Não sei se os conheço.

Nada acontece. Ninguém chega. A casa está quieta. Começo a me sentir mal. Tem alguma coisa que eu perdi. Se não soubesse que saí de casa hoje, pensaria que tinha alguma coisa a ver com o mundo todo, não com meus pais em particular. Mas não houve nenhum apocalipse, até onde eu sei.

Abro o laptop para olhar tudo de novo, e, por essa ser a primeira vez que não estou esperando um e-mail de Drake, as duas mensagens me pegam de surpresa, e eu grito e começo a chorar antes mesmo de ler.

O nome dele está lá, no topo da tela: Drake Andreasson. Com o coração aos pulos, eu me sento para ler, começando pela mais antiga.

A casa parece me sufocar quando olho para as palavras que ele escreveu.

Flora,

Bom, é sábado, e estou de volta do trabalho, e seus pais devem ter voltado para casa. Espero que esteja tudo bem com o seu irmão.
Aqui é mágico, mas estou com saudade de você. Trabalhar nas antenas de satélite foi incrível, mas não parei de pensar em você.
Você arrumou a casa? Seus pais ficaram impressionados?
Queria poder te ver. Não consigo parar de pensar em todas as coisas sobre as quais conversamos. O que acha de eu ir te ver no feriado?

Drake

A segunda mensagem diz:

F, escrevi aquele e-mail offline, porque a internet caiu. Depois baixei seu e-mail. Eles voltaram? Tem certeza de que não mandaram nenhuma mensagem, você olhou? Talvez tenham ficado mais tempo com seu irmão. É estranho eles não terem telefonado. Quanto tempo faz?
Espero que eles tenham chegado depois do seu último e-mail. Mande notícias.

D

Eles não voltaram. Escrevo para ele contando. Depois escrevo de novo, e de novo, e de novo.

6

— ELES DISSERAM QUE VOLTARIAM — EXPLICO AO POLICIAL —, MAS NÃO voltaram. E eles sempre fazem o que dizem. Meu caderno diz que telefonei para eles sessenta e sete vezes.

A delegacia de polícia fica em um prédio cinza com telhas cor de laranja. É sem graça por fora, e por dentro também. A recepção é pequena, com uma fileira de três cadeiras azuis perto da janela.

O homem sentado na recepção é educado, mas não parece pensar que meu problema é a coisa mais interessante que vai acontecer hoje. A careca brilha embaixo da lâmpada acesa. Tem um papel em sua mão, e ele tenta ler o que está escrito ali. Sei que não tem nada a ver comigo.

— Sessenta e sete? — repete. Depois olha para mim com a testa franzida. — Sério?

— Eles sempre me dizem o que vão fazer. Sempre.

— Seus pais foram visitar seu irmão e não voltaram para casa quando você achava que voltariam?

— Isso.

— Já falou com seu irmão?

— Não.

— E eles são adultos plenamente funcionais?

— Sim.

— Você também?

Vejo que ele está olhando para as palavras escritas na minha mão, tentando ler a mensagem. O policial olha para o meu rosto. Olha nos meus olhos por alguns segundos, e sua atitude muda. Ele empurra os papéis para o lado.

— Ah. Eu sei quem você é.

Não sei o que responder, por isso não falo nada.

— Quantos anos você tem? Dezesseis, mais ou menos?

— Tenho dezessete e beijei um garoto na praia. Antes disso eu tinha dez e ia ao parque de diversões. Conheci a Paige quando tínhamos quatro anos.

A intenção era falar só as duas primeiras palavras. As outras deviam ter ficado na minha cabeça. Ele parece querer rir de mim, e eu odeio isso.

— Sim. Você já esteve aqui antes. Falou com os meus colegas. Sim, isso mesmo. Vou chamar alguém para atender você. Sente-se. Tem algum amigo? Vizinho? Algum outro familiar por perto?

— A Paige é minha amiga.

— Preciso do número do telefone da Paige, então. Vou pedir para ela vir te buscar. Talvez você possa ficar na casa dela.

Olho para o celular, procuro o nome e o número da Paige. Ela vem me buscar e vai cuidar de mim. Mas, quando penso nisso, sei que não é bem assim.

Tem mensagens no meu telefone, mas são todas minhas. Todas dizem coisas como: "Oi, Paige, você vai voltar logo?" Ela não respondeu. Espero que esteja bem. Subo a tela até encontrar a última mensagem que ela mandou para mim. Faz alguns dias e diz:

> Flora, esta é a última vez que vou responder. Não sou mais sua amiga, desde que você beijou meu namorado. NÃO SOMOS AMIGAS. Me deixa em paz.

Olho para as palavras. Beijei o namorado dela. Isso aconteceu, eu lembro. Beijei um garoto na praia. Era o Drake. Eu amo o Drake. Isso significa que Paige e eu não somos mais amigas.

Levanto a cabeça. Estou na delegacia porque os pais não voltaram para casa, e tem um homem de cabeça brilhante com uma caneta e um bloco amarelo de post-it na frente dele. Ele está esperando que eu diga o número do telefone da Paige para pedir que ela venha me buscar.

Levanto.

— Tudo bem, não precisa — falo, já a caminho da porta. Saio e corro pela rua, corro para casa. Estou sozinha. De repente, isso é empolgante. Corro e pulo pela rua. Danço. Posso fazer qualquer coisa.

Escrevo as palavras no braço: *Falar com Jacob*. Talvez Jacob possa me ajudar.

Se o policial telefonou para Paige, talvez ela possa tentar me ajudar, apesar de tudo. Posso ir bater na porta da casa dela, e provavelmente ela vai me deixar entrar. Mas não posso ir até lá, porque não conseguiria conversar com ela sobre os e-mails que troquei com Drake, e ela descobriria imediatamente, porque o nome dele está em tudo no meu mundo. Está nas minhas mãos, nos braços e em uma centena de bilhetes novos espalhados pela casa como borboletas.

Preciso tirar os novos bilhetes, caso os pais voltem. Tenho que me lembrar disso.

Tem muita coisa para lembrar.

— Olá? — falo para a casa vazia. Não tem sapatos na varanda, nem casacos, nem bagagem, nem vozes. Quero os pais aqui. — Cheguei! — acrescento e fico parada esperando.

Falar com o Jacob.

Os pais guardam a papelada em um arquivo e em pilhas em um quarto que tem uma cama de solteiro sem lençol. Começo pelas pilhas.

Escrevo um bilhete: *Procurando o número do telefone do Jacob* e colo na beirada da mesa com fita adesiva.

Não tem nada sobre a viagem dos pais. Não tem detalhes do trajeto, reservas de hotel, nenhuma carta. Eu provavelmente os encontraria, se desse uma boa olhada no computador grande.

Abro o arquivo e me acomodo para procurar rastros do meu irmão mais velho. Isso implica olhar vários papéis velhos e sem graça, verificar cada um para ver se tem o nome dele. Encontro um envelope com "Flora" na frente e tiro dele um maço de papéis, mas expressões como "lobo temporal", "confabulação associada" e "ECG 8" pulam do texto e me deixam nervosa. Anoto algumas dessas palavras estranhas e guardo o papel no bolso. Depois devolvo as folhas ao envelope e empurro tudo para o fundo do arquivo.

Tem um cartão-postal com uma foto da Torre Eiffel. Isso é Paris. Viro o cartão e vejo que foi enviado para mim. A caligrafia é confusa. A mensagem é:

Olhando para isso agora e pensando em você. Você é brilhante. Beijos, Jacob

Olho para o cartão. Tiro uma foto dele. Não tem o número de telefone nem o endereço de Jacob. Deixo o cartão em cima do arquivo, que é um armário. Jacob estava pensando em mim em Paris. Devo ter visto esse cartão antes. Fecho os olhos com força e digo que também estou pensando nele. Espero que ele saiba.

Encontro um passaporte e, estranhamente, descubro que é meu. Foi emitido há dois anos e é válido por mais oito. Deixo o documento separado, só por precaução, e escrevo *EU TENHO PASSAPORTE!* em letras grandes na parte interna do braço esquerdo.

Penso em Drake. Ele me faz lembrar. Lembro de ter beijado o Drake. O cheiro do mar.

A pedra preta.

"A gente pode passar a noite."

"Minha mãe."

Ele está longe. Ponho o passaporte no bolso de trás do jeans.

Depois de muito tempo, encontro um papel com um endereço manuscrito embaixo da palavra Jacob. O endereço tem Paris, mas não tem um número de telefone.

Não parece um papel novo. Parece aquele tipo de papel que cai de dentro de um livro velho. Está escrito: Jacob, Rue Charlot, 25, apto. 3, 75003, Paris, FRANÇA.

Quando digito o endereço no computador, ele aparece em um mapa: é Paris, a capital da França, e pode ser onde ele mora ou um lugar onde morou um dia. Deve ter um jeito melhor de entrar em contato com ele. Mas, como não consigo pensar em que jeito poderia ser esse, escrevo um cartão explicando quem sou e dizendo que estou preocupada porque os pais não voltaram para casa, e peço para ele me ligar se estiver bem para isso, ou para pedir aos pais para me ligarem assim que possível, se ele receber o cartão. Acrescento meu endereço de e-mail, para garantir.

Leio a mensagem. Tudo certo, decido. Parece uma mensagem normal.

Encontro três selos na gaveta com a fita adesiva e canetas que funcionam mais ou menos e saio para levar o cartão ao correio.

Conto tudo ao Drake e anoto no meu caderno. O tempo passa, e Drake responde:

Ele deve estar no Facebook. Já procurou? Mas deve ter muitos Jacob Banks.

Tento procurar, mas não consigo, porque não tenho uma conta. Sigo as instruções para criar uma, mas, quando escrevo meu endereço de e-mail, descubro que já tenho uma, afinal. O laptop preenche a senha com vários pontinhos, eu clico em OK e vejo uma parte de mim que nem sabia que existia.

Tem uma foto da Paige comigo. Estamos de rosto colado, sorrindo para a câmera. Sinto falta da Paige. Ela não é mais minha amiga, embora esteja na lista dos meus amigos no Facebook. Só tenho cinco amigos na lista, e são pessoas da escola primária. Minha página não tem nada escrito. Não sei como isso funciona. Lembro de Jacob no Facebook quando eu era pequena, e lembro que o atormentava para sair da frente do computador e vir brincar comigo. Era azul naquela época, e é azul agora.

Escrevo "Jacob Banks" em uma caixa, mas as palavras aparecem como meu "status", então, embora Jacob seja atualmente meu status de vida, sei que escrevi o nome no lugar errado. Escrevo em outra caixa e vejo o que aparece.

Muitos Jacob Banks em uma longa lista. Mas é impossível ver qualquer coisa sobre a maioria das pessoas que aparecem, e não sei qual é a aparência do meu irmão agora. Nas minhas lembranças ele é grande e maravilhoso. Nas fotos espalhadas pela casa ele ainda é um adolescente, mas acho que agora ele é mais velho. Alguns desses perfis têm palavras como "San Diego" embaixo das fotos, e eu sei que esses são outros Jacob Banks, e alguns têm fotos de adolescentes (adolescentes que não têm semelhança com as minhas fotos), e sei que também não são meu irmão. Tem a foto de um homem com uma grande cicatriz vermelha de um lado do rosto. Não clico nesse, porque não é meu irmão, e também está escrito que ele mora em Gay Paree, seja lá onde isso for.

Sempre que clico em uma foto que acho que pode ser a que procuro, aparece: "Você conhece Jacob? Para ver o que ele compartilha com amigos, envie uma solicitação de amizade", e uma sugestão para "adicionar aos amigos". Adiciono todo mundo que considero uma possibilidade, e as mensagens de "solicitação de amizade enviada" se acumulam, até não restar mais nada a fazer além de esperar.

Procuro na internet onde mais é possível encontrar pessoas. Isso me leva a um site chamado Twitter. Lá também tem muita gente com o nome dele, mas quase nenhum tem configurações avançadas de privacidade. Ali a busca é mais fácil, e vou olhando os perfis até eliminar cada um deles. Tento repetir o procedimento em outros sites, mas tudo fica muito difícil repentinamente. Quando conto isso ao Drake, ele acha engraçado eu ter enviado solicitações de amizade a todos os Jacob Banks, e decidimos que exploramos todas as conexões óbvias das redes sociais.

Tudo que podemos fazer é esperar. Decido dormir.

Embora não seja noite, aliso a colcha da cama dos pais e tiro a corrente da porta, porque posso dormir até a manhã seguinte. Deito no sofá e fecho os olhos.

Quando acordo está claro, e eu sinto medo. Leio tudo no meu caderno e todas as anotações que encontro, e as informações me deixam ainda mais amedrontada, embora minha única regra de vida, aparentemente, seja não entrar em pânico. Vou para o meu quarto e leio tudo que encontro embaixo da cama.

Mandei uma carta para Jacob. Os pais não voltaram para casa. Drake está no Ártico e eu o amo.

A porta do quarto deles está encostada, e eu bato educadamente antes de empurrá-la. A cama não foi desarrumada.

Preciso de ajuda. Corro até a casa da sra. Rowe. Ela abre a porta imediatamente.

— Finalmente! Trouxe os... — Uma pausa. Seus olhos são turvos e ela está muito mais velha. — Trouxe alguma coisa para mim?

— Não — respondo. — Sabe onde estão meus pais?

— Você gosta de geleia de morango?

— Você costumava ficar com os potes de geleia.

— Entra!

A casa tem um cheiro meio estranho.

— Preciso te dar um pouco de geleia.

Paro na porta da cozinha e olho para toda aquela geleia.

— Flora — digo a ela. — Eu sou a Flora. Você viu os meus pais?

Ela não responde. Pego a geleia e beijo seu rosto, porque sei como ela se sente. A geleia está mofada, mas não quero jogar fora, por isso guardo o pote no fundo do armário. Já tem dois lá dentro.

Não tem ninguém em Penzance que possa me ajudar. Ligo todos os aparelhos de comunicação. Tem um novo e-mail do Drake e uma série de mensagens no Facebook. Tenho onze "amigos": seis são Jacob Banks, e os outros são conhecidos.

De acordo com minhas anotações, mandei solicitações para mais de vinte Jacobs. Se algum deles for o certo, ele vai saber quem eu sou. Faço chá em uma caneca que, de acordo com um bilhete preso à porta da geladeira, é a preferida da minha mãe ("MELHOR MÃE DO MUNDO!") e me sento à mesa, que está coberta de coisas. Tem bilhetes amarelos por todos os lados. Neles está escrito *Jacob, Mãe, Pai, França* e *Drake, Drake, Drake*. Quando começo a analisar os seis perfis de Jacob que agora estão disponíveis para mim, meu celular apita. Notificação de mensagem.

Leio. Leio de novo. Imprimo para torná-la mais real e leio mais uma vez.

A mensagem diz.

> Querida, mil desculpas pelo atraso! Está tudo bem? Por favor, responda agora mesmo. Não podemos usar o celular aqui. Perdemos o avião. Perdemos suas ligações. Houve uma emergência terrível no hospital e não pudemos ir a lugar nenhum. O Jacob ficou muito mal, e por alguns dias tivemos que confiar que você estava bem com a Paige e nos concentrar nele. Seu irmão saiu do estado crítico e nos demos conta de que o tempo havia passado. Fique com a Paige. Tem dinheiro para qualquer emergência em uma caixa no fundo da graveta de meias do seu pai, e um cartão de crédito, a senha é 5827. Por favor, responda. O Jacob está muito doente, mas vamos para casa assim que possível, pelo menos por um tempo. Pensamos em você sempre. Te amamos MUITO, Beijos, mamãe e papai

Leio de novo e de novo. Estão todos bem. Tem uma explicação. Eles não costumam me esquecer (eu esqueço coisas, não eles). Estão comigo o tempo todo, como se eu fosse um bichinho de estimação. Aposto que estão gostando de ficar longe de mim.

Eles não estão gostando disso. Houve uma emergência. Jacob está muito doente. Provavelmente pode morrer a qualquer momento. Pode já ter morrido. Minha mãe pode ter preferido não me contar por mensagem.

Escrevo 5827 na parte interna do pulso, vou procurar o dinheiro e o cartão e deixo tudo no centro da mesa.

Escrevo para Drake e conto que os pais perderam o avião e está tudo bem.

Tudo bem para mim. Os pais estão vivos e continuam na França. Mas não está tudo bem para o Jacob e não está tudo bem para minha mãe e meu pai.

Jacob é meu irmão, e não tenho ideia de como ele é agora, porque ele foi embora e nunca mais voltou. Sei que olhei cada pedaço de papel nesta casa e ainda não sei nada. Não vou nem poder sentir saudade quando ele morrer, porque as únicas lembranças que tenho dele são de quando eu era muito pequena.

Mas eu sinto saudade dele. Jacob me deixava pintar suas unhas dos pés. Ele me pegava no colo quando eu chorava. Eu o amo.

Fico triste por meus pais, que estão sentados ao lado do leito de morte do filho. Dá para entender que tenham se esquecido de mim.

Ando pela casa, sento em lugares diferentes, ponho água para ferver. O tempo todo espero pela resposta de Drake. Ela chega. Drake é o que tenho de mais certo na vida. Não sei o que faria sem ele.

Ele me beijou na praia. E me deu uma lembrança. E me deu uma pedra.

Drake escreve:

`Ei, você percebeu uma coisa? Está vivendo de maneira independente. Está sozinha nessa casa há décadas. Foi à delegacia, fez uma investigação, criou uma conta no Facebook e fez amizade com pessoas chamadas Jacob Banks. Você pode fazer qualquer coisa. Você é corajosa.`

Eu sou corajosa. O pensamento é intoxicante.

Ligo para o celular da minha mãe. A chamada cai na caixa postal e eu deixo um recado.

— Não tem necessidade de voltar correndo. Fiquem com o Jacob, ele precisa de vocês. Estou bem. A Paige e eu estamos bem aqui. De verdade.

A casa começa a me sufocar, por isso ponho os sapatos e uma jaqueta jeans, já que está muito quente para o lindo casaco de pele pendurado com meu nome escrito na etiqueta, e ando até a orla. A água é imensa e agitada, as nuvens são baixas: consigo ver uma tempestade se aproximando a oeste, além de Newlyn. Dou as costas para ela e me afasto, sigo para a Piscina Jubilee, onde tem poucas pessoas, algumas nadando vigorosamente, outras só se refrescando sem nem molhar o cabelo.

Tem gente sentada na cafeteria bebendo café, ou comendo bolo ou sanduíches. Paro para olhar através da balaustrada. Sinto falta do Drake. Preciso dele aqui, andando comigo e segurando minha mão.

Ele acha que eu posso fazer qualquer coisa.

Ele não pode vir por causa dos estudos.

Olho para a anotação em meu braço. EU TENHO PASSAPORTE, está escrito.

Quando chego em casa, tem um recado da minha mãe na secretária eletrônica.

— Querida, está tudo bem? Por favor, liga para a gente de novo. Se você e a Paige estão mesmo bem, vamos ficar mais alguns dias. Mas não vou decidir sem falar com você primeiro. Amamos você. Queria muito ouvir a sua voz. — A voz dela estremece, e ela desliga de repente.

Olho para o meu celular e vejo que tem uma chamada perdida dela. Não acredito que deixei passar a chance de falar com ela. Meus olhos se enchem de lágrimas, e por um momento quero ir à França para poder abraçar minha família.

Quero ir à França, mas quero ir para "Svalbard" ainda mais.

Drake me encontraria do outro lado. Eu tenho passaporte. E não tem ninguém aqui para me impedir.

Ligo para minha mãe e, com cuidado, digo todas as coisas certas.

7

PEGO A PEDRA E OLHO PARA ELA. ESQUEÇO TUDO, MAS NÃO VOU ESQUECER
a história dessa pedra. Ela é pequena e lisa na minha mão.

Se eu pudesse beijar Drake agora, no Ártico, o beijo seria diferente. Seria intenso e louco. Não seria só um beijo. Imagino isso dia e noite. Eu me lembraria dele de novo. Tenho certeza. Lembrei uma vez e lembraria duas vezes. Lembraria três vezes. Lembraria até o infinito.

Arrumo a casa. Aspiro tudo, embora não haja nada para ser aspirado. Está chovendo, e a chuva lava as janelas. Ouço música, Beatles, uma coisa chamada *Abbey Road*, e descubro que gosto.

Os pais estão seguros e vão voltar e tudo vai ficar normal de novo, dependendo do Jacob.

Encontro fotos de Svalbard na internet. Fico olhando para o lugar, o lugar real, onde ele está...

Vejo as fotos no meu celular e descubro que tirei uma de Drake na festa. Assim que a encontro, uso como tela inicial e passo muito tempo olhando para ela, tentando entender o que tem nesse rosto que faz o meu ficar vermelho, minha pele formigar e todo o meu corpo começar a derreter. Olho para o cabelo escuro, as faces salientes, os óculos pesados.

Ele me beijou e me fez lembrar. Lembro de tudo isso. Lembro do cheiro dele. Da sensação dos lábios nos meus. Quando tirei aquela foto, não sabia que nos beijaríamos. Também tirei a foto do cartaz de um gato desaparecido, mas esqueci de sair e procurar o pobre gato sem orelhas.

Ponho os sapatos e saio, verificando se a chave está na minha mão antes de bater a porta da frente. Depois corro pela rua em direção ao mar. Atravesso a rua principal desviando de dois carros, porque não consigo esperar até não ter nenhum passando. Eles buzinam e se irritam, mas ninguém vai me atropelar. Eles não dirigem o carro para cima de mim e aceleram mais, como poderiam fazer se eu fosse um gato sem orelhas.

A maré está baixando. Aquela linha plana de água na beirada da terra é meu horizonte. Não consigo imaginar nada além dela. Lembro de uma viagem de carro a um parque temático quando eu tinha dez anos; essa é a única vez que me recordo de ter saído daqui.

Olho para minha mão esquerda: PEDRA, eu leio, mas já sabia disso. Corro para a praia. Não demoro para encontrar uma preta. Não é exatamente igual à minha, mas é bem parecida: lisa e cabe na palma da mão. Seguro a nova pedra, a pedra de Drake, a levo aos lábios e beijo, beijo de novo, de novo e de novo. A brisa morna sopra meu cabelo. Um homem com um cachorro olha para mim, mas não me importo.

Ando por ali olhando para os gatos, mas todos têm orelhas. Tem mais cartazes do gato desaparecido. Tiro mais fotos deles.

Quando chego em casa, tem um e-mail do Drake. Coloco o laptop em cima da mesa da cozinha, a pedra de Drake ao lado e a chaleira no fogo com água para ferver. Faço esforço para preparar uma xícara de chá antes de ler o e-mail. Ansiosa, pego minha caneca preferida e ponho um saquinho de chá dentro dela. Juntos, podemos começar a fazer alguns planos.

Quando me sento com o chá e finalmente me permito abrir o e-mail, estou formigando, pronta para devorar suas palavras.

Oi, Flora.

Olha, desculpa. Se você estivesse aqui as coisas seriam diferentes, mas você não está. Nós dois nos empolgamos muito, e acho que a gente precisa esfriar a cabeça, porque isso não pode dar certo a distância, e você não pode vir para cá, pode?
Fico feliz por você se lembrar do tempo que passamos juntos. Isso é muito importante. Vamos deixar como está. Sinto muito por tudo.

Com amor,
Drake

Leio de novo, para ter certeza, mas ainda é a mesma mensagem. Não sei qual é a distância até Svalbard, mas sei que deve ser longe. Sento com as duas pedras juntas na mão. Não vou perder o Drake.

Meus dedos apertam teclas do laptop. Encontro um voo e faço uma reserva.

Procuro lugares onde me hospedar em Svalbard e faço uma reserva no mais barato. Reservo um quarto para cinco noites, porque isso vai me dar tempo para pensar e encontrar o Drake.

É fácil. Pago com o cartão de crédito que encontrei em uma caixa em cima da mesa, depois vou buscar meu passaporte para ver se está em ordem. Não acredito que ele existe. Tem minha foto no documento. É válido por mais oito anos. Parece mágica, mas preciso acreditar que é real.

Ele disse: "Você não pode vir para cá, pode?" Foi uma pergunta, e minha resposta é: "Na verdade, eu posso sim", e vou fazer uma surpresa para ele.

Vou pôr a pedra na mão dele, vamos nos beijar, vamos para onde ele mora, seja onde for, e vamos conversar e nos beijar mais, fazer todas as coisas que falamos em fazer juntos. O mundo em minha cabeça vai se tornar realidade. Vou começar a lembrar tudo.

Se você estivesse aqui as coisas seriam diferentes.

Meu estômago embrulha quando penso nisso. Tenho que ir procurar Drake porque ele me fez lembrar. Tenho que ir procurá-lo porque o adoro. O e-mail disse que, para isso dar certo, temos que estar juntos, e temos mesmo. Ele está certo.

Anoto as coisas que vou colocando na mala. Duas calças jeans, todos os meus suéteres, alguns pijamas e meu casaco novo de pele falsa. Pego roupa íntima e a escova de dentes, e também um pouco de maquiagem para ficar bem. Encontro uma camiseta vermelha que deve ser muito grande para mim, e estou quase a deixando de lado quando vejo a etiqueta, onde prendi um bilhete que diz ESTA CAMISETA É DO DRAKE, então a cheiro, lembro aquele cheiro, a dobro com cuidado e ponho na mala. Todas as minhas roupas têm meu nome escrito nas etiquetas, e vejo se estou levando só as coisas que me pertencem, se não tem nada da minha mãe. Vou ser eu mesma nessa viagem.

Pego os livros de que preciso para lembrar quem eu sou e escrevo uma longa mensagem para meu futuro eu sobre aonde vou, por que vou e o que tenho que fazer quando chegar lá. Leio um relato que escrevi sobre ter ido à casa dos tios de Drake, onde peguei várias coisas dele. Encontro todas essas coisas e ponho cada uma delas na mala. Levo pedras e conchas, com um bilhete me explicando por quê.

Imprimo os e-mails para poder ler tudo onde estiver.

Não imprimo o que acabou de chegar.

Escrevo bilhetes com horários e números dos voos. Escrevo o número do meu passaporte.

Verifico meus e-mails de novo e de novo, mas nada muda. Digito uma mensagem para Paige avisando que vou me ausentar por um tempo e gosto de como as palavras "vou me ausentar" surgem na tela. Conheci Paige quando tínhamos quatro anos. Ela não é mais minha amiga. Não mando a mensagem. Deleto.

Deixo um bilhete para os pais avisando que estou bem. Mando uma mensagem para eles contando que Paige e eu vamos ao cinema.

Bato na porta ao lado para informar à sra. Rowe que a casa vai ficar vazia, mas os pais chegarão em alguns dias. A sra. Rowe tem gêmeos que são adultos, e um de seus gêmeos também tem gêmeos. Ela me dá uma geleia, mas está mofada. Guardo o pote no armário. Tem mais três potes iguais lá dentro.

Saio de casa com minha mala e tranco tudo. A sra. Rowe acena para mim da janela do andar de cima, e eu aceno de volta. A mala tem rodinhas e faz barulho quando puxo. Ninguém mais olha para mim. Estou seguindo um impulso, viajando para o Ártico para encontrar o homem que me fez lembrar, e ninguém sabe disso.

Estou usando um vestido de algodão e um cardigã, legging, tênis e o casaco de pele que, aparentemente, comprei em Penzance no dia em que fui à casa da tia de Drake, porque, se colocar o casaco na mala, não vai caber mais nada. É ridículo, mas é o único jeito de levá-lo. Estou com calor e me sinto boba, mas é um casaco que devo ter comprado para essa viagem, e o polo Norte é frio e tenho que levá-lo.

Ando pelo meio da cidade, passo por lojas e pessoas, e, quando estou esperando para atravessar a rua na faixa de pedestres no alto da ladeira que desce para a estação, alguém bate no meu ombro.

Eu me assusto e viro.

— Oi, Flora — ela diz, e eu miro aqueles olhos escuros.

— Oi. — O homem verde aparece e eu começo a atravessar a rua puxando a mala.

Paige me segue. Prefiro que ela não me acompanhe. Ando mais depressa.

— Casaco legal — ela diz. — Vai a algum lugar? — Paige me acompanha, anda ao meu lado com facilidade, embora seja mais baixa que eu. Olho para ela tentando determinar quanto me odeia, tentando lembrar se ela respondeu à minha mensagem.

— Gostei do casaco, por isso comprei.

— Aonde você vai?

Não posso falar a verdade.

— Meus pais foram para a França — digo —, por causa do meu irmão Jacob. Você sabe. Ele mora lá, está muito doente, e eles foram visitá-lo. Não achavam que iam ficar longe por muito tempo, mas ele está pior do que pensavam, e eles acabaram demorando mais.

— Eu sei. Eu sei que eles foram ver seu irmão. Eu ia ficar na sua casa de babá, mas não fui porque você beijou meu namorado. Lembra? Tenho perguntado todos os dias como você está. Vou parar de perguntar, se você vai para a França. Vai para a França?

Quero dizer "Svalbard", mas respondo:

— Sim. Para Paris.

— Sozinha? Seus pais vão te encontrar?

— Sim.

— Que bom. Toma cuidado. Tem certeza de que vai conseguir?

— Sim.

Paige me encara por um minuto mais ou menos, depois vira e se afasta. Carros passam depressa a caminho da saída da cidade. Eu a vejo ir embora. Ela não olha para trás.

Minhas mãos estão cobertas de anotações. A palavra *Spitsbergen* está escrita ali com caneta tipo marcador, e me pergunto se ela sabe que esse é o nome da ilha onde Drake mora. É claro que sabe. Mesmo assim, acho que acreditou que vou para Paris.

Ando atrás dela, longe o bastante para não dar a impressão de que a estou seguindo. Ela sabe que estou lá, mas não olha para trás. Entro na estação, e ela continua e passa pelo estacionamento.

O trem está esperando na plataforma em frente ao prédio da estação. É comprido e assustador. Olho mais uma vez minha folha de instruções. Preciso entrar nesse trem e ficar nele até London Paddington, que é a última parada. É assim que minha jornada vai começar. Uma coisa de cada vez.

PARTE DOIS

8

ESTOU OLHANDO PELA JANELA, E TUDO É BRANCO, PORQUE TUDO QUE TEM lá fora está coberto de neve. Não sei bem o que é a neve. Sei que é branca e fria, mas não sei como é de perto, ou como é a sensação de tocá-la, ou como ela vai parar lá.

Olho para minha mão. Está escrito: FLORA seja corajosa.

A neve continua até onde consigo ver, e tem voltas e desenhos próprios e picos e vales, tudo perfeitamente branco. Não tem nada feito por humanos nessa paisagem, exceto a sombra de um avião, e eu estou dentro dele, com o nariz colado à janela, olhando para baixo.

É sempre bom comprar o assento da janela, porque assim você pode saber onde está. Escrevo isso no meu caderno e vejo que essa se torna minha segunda regra de vida.

Olho para o mundo lá fora. Devemos estar chegando ao destino, porque o nada coberto de neve lá embaixo é a superfície de Spitsbergen, e Spitsbergen é a maior ilha do arquipélago de Svalbard, e essa é a ilha para onde vou, e Drake está lá, está lá de verdade, nessa ilha abaixo de mim.

Nunca fui tão corajosa. Tenho lido meus bilhetes sem parar, por isso sinto que, neste momento, sei o que estou fazendo. Estou em um avião a caminho de Svalbard para procurar Drake. Ele perguntou:

"Você não pode vir para cá, pode?" Foi praticamente um convite. Minha resposta é: "Sim, posso".

Olho para o cartão que me colocou dentro deste avião. Tem uma data nele, mas, quando examino de perto, vejo que deve estar errada. De acordo com o cartão, hoje é domingo. E isso significa que os pais deviam ter voltado ontem. Tenho certeza de que esperei por eles por mais tempo que isso. Talvez eu tenha deixado o tempo se alongar e parecer maior do que realmente é.

Talvez tenha entrado em pânico e ido à delegacia sem motivo.

Às vezes acho que vi um movimento na superfície da neve e penso que pode ser um animal, mas não tenho noção de escala e não sei se poderia ver um animal, ou alguma coisa em movimento, desta altura.

Consegui chegar até aqui (quase à cidade de Longyearbyen, quase até Drake). Consegui. Não sei como cheguei ao aeroporto em Londres, mas estava lá, cercada de gente. Respirei fundo, sentei no chão e tentei encontrar minha mãe, mas então reli todas as anotações e descobri que estava sozinha a caminho do polo Norte para visitar Drake. Não sabia como chegar daquele lugar grande, fedido e sem janelas, com telas de televisão e muita gente passando por mim, ao lugar onde está Drake.

Comecei a chorar, mas eles continuaram me ignorando. Queria minha mãe e meu pai, mas eles não estavam lá. Queria Drake, mas ele também não estava lá. Encontrei uma mulher que tinha a palavra "Informação" escrita sobre a cabeça, e ela me fez entregar todos os pedaços de papel que eu tinha e me disse exatamente para onde ir e o que fazer, e, quando fui aos lugares certos e mostrei as coisas certas, fui parar dentro de um avião que me levou a um lugar chamado Oslo.

Viajar é excitante, desde que você faça exatamente o que dizem.

Tive um momento de pânico quando percebi que passaria horas no aeroporto de Oslo. Queria perguntar a alguém se podia simplesmente sentar e esperar, mas, quando percebi que ninguém ligava, decidi que era isso que ia fazer. O aeroporto era limpo e fácil de circular, e comprei um guia Lonely Planet da Noruega em inglês, porque ele tinha muitas páginas sobre Svalbard, e me sentei em uma cafeteria e comi coisas estranhas com peixe e ervas, e algumas pessoas falaram comigo em norueguês, mas, quando percebiam que eu não conhecia o idioma, reagiam surpresas e iam falar com outra pessoa. Comprei um batom vermelho, porque estava lá. Vou usar o batom em Svalbard, porque esse é o tipo de coisa que faz uma garota que tem um namorado.

Até aqui eu consegui. Troquei todo o dinheiro da caixa em cima da mesa por dinheiro da Noruega, e no momento eu sinto que tenho muito dinheiro, mais um cartão de crédito. Agora tenho moedas com um buraco no meio. Dá para pendurar em um colar.

Quando entrei no avião, estava tão agitada que mal consegui prender o cinto de segurança. É o avião que vai me levar até Drake, e estou quase chegando. Estou no assento da janela e o banco ao lado do meu está vazio, e olho para a paisagem branca lá embaixo em busca de sinais da cidade e de um aeroporto.

No caminho aterrissamos em um lugar chamado Tromsø, e foi confuso, porque todo mundo desembarcou e ficou na pista, sob o sol pálido, e eu não sabia o que tinha que fazer, porque algumas pessoas encerravam a jornada ali e seguiam para o aeroporto e para suas coisas inimagináveis em Tromsø. Outras não. Fiquei com o grupo, olhei para os aviões pequenos nas pistas, para o cartaz onde estava escrito "Tromsø Lufthavn" e para o sol frio, e me encantei com o fato de ter conseguido chegar ao Ártico. Depois perguntei a uma mulher o que eu devia fazer. Ela me falou, e eu fiz: todo mundo, ela disse, precisava passar pela segurança dentro do aeroporto, e foi o que eu fiz, e foi fácil. Entrei em uma fila, mostrei meu passaporte a um homem e voltei lá para fora. Logo estávamos novamente no avião, e de repente todo mundo parecia diferente.

Drake tem razão. Sou capaz de mais coisas do que imaginava.

Todas essas pessoas, menos eu, têm cara de quem está a caminho de Svalbard. Muitos são garotos que parecem um pouco com Drake. Fortes, espertos e confortáveis. Adequados ao ambiente.

Alguns, como Drake, são cientistas. Sei disso porque um entrou no avião em Tromsø usando uma camiseta com a inscrição "Ciência, vadias" no peito, e outros o cumprimentaram de um jeito barulhento.

Nenhum deles tem um casaco de pele falsa que enfiou com dificuldade no bagageiro. Nenhum deles usa vestido de algodão e legging. Nenhum deles se aproxima do fim de uma viagem secreta para encontrar o grande amor de sua vida.

Nenhum deles parece estar perseguindo a única memória que conseguiu reter depois de ter uma parte do cérebro removida.

Seguro minhas duas pedras em uma das mãos.

O aviso de cinto de segurança acende, e alguém começa a falar. É norueguês, mas sei que a voz está dizendo que vamos pousar, porque dá para perceber que o avião está descendo, e, embora eu ainda não consiga ver um lugar, sei que devemos estar nos aproximando de um.

Colo o rosto na janela e olho. Drake está lá fora em algum lugar, e eu estou descendo do céu para encontrá-lo.

"A gente pode passar a noite."

"Minha mãe."

Agora minha mãe não está aqui.

Esta é uma terra encantada. É um lugar de conto de fadas, um lugar no qual uma princesa pode encontrar um belo príncipe. Tem neve caindo do céu em flocos grandes, caindo no meu cabelo, no casaco, na rua e nos prédios e montanhas. Flutuando no ar como penas. Eu não sabia que era assim que a neve caía.

Não sei que horas são.

O céu está encoberto desde que subi para o azul de onde olhei a brancura cintilante, e agora tem neve em todos os lugares à minha volta. A neve no chão é mais cinza que branca, e nada é como era em minha cabeça. Deve ser quase noite, porque tenho a impressão de que está escurecendo.

Tem montanhas por todos os lados, cobertas de neve. A cidade pareceu pequena quando a atravessei a bordo do ônibus do aeroporto, e agora estou em seu limite. As montanhas são altas, desaparecem em nuvens de neve, e a ilha se estende para longe. Cheguei ao topo do planeta, o fim da Terra, para encontrar o homem que amo, o homem que me faz lembrar. Estou aqui. Eu me lembro disso, de novo e de novo. Pego uma caneta, levanto um pouco a manga e escrevo no pulso: *Estou em Svalbard*.

Sublinho três vezes.

Tem alguém andando na rua, vindo em minha direção pela neve. Detalhes vão surgindo à medida que a pessoa se aproxima. Olho com atenção, me atrevo a ter esperança. Vejo que é um homem, que ele usa uma grande jaqueta impermeável, como todo mundo aqui, e botas pesadas de neve. Ele também usa um chapéu de lã.

Pode ser Drake.

Pode realmente ser Drake.

Devo ter contado a ele que estava a caminho e esqueci. Ele veio me procurar. Sorrio, e meu sorriso se transforma em risada. Começo a andar na direção dele, depois corro. Vou correr para os braços dele. Este é o fim da minha jornada.

É isto: vim para o lugar mágico coberto de neve e encontrei meu final feliz. Aconteceu. Eu fiz acontecer. Fiz uma coisa corajosa e funcionou. Devo ser corajosa sempre. Definitivamente, essa é uma das minhas regras.

Agora vamos conversar e rir. Ele vai ver que me curou. Antes de beijar Drake, eu nunca teria sido capaz de embarcar em dois trens, um avião e outro avião. Vamos para o lugar onde ele mora.

Estou perto demais da pessoa quando percebo que nem toda a minha vontade poderia fazer esse homem ser Drake. Paro e olho para seu rosto. Ele tem faces vermelhas e olhos azul-claros.

— Desculpe — digo, me obrigando a não desviar o olhar e passando os dedos pelo cabelo, agora molhado pela neve derretida. — Pensei que fosse... — Minha voz some. Não consigo dizer a palavra.

— Tudo bem.

Esse homem, o que está falando comigo, não é nada parecido com Drake. É mais velho, mais gordo e nem usa óculos.

— Lamento não ser quem você esperava. Está tudo bem?

Ele caminha para o prédio de um andar e fala comigo por cima do ombro. Corro para alcançá-lo.

— Sim. Acho que sim.

— Vai ficar aqui? Acabou de chegar?

— Sim. — Está escrito no meu livro que vou ficar aqui. Espero que esteja certo. Se for isso mesmo e tiverem um quarto reservado para mim, vou ficar bem impressionada comigo. Vou ficar perplexa. Vou me sentir capaz de tudo.

— Já se registrou?

— Não. — Sigo o homem para dentro do prédio e para um saguão amplo onde ele se senta e tira as botas de neve, e eu faço a mesma coisa, embora esteja usando um par de tênis horrível e velho, que chuto rapidamente, enquanto ele demora um pouco mais. O interior do edifício é quente e confortável. O homem vai para trás do balcão da recepção e sorri para mim.

— Bem-vinda à Pousada Spitsbergen — diz e digita alguma coisa no teclado do computador. — Srta. Banks, sim?

— Sim! — concordo. Funcionou! Eu sou brilhante. Posso fazer coisas acontecerem. Ninguém fez isso por mim. Eu mesma fiz.

Ele empurra por cima do balcão uma chave em uma argola de plástico. Tem panfletos em todos os lugares, ofertas de excursões e sugestões de coisas para fazer aqui. Vejo as palavras "trenó puxado por huskies", "passeio de barco", "caiaque", "esqui cross country". É coisa demais. Tudo que eu quero é Drake.

— Fez reserva para cinco noites? — ele pergunta. — Pode me dar seu cartão de crédito, por favor?

Passo o cartão para ele. Estou satisfeita por ele ter confirmado minha reserva de cinco noites. Vai ser demais, mas foi uma decisão sensata. Os pais estão em Paris. Jacob vai morrer.

Esse fato preenche minha mente. Eu o empurro para um canto. Agora não.

— Talvez eu não fique as cinco noites. Meu namorado... — faço uma pausa e deixo a palavra pairar deliciosamente no ar — estuda aqui. Vou encontrá-lo. Mas vou pagar pelas cinco noites, é claro.

Drake é meu namorado. Eu o beijei na praia.

— Seu namorado? — Ele assente. — Eu devia ter imaginado. Ele está na UNIS?

— Se esse é o lugar onde as pessoas estudam... — Encaro o homem. — Sim. Ele vai para um lugar científico com coisas de satélite. Você o conhece? O nome dele é Drake Andreasson.

— Drake Andreasson. Não, acho que não. Ele está aqui há muito tempo?

— Hum. — Perco a noção do tempo. Não tenho ideia de quanto tempo faz que ele está aqui. — Não sei. Algumas semanas? — Deve ser isso.

— Ah, bom, por isso. As pessoas vêm e vão o tempo todo. Onde ele mora? No Nybyen?

Não tenho o endereço dele.

— Em um apartamento — digo com firmeza. E pego a chave que o homem me deu, depois digito cuidadosamente os quatro números escritos no meu pulso quando ele vira o teclado para mim. São os únicos números com que eu tenho que lidar, e eles funcionam.

— E ele não veio encontrar você no aeroporto? Não vai ficar na casa dele? Se ele mora em um apartamento, não seria mais fácil?

Não consigo pensar em nenhuma resposta que não seja a verdade.

— Ele não sabe que eu vim — explico.

O homem assente e olha para mim.

— Vai ficar tudo bem, espero — ele diz. — Spitsbergen é muito segura. Se tiver algum problema, pode falar com a gente. Sim? Vou avisar meus colegas e todos nós ajudamos, se precisar.

— Sim, mas não vou precisar — respondo.

— É claro. Mas se precisar...

Ele me diz que tenho que sair e atravessar a rua para o "Prédio 5" e subir a escada para o primeiro andar, onde vou encontrar meu quarto, que é o número 5. Como tudo é número 5, vai ser fácil lembrar. Se tinha alguma coisa fácil para eu lembrar, era isso. Não escrevo o grande número 5 no braço na frente dele, porque quero dar a impressão de que sou normal.

— Boa sorte — diz o homem. — O café da manhã é servido aqui a partir das sete e meia.

Calço os tênis de novo e volto para a neve lá fora, eufórica.

9

ESTOU DIANTE DE UMA JANELA, E LÁ FORA TEM UMA MONTANHA NEVADA. A neve cai em flocos pequeninos que flutuam na frente da janela, soprados pelo vento. Quando olho diretamente para fora, só vejo a encosta branca da montanha salpicada de preto onde as rochas rompem o manto branco. Se me viro de lado e olho no sentido diagonal, enxergo um trecho de céu cinzento e a encosta de outra montanha. Há estacas de madeira brotando do chão, e todo o resto é montanha.

Não é a paisagem que vejo da janela do meu quarto. Eu devia ver copas de árvores. Tinha que ter um parque. Este não é o meu quarto. É um quarto pequeno, com duas camas, uma escrivaninha e uma janela. Não é um quarto que eu conheço. Meu quarto é cor-de-rosa. Aqui, as camas têm lençóis brancos e nada é rosa. Tem uma fileira de pedras em ordem de tamanho sobre a mesa.

Olho para minha mão e para o braço. A palavra *Svalbard* foi escrita várias vezes. Drake falou em "Svalbard" na praia. Ele ia para Svalbard. Seu curso é em inglês porque tem gente do mundo inteiro, o que é uma sorte, porque ele é péssimo com idiomas. Há números anotados no meu pulso: 5827. Embaixo deles está escrito: *Estou em Svalbard*. A palavra *Drake* aparece várias vezes.

Drake mora em Svalbard agora. "Vai ser incrível." Foi o que ele disse sobre isso. "Frio. Já estive lá uma vez. Faz muito tempo. Fomos a Svalbard nas férias para ver o sol da meia-noite."

Vejo a mala em cima de uma das camas, e um grande casaco de pele que tem meu nome na etiqueta. Olho dentro da bolsa e encontro outras coisas minhas. Pego um guia da Noruega, muitas roupas quentes e uma camiseta vermelha que é muito grande. Finalmente encontro um caderno com um adesivo na capa em que está escrito:

A HISTÓRIA DA FLORA. LEIA SE ESTIVER CONFUSA.

Abro na primeira página. A caligrafia deve ser da minha mãe:

Você é Flora Banks,
Você tem ~~dezesseis~~ dezessete anos e mora em Penzance, na Cornualha. Quando tinha dez anos, apareceu um tumor no seu cérebro, e os médicos o removeram quando você tinha onze. Parte da sua memória se foi com ele. Você lembra como fazer coisas (como preparar uma xícara de chá, como ligar o chuveiro) e consegue lembrar da sua vida antes da doença, mas desde a cirurgia não consegue construir novas memórias.
Você tem AMNÉSIA ANTERÓGRADA. Consegue manter as coisas na cabeça por algumas horas, depois esquece. Quando esquece as coisas, você sente uma confusão repentina. Tudo bem. Isso é normal para você.

Na sequência tem várias coisas riscadas, impossíveis de ler. As anotações novas estão escritas com a minha letra.

Você tem um namorado, Drake. Você o beijou na praia e ele te fez lembrar. Você vai a Svalbard para encontrá-lo, porque ele mora lá, e ir a Svalbard vai curar seus problemas de memória. Você é capaz de fazer mais coisas que qualquer pessoa, e Drake sempre acreditou na sua capacidade. Ele é seu futuro mágico. Quando for a Svalbard, você só vai precisar encontrar Drake e tudo vai ser felicidade. Você vai viajar de avião.

Você tem quase certeza de que Jacob vai morrer. Ele está muito doente na França e os pais estão com ele. Você sempre esquece que ele está doente, e sempre fica triste quando lembra. Não tem nada que você possa fazer sobre isso, exceto ficar fora do caminho para os pais se concentrarem nele. Você precisa encontrar Drake bem depressa, antes de os pais perceberem que saiu de casa.

Meu irmão está doente e provavelmente vai morrer, e vou sentir saudade dele, embora só o tenha conhecido quando era muito pequena. Os pais não sabem que estou aqui. Quando encontrar Drake, minha mente vai voltar a funcionar.

Vim para cá de avião; isso me deixa sem fôlego. Eu amo Drake e ele me ama. Leio nossa correspondência, os e-mails que imprimi e guardei dentro do livro, e acabo chorando incontrolavelmente de amor e tristeza. Jacob está muito doente. Eu amo Jacob. Vim aqui para encontrar Drake. Eu amo Drake. Ele me pediu para vir.

Esta pode ser a primeira vez que vou dormir em um quarto que não é o meu, o quarto cor-de-rosa em Penzance. Aquele quarto é seguro. Sinto uma pontada repentina de saudade. Aquele quarto era seguro, este é estranho. Vim sozinha até o Ártico. Isso explica a montanha coberta de neve do lado de fora da janela.

É dia, e não sei que horas são. Olho o celular. Ele marca 00:30, mas não acredito nisso. Se fosse mais de meia-noite, estaria escuro. As palavras "sol da meia-noite" surgem em minha cabeça. Talvez eu esteja olhando para o sol da meia-noite. Essa ideia provoca uma euforia inacreditável.

Tem uma mensagem da minha mãe:

> Tudo bem em Penzance? Tentei ligar no fixo, ninguém atendeu. Tudo aqui está uma correria, mas vamos tentar ir para casa amanhã. Beijos

Digito: Parece que estou no Ártico!!! Olho para as palavras, sei que não são as certas. Apago e escrevo de novo:

> Sim, tudo bem, obrigada! Não se preocupe. Espero que esteja tudo bem. Amo vocês.

Mando a mensagem, mas me preocupo com a possibilidade de ela soar estranha. Mas eu estou estranha. A mensagem deve ser normal.

Minha mãe responde imediatamente:

> Tomou os comprimidos?

Respondo com firmeza:

> Sim.

Olho em volta, mas não vejo nenhum comprimido. É melhor eu ir procurar Drake primeiro, decido, e depois me preocupo com isso.

Tem gente conversando do lado de fora do quarto. Não é inglês, mas gosto do som das palavras. Elas têm um ritmo legal.

Abro a porta e vejo dois homens no corredor. Os dois acenam para mim com a cabeça e dizem "oi", depois continuam conversando. Um deles veste camiseta azul e short largo, o outro usa calça folgada e colete.

Eles não parecem me achar estranha, nem um pouco.

— Oi — respondo. — Tem um banheiro?

— Ali — fala o de short. Seu cabelo é preto e brilhante, e ele tem olhos simpáticos. — À direita.

— À direita — repito. Tem muitas portas à direita. Vou tentar abrir algumas até achar a certa.

— As quatro portas — diz o outro homem. — Todos são banheiros, mas nem todos funcionam.

— Normalmente, só dois funcionam de cada vez — diz o amigo. — Razões diferentes. Tem um rodízio.

Não sei do que essas pessoas estão falando.

— Rodízio?

— Às vezes um funciona, às vezes outro. Uma lâmpada queimada, uma fechadura quebrada. Sabe como é.

— Ah. Obrigada. — Preciso escovar os dentes, essas coisas. Na verdade, devia tomar um banho. Aposto que não me lavo há um tempão.

Quando saio do quarto segurando o nécessaire e uma toalha, com QUARTO 5 escrito no braço com marcador à prova d'água, o homem de cabelo escuro sumiu. Mais adiante no corredor, pessoas deixaram trenós cheios de coisas coloridas na frente da porta. De fato, quase todos os quartos têm um trenó do lado de fora, menos o meu. Talvez eu devesse ter um também. Pulo (por dentro) de animação com a ideia de andar de trenó. Nunca neva em Penzance.

Então lembro que beijei um garoto. Tenho dezessete anos. Devo ser velha demais para me animar tanto com um trenó.

— Preciso de um daqueles? — pergunto ao homem loiro e aponto para um trenó.

Ele ri.

— Não, a menos que planeje acompanhar nossa expedição amanhã. Tenho certeza de que podemos arrumar espaço.

— Qual é a sua expedição?

— Guias do Ártico. Estamos treinando. Amanhã saímos para um acampamento de três noites.

Sei que deveria estar impressionada, e espero dar essa impressão, porque não consigo nem imaginar o que significa ser um guia do Ártico e quanta coragem e frieza isso deve exigir.

— Que horas são? — pergunto. — Você sabe?

O homem dá de ombros.

— Uma, acho. É difícil dormir aqui, não é?

— Uma da manhã?

— Sim.

— Sério?

— Você é inglesa?

— Sim, moro em Penzance. De onde você é?

— Eu? Da Noruega. A maioria que faz o curso é de lá. Mas todo mundo fala inglês, é claro. Nós estudamos em inglês.

— Já encontrou por aqui um garoto chamado Drake? — pergunto. — Ele fala inglês. O curso dele é em inglês, o que é uma sorte, porque ele é péssimo com idiomas.

Ele dá de ombros de novo.

— Não, não que eu saiba. Conhece esse garoto?

— Sim — sorrio. — Vim aqui para encontrá-lo.

O primeiro banheiro que tento abrir tem uma porta sem tranca. A segunda está trancada, e um vapor perfumado passa pelas frestas laterais. A terceira tem uma lâmpada que não funciona e não tem janela, o que impossibilita o uso. Fico aliviada ao entrar no último banheiro. A luz funciona, a porta tem tranca, e, quando ligo o chuveiro, a água é quente. Limpo a sujeira acumulada desde a última vez que fiz alguma coisa assim, tomando cuidado para deixar QUARTO 5, Estou em Svalbard e 5827 escritos no braço, e lavo o cabelo pensando em como foi que consegui chegar aqui. Acho que já estive em outros lugares. Estive na França. Tomei banho na França.

Não, os pais estão na França. Não eu. Até agora, só tomei banho em Penzance.

Visto o pijama cor-de-rosa e enrolo o cabelo molhado com uma toalha. Volto ao quarto e olho para a neve. Definitivamente, não está escuro lá fora.

Estou aqui para encontrar o Drake. Digito o nome dele no meu celular para ver o que acontece, e descubro que tenho um número de telefone salvo como "Drake/Paige". As últimas mensagens que troquei com esse número são bem antigas. A que recebi diz:

> oi, é a paige com o celular do drake. derrubei o meu. estamos no lamp and whistle. vem logo.

> chego em 20 min.

Não gosto dessa conversa e a deleto.

> Oi, Drake. Pode me mandar seu endereço por mensagem de texto? Ou e-mail? Quero mandar uma coisa para você. Beijos, Flora

Quero encontrá-lo e deixá-lo me ver na neve. Quero que a gente percorra um longo caminho, um em direção ao outro, e quero que a gente se reconheça gradualmente à medida que for se aproximando. Imagino a gente correndo um para o outro, ganhando velocidade para se jogar em um abraço.

Aperto o botão, e a mensagem vai direto para o telefone dele. Passo algum tempo pensando em como acessar meus e-mails, mas, no fim, acho que tudo vai dar certo. Quando Drake mandar o endereço por mensagem de texto ou e-mail, eu vou receber imediatamente.

Ainda está claro, mas parou de nevar. A neve brilha: deve estar sol, embora eu não o veja. Eu poderia sair e andar um pouco, mas estou meio cansada.

Olho o relógio de novo. Meu celular agora diz que são três da manhã.

Escuto. Nada importante acontece no corredor. Não tem mais ninguém conversando. Os guias do Ártico ficaram quietos.

Está totalmente claro, plena luz do dia. Lembro de Drake falando: "Fomos a Svalbard nas férias para ver o sol da meia-noite. Eu tinha dez anos e queria morar lá para sempre". É isso. Este deve ser o sol da meia-noite.

Não estou cansada. Estou cansada. Não sei. Não quero dormir. Preciso dormir. Meu cabelo secou há muito tempo. Amanhã vou ter que encontrar o Drake. Se nada der certo, vou sair perguntando até descobrir onde fica o lugar do satélite, e vou até lá e vou ficar sentada ao lado de um satélite até ele aparecer.

Quero ir ao Flambards.

Esse pensamento é idiota. Estou no Ártico.

Com um esforço supremo, eu me aproximo da janela. Só quero ficar ali sentada e esperar as pessoas começarem a levantar. Mas é noite, e preciso dormir. Tenho que dormir à noite, ou vai dar tudo errado e vou estar cansada demais para procurar o Drake.

Estendo o braço e puxo o cordão que abaixa a persiana. A luz ainda penetra pelas beiradas, mas está suficientemente escuro, e logo estou na cama e meus olhos se fecham.

10

TEM GENTE GRITANDO. NÃO SEI COMO ENTRARAM NA NOSSA CASA. FECHO os olhos com força. A mamãe e o papai vão mandar essas pessoas embora. Vou permanecer aqui e esperar tudo ficar quieto.

Coisas são arrastadas. Pés marcham. Portas batem. Coisas são movidas e empurradas, e não sei o que é isso.

Abro os olhos. Estou deitada de costas olhando para um teto estranho, e por um longo, longo instante tento ficar calma. Tenho dezessete anos e beijei um garoto na praia.

A luz do sol entra pelas beiradas de uma persiana. É dia. Estou em uma cama estreita de solteiro e visto um pijama cor-de-rosa que sei que é meu. Essa é a única coisa familiar. Acordei em um mundo estranho e novo.

Pego meu caderno.

E levanto de repente. Estou em Svalbard. É assustador, mas não importa, porque hoje vou surpreender Drake. Tenho que encontrá-lo imediatamente, porque os pais vão notar que sumi. Vim para cá sozinha, e estou aqui agora, morrendo de fome, e o café da manhã, de acordo com minhas anotações, deve estar servido. São oito e meia da manhã, e essa é uma boa hora para tomar café. Vou tomar café, aí vou procurar meu namorado. Depois disso, vou começar a me lembrar de tudo.

Abro a persiana. O ar do lado de fora é tão frio que brilha, porque estou no Ártico, o Ártico de verdade, e, quando olho para o lado, consigo ver o céu azul e profundo. Tudo é brilhante e limpo, e sou tomada por uma energia que me faz querer dançar e cantar.

Visto jeans e uma camiseta, um pulôver e meias grossas. Não vou me dar o trabalho de vestir aquele casaco enorme só para atravessar a rua para ir ao outro prédio. Vou deixar para vesti-lo quando sair para encontrar o amor da minha vida.

Drake vai adorar esse casaco. Mal posso esperar para que ele o veja. Eu não usava o casaco quando o beijei na praia. Usava um vestido branco e sapatos amarelos.

Vejo no meu celular que mandei uma mensagem para ele. Vejo que ele não respondeu. Ainda não. Escrevo uma mensagem cuidadosa para minha mãe:

> Tudo bem aqui em Penzance! Beijos, Flora e Paige

Sim, é isso mesmo, penso.

Tem alguns garotos trancando a porta dos quartos e gritando uns para os outros, e um deles diz "bom dia" quando passa na frente do meu quarto a caminho da escada, que desce pulando os degraus e gritando:

— Esperem por mim!

O outro prédio é dominado pelo ruído típico do café da manhã. Tiro os tênis, porque um cartaz avisa que é isso que devo fazer. Olho pela janela para a área do café no fundo de uma sala grande, onde pessoas saudáveis e confiantes comem de um jeito saudável e confiante. Tento compor uma expressão saudável e confiante para não chamar atenção e, calçando apenas meias, entro para me juntar ao grupo.

Quero me sentar com pessoas para me sentir normal. Porém não tem ninguém sozinho, e ninguém olha para mim, então ponho minha bolsa em uma mesa vazia e vou pegar comida.

O café da manhã é estranho, mas ainda assim penso que poderia comer tudo que tem ali e repetir. Tem pão preto e peixe com fatias de queijo. Tem alguns vegetais, e alguma coisa em uma embalagem com uma listra vermelha, uma amarela e uma verde onde está escrito "Kvikk Lunsj", que eu pego porque quero saber o que é. Tem um desenho de um homem fortão usando touca de lã no verso, por isso deduzo que deve ser bom.

Com certo esforço, consigo tirar o que acredito ser café de um recipiente e derrubar só um pouco. Pego um copo de suco, e, quando vejo cereal, pego uma vasilha também, e acrescento leite, iogurte e fruta em conserva. Demoro um pouco para distinguir o que é leite e o que é um tipo estranho de iogurte grosso em uma embalagem parecida com a de leite, mas consigo diferenciar os dois. Tenho a sensação de que não como há muito tempo, e estou decidida a me alimentar bem enquanto tem comida gratuita disponível.

Ninguém olha para mim. Sento e começo tomando um gole do café fraco, e olho meu celular. Não tem nenhuma mensagem. Abro os e-mails. Cada parte de mim está desesperada por Drake.

Comi quase todo o cereal quando percebo que tem uma pessoa parada na minha frente.

— Posso? — ela pergunta, apontando uma cadeira.

Respondo que sim movendo a cabeça com satisfação, e ela deixa suas coisas na cadeira e vai pegar comida. É evidente que já esteve aqui antes. Eu a vejo pegar pão preto, peixe defumado e pepino, café preto e suco de laranja, tudo em questão de segundos.

Ela tem cabelo crespo, usa óculos redondos e roupas apropriadas para o frio. Todo mundo está vestido para enfrentar o frio, menos eu. Sou a única vestida com um jeans ruim que a mãe comprou.

— Oi — a garota fala em inglês. — Eu sou a Agi.

— Flora — respondo. Ela corta um ovo cozido e põe as fatias sobre o peixe.

— É da Inglaterra? — ela pergunta. — Austrália, talvez?

— Inglaterra. Você é norueguesa?

— Não, sou finlandesa. Por um fio. — E olha para mim. — É assim que se fala? Por um fio? Essa expressão tem a ver com o contexto?

— Hum... — Não sei o que dizer. — Talvez. Sim.

— Que bom. E aí, está sozinha em Spitsbergen? Por quê? Eu também estou, e não somos muitas. E acho que você é muito jovem.

— Vim visitar uma pessoa. — Olho para minha mão. Estou em Svalbard. Sinto que é como um sonho, mas estou realmente aqui.

— Ah, então não está sozinha de verdade.

— Bem, estou — respondo.

Agi parece tão desapontada que quero animá-la.

— Na verdade, não contei a ele que viria. Hoje mesmo vou sair para procurá-lo. Tenho que encontrá-lo hoje.

Ela arregala os olhos numa reação de espanto.

— Veio até aqui para fazer uma surpresa? E agora não sabe onde encontrar esse rapaz?

Percebo que Agi tem uma pele bonita e sedosa. É como a pele da Paige. Paige e eu nos conhecemos quando tínhamos quatro anos, no primeiro dia de aula. Paige não é mais minha amiga. Li isso no meu livro e continuo pensando na informação. Paige não é minha amiga. Jacob está muito doente. Os pais pensam que estou em Penzance. Drake é meu namorado. Tenho que encontrá-lo agora. Tem um monte de coisas que eu preciso tentar lembrar.

— É isso mesmo — confirmo. — E você?

Estou tentando agir de um jeito normal, e acho que estou conseguindo. É bem animador.

— Ah, eu adoro viajar sozinha. Tenho um blog, mas, como escrevo no meu idioma, não tenho muitos leitores. Por isso quero melhorar meu inglês, até conseguir escrever no idioma mundial e ganhar muitos seguidores internacionais.

Acho que não sei o que é um blog.

— Você escreve sobre viagens? — pergunto, cautelosa.

— Sim! É um blog de viagens! Por isso eu estou aqui, é claro. Viajo sozinha e escrevo minhas aventuras. O nome do blog é Aventuras de uma Garota na Estrada. Talvez eu tenha que dar um título diferente em inglês. Hoje vou fazer um passeio em um micro-ônibus, porque quero ver tudo que é acessível por estrada em Longyearbyen. As estradas só existem em torno da cidade. Não vão além, porque não tem nenhum lugar aonde ir de carro. Vou visitar o silo global de sementes, a igrejinha, as velhas minas. A *parada toda*.

Agi olha para mim em dúvida, e eu assinto. Não sou a melhor pessoa para dizer se as frases dela funcionam ou não.

— Ah, que legal — digo. — Eu também iria, mas hoje vou procurar o Drake. Tem que ser hoje. Eu o beijei na praia. Estou completamente apaixonada por ele. Vou encontrar o Drake, e é ele que eu amo. A única coisa que quero para o resto da vida é ficar com ele. Vou encontrá-lo e talvez nem volte para casa. Talvez fique aqui com ele para sempre.

Paro e respiro. Não acho que o que eu disse tenha soado racional. Não foi normal. Queria não ter falado nada disso.

Agi está comendo e olhando para mim. Ela me encara por um bom tempo. Olha para minhas mãos, para o FLORA seja corajosa, para o Estou em Svalbard e para as outras palavras e números. Mastiga um pouco de pão e peixe. Eu também olho para o meu nome no dorso da mão e me sinto boba.

— Uau — Agi fala depois de um tempo, quando engole a comida. — Você é uma garota interessante. Gosta desse garoto, então.

— Amo.

— E vai fazer o quê?

— Acho que vou a pé até a cidade e vou perguntar às pessoas por ele. Vou descobrir onde ele mora.

— Como é o nome dele?

— Drake. Drake Andreasson. Ele tem dezenove anos.

— Drake Andreasson. Um adolescente chamado Drake Andreasson. Vou perguntar também. Vou perguntar no passeio de micro-ônibus. Onde ele estuda?

Dou de ombros.

— Aqui.

— Se não conseguir achar o Drake, talvez eu te veja de novo aqui hoje à noite.

— Eu tenho que encontrá-lo. Tenho que encontrá-lo hoje.

— Espero que encontre. Essa história é romântica. Você precisa encontrá-lo hoje, e *vai* encontrá-lo hoje.

— Isso.

— Ele vai ficar feliz por te ver.

Pego o celular e olho para a tela de novo. Estou conectada ao wi-fi, mas não tem nenhum e-mail. Alguns e-mails sem importância foram baixados, mas não o que eu quero.

Agi termina de beber o café e levanta com a bandeja.

— Tenha um supermegadia, Flora — ela diz.

— Obrigada. Você também.

— A gente se esbarra mais tarde?

Sei que tem uma resposta apropriada para isso, mas não lembro qual é e só assinto.

A pousada fica no limite da cidade. Sei que devia estar com medo e confusa, mas não estou. Vou ver o Drake. Ele me faz lembrar.

Escrevo o nome de Agi na mão, e no caderno eu anoto: Procurar Agi no hotel hoje à noite se eu estiver lá. Tenho certeza de que não estarei, mas é bom lembrar que tenho uma amiga.

Visto o casaco de pele e calço os tênis. Levo todo o dinheiro comigo, porque, além de procurar Drake, eu também vou comprar um par de botas como as que todo mundo usa por aqui. Afinal, é possível que eu fique. Drake disse que me ama e pediu para eu vir. Provavelmente vou ficar aqui morando com ele. Terei muitas lembranças, serei uma pessoa normal, e essa nova vida começa hoje.

Tenho a chave do meu quarto, e a palavra "chave" escrita na mão para lembrar de verificar se está comigo. Levo minha bolsinha com o caderno dentro dela.

O céu é azul e limpo, sem nenhuma nuvem. Longyearbyen, que é como se chama esta cidade, fica em um vale com montanhas dos dois lados e um rio também emoldurado por montanhas. Montanhas por todos os lados. São cobertas de neve, mas a neve não é densa, e a paisagem é cheia de pedras pretas e salientes.

"Vai ser incrível", disse Drake. "Frio. Já estive lá uma vez. Faz muito tempo. Fomos a Svalbard nas férias para ver o sol da meia-noite. Eu tinha dez anos e queria morar lá para sempre. Vai ser épico."

É épico. É enorme e de tirar o fôlego. O ar é frio e claro. Respirar aqui é diferente de respirar em casa. O ar limpa meus pulmões. Cada passo que dou me deixa meio tonta. Essa sou eu, Flora Banks, andando por uma rua no Ártico. Cada passo é um triunfo. Olhei o mapa e decidi que caminho devo seguir. Vou para o lugar onde Drake deve estar, e vou encontrá-lo, e tem que ser hoje, esta manhã, porque ninguém sabe que estou aqui e logo vão começar a me procurar.

Isso tudo é tão estranho que nem sinto medo. Poderia ser um outro universo. É tão diferente de todo o resto na minha cabeça que ignoro a preocupação e o medo. Sei que Jacob está doente, mas não posso fazer nada, porque estou no Ártico. Nada importa neste momento, exceto encontrar Drake.

Ando cada vez mais depressa, já sentindo calor com o casaco de pele. Adoro sentir os músculos das minhas pernas me levando até meu namorado. Adoro o jeito como meu rosto formiga quando o frio de fora encontra o calor dentro de mim. Sei que vai ter uma galeria de arte à esquerda, e tem. Quero entrar ali, e a acrescento à lista em constante transformação das coisas que quero fazer com Drake. Gostaria de conhecer Spitsbergen com ele. Queria andar de mãos dadas. Queria ir para o apartamento dele, ficar na cama com ele e abraçá-lo, beijá-lo e estar com ele.

Estou ansiosa para ver sua cara quando ele descobrir que estou aqui.

Passo por uma escola, por mais alguns prédios, e por uma rua que vira para a esquerda, onde tem mais prédios, inclusive uma igrejinha. Olho em volta, para o caso de Drake morar por aqui, mas não há nem sinal de casas. Sigo em frente. Canos de metal que parecem velhos, mas importantes, seguem paralelamente à rua. Uma placa mostra a silhueta de um homem com um chapéu elegante, talvez um aviso para os carros, embora quase nem haja automóveis aqui.

Não sei como esses carros chegaram aqui. As ruas em Longyearbyen não vão a lugar nenhum, aquela mulher falou. A mulher com quem eu estava conversando há pouco. Olho minha mão: Agi. Agi disse isso. Elas levam as pessoas para fazer coisas em Longyearbyen e no entorno, mas não vão a lugar nenhum além disso, porque a cidade é cercada pelo nada do Ártico. Não tem nenhum lugar para onde ir de carro quando as ruas da cidade acabam. Os carros devem vir de outro lugar, como o combustível, e todo o resto, na verdade.

Levo vinte minutos para chegar ao centro da cidade. Nem mesmo eu sou capaz de me perder quando só tem uma rua.

Entro em uma loja que vende coisas para vestir no tempo frio. As paredes e o assoalho são de madeira, e o lugar é tão quente que quero tirar o casaco, mas não posso, porque teria que carregá-lo e isso seria incômodo.

Dou mais uma olhada no celular. Tenho sinal cheio, mas não recebi nada. Ligo para o celular da minha mãe, mas a ligação cai na caixa postal, e eu deixo o recado apropriado.

Uma mulher de bochechas coradas se aproxima e fala alguma coisa em um idioma que não entendo. Digo que estou procurado um par de botas, depois me pergunto se ela entende inglês. A mulher começa a me mostrar coisas.

— Os três As — diz, passando imediatamente para o inglês. — É disso que você precisa.

— Os três As?

— A lã, à prova de vento e à prova d'água — ela explica. — É assim no Ártico. Nem tanto no verão, e também nem tanto se você não vai sair para fazer trilha.

— Gosto desta aqui. — Aponto para uma bota marrom com forro de pele e cadarço. Ela olha para os meus pés e se afasta para ir buscar a bota no tamanho certo, e eu sento e abro meus e-mails. Não me interessam os três As, só quero alguma coisa melhor que tênis.

Escrevi no pulso com letras bem pequenas: Drake disse: "se você estivesse aqui as coisas seriam diferentes". E: "você não pode vir, pode?"

Pronuncio as palavras em voz alta. Eu posso ir. Sim. Eu posso.

Quando estou pagando pelas botas, que couberam perfeitamente, pergunto para a mulher:

— Você conhece um garoto chamado Drake Andreasson?

Ela me encara por um segundo.

— Drake?

— Ele estuda no polo Norte. Tem uma coisa de satélite.

— Uma coisa de satélite? Estuda? Tenta se informar na UNIS ou no Instituto Polar. Acho que eles devem saber.

— Obrigada. Posso calçar as botas agora?

— É claro, querida. Vou pegar uma sacola para você pôr os tênis.

Amarro as botas, ponho os tênis na sacola que a mulher me deu e saio para ir procurar o Instituto Polar. Vou andando e digitando no celular, e pego uma caneta para escrever no braço também. Isso é melhor que andar por aí torcendo para encontrar o Drake. É assim que vou encontrá-lo.

11

ESTOU SENTADA EM UMA ROCHA, E TEM TRECHOS DE NEVE À MINHA VOLTA, com pedras escuras que parecem brotar do gelo. Estou vestida com um grande casaco de pele e uso botas quentes, jeans e, provavelmente, se abrir o casaco, vou descobrir que estou de pulôver.

Estou bem agasalhada, sentada em cima de uma rocha e olhando para uma encosta coberta de neve. Não tem ninguém aqui. O ar é frio em meu rosto. O sol brilha no céu azul.

Moro em um lugar quente onde tem mar e onde as coisas são verdes. Este lugar é diferente. Este lugar é frio e claro. Não pode ser real. Não me preocupo com onde estou, porque sei que estou dentro da minha cabeça. Aqui é mágico, e não quero acordar.

Sentei em uma praia e beijei o Drake. Aquilo foi real. Isto aqui não é.

Olho para minhas mãos. Em uma delas está escrito FLORA seja corajosa. Eu sou a Flora.

Minha mão esquerda tem as palavras: Procurando Drake. Na parte interna do pulso tem 5827 e Estou em Svalbard. As palavras Instituto Polar? estão escritas no braço, que também tem Ártico, caderno e Agi e algumas anotações sobre um passaporte.

Tem um caderno no meu colo. Eu o abro e começo a ler. As páginas me dizem que tenho amnésia anterógrada e que Drake é meu futuro mágico.

Vou até as últimas páginas escritas.

NÃO saia da cidade, porque lá fora tem ursos-polares e eles comem gente. Se sair da cidade, vai precisar de uma arma e vai ter que saber usá-la, e isso significa que SÓ POSSO SAIR DA CIDADE SE ESTIVER COM ALGUÉM QUE TENHA UMA ARMA. NÃO SAIA DA CIDADE MESMO QUE SEJA BONITO. FIQUE SEMPRE EM UM LUGAR ONDE HAJA PRÉDIOS.

Olho para a encosta à minha frente. Não há prédios. Tem um caminho de rochas que sobe para o que acho que é uma montanha. Tem outro caminho feito de linhas paralelas que atravessam a neve, mas não tem nenhuma cidade, definitivamente. Estou sentada sobre uma grande rocha preta.

Fico em pé. Desrespeitei uma regra que não me lembro de ter aprendido, e, embora isto seja um sonho, não quero ser comida por um urso-polar nele. Ursos-polares são brancos, a neve à minha volta também é branca. Pode haver centenas deles camuflados por aqui. Eles podem estar prestes a atacar, arrancar meus membros, me dividir entre eles para que cada um tenha um pedaço e o vencedor fuja com meu cérebro imprestável entre os dentes.

Tenho que ir para um lugar seguro. O sol brilha em meus olhos. Não sei como chegar onde estão os prédios. Podia andar o dia inteiro e me afastar cada vez mais, penetrar mais e mais no território dos ursos. Se eu pensar com firmeza nos prédios, talvez os faça aparecer.

Meu coração bate tão depressa que o corpo todo reverbera no ritmo. Estou em pé, embora as pernas tremam tanto que mal possam me sustentar.

Beijei o Drake e preciso encontrá-lo.

Em vez de encontrá-lo, vim para um lugar cuja primeira regra é "não sair da cidade sem uma arma", e saí da cidade sem uma arma. Vim oferecer aos ursos-polares um pouco de carne humana fresca. Posso estar a quinze quilômetros da cidade, seja qual for a cidade. Não estou com fome ou sede, o que significa que não devo ter saído há muito tempo. Eu me viro, olho em volta, tento decidir qual é o caminho mais provável para voltar à segurança.

Então paro. Olho de novo para a colina, que parece distante e coberta de neve. Olho novamente para o outro lado e dou risada. Rio e rio, rio alto, descontroladamente, e não consigo parar. Sou o ser humano mais estúpido que já viveu.

Eu estava sentada em cima de uma grande rocha preta olhando para a montanha, em um lugar frio e quieto onde vivem ursos-polares. Mas a rocha estava ao lado da rua, e a rua ficava em uma cidade, e só não ouvi nada atrás de mim porque não tinha carros passando. Assim que me viro, vejo que estava sentada perto de casas, ruas e sinais maravilhosos de que este é um lugar de humanos, não de ursos.

Minha jornada para a cidade dura cinco passos. Fiz os prédios aparecerem pensando neles, porque tudo isso está dentro da minha cabeça.

Não entrar no território dos ursos-polares. Essa agora é uma das minhas regras de vida. Paro e escrevo no meu caderno.

Escolho uma direção e ando pela rua. Tem duas pedras no meu bolso, e eu seguro as duas com uma das mãos enquanto vou andando. São pedras especiais. Uma é a minha, a outra logo será do Drake. Nós nos beijamos na praia, quando a maré subiu. Vou encontrá-lo e vamos nos beijar de novo, na neve. Vamos nos beijar muitas vezes, e vou me lembrar de cada beijo.

    Todas as pessoas pelas quais passo estão vestindo jaqueta de náilon em vez de um grande casaco de pele como o meu. Elas têm faces rosadas, sorriem e dizem "oi", e eu retribuo. Parece que é assim que as coisas funcionam neste lugar, que não fica perto de Penzance porque é a cidade de Longyearbyen, na ilha de Spitsbergen, no arquipélago de Svalbard, cercado pelo mar Ártico. A lista de nomes difíceis me faz sentir triunfante.

Meus pais não sabem que saí. Se voltarem para casa e descobrirem que não estou lá, eles vão chamar a polícia, e aí eu vou ser levada para casa sem ver o Drake de novo.

Encontro o caminho para o Instituto Polar olhando o mapa e pedindo informações a um homem simpático, mas o lugar está fechado. Olho para a porta por um tempo antes de me atrever a tentar abri-la. Empurro, e a porta se move um pouco, mas não abre. Não sei que dia é hoje nem que horas são, o que significa que pode ser hora de estar fechado mesmo. O museu vizinho está aberto, mas o prédio da universidade está fechado.

    Fico olhando para a porta. Preciso dela aberta. Este é o lugar onde Drake estuda, e eu vim até esta porta, mas ele não está aqui. Olho dentro da bolsa, pego o caderno para poder anotar tudo isso. Sento no degrau.

    Tem uma mulher um pouco distante, olhando para mim.

    — Aqui é a universidade? — pergunto em voz alta. Ela pode ser uma aluna. A mulher franze a testa, e eu repito a pergunta, depois me lembro de acrescentar: — Você fala inglês?

    — Eu tento — ela diz. A mulher tem o cabelo longo e preto e uma cara rabugenta. — Este é o Norsk Polarinstitutt. A universidade UNIS fica logo ali.

Olho na direção para onde ela aponta e vejo outra parte do mesmo prédio. Nenhum deles aqui é muito bonito, mas gosto deles porque tenho tanta certeza quanto posso ter de que Drake trabalha dentro deles.

— Conhece Drake Andreasson?

Ela dá de ombros.

— Talvez. Não sei. Você o perdeu?

— Sim.

— Ele é aluno aqui? Já foi ao Nybyen?

— Acho que não. O que é Nybyen?

— A moradia da universidade.

Decido anotar isso também. Meu telefone faz um barulho dentro da bolsa, notificação de mensagem, e quando o pego a mulher vai embora.

O sol brilha forte em meu rosto. Algumas pessoas passam por ali. O horizonte é uma fileira de montanhas. O sol brilha alto, e, embora algumas nuvens encubram o topo das colinas, o céu é azul.

Este não é um lugar de verdade. Não pode ser um lugar de verdade. As pessoas não parecem normais. Nada é como eu acho que deveria ser, e Drake não está aqui. Sei como Drake é, e nenhuma dessas pessoas é ele.

Olho para a foto dele no meu celular antes de ler as mensagens.

Quando vejo a palavra "mãe" fico contente, mas a mensagem dela é confusa.

> Querida, espero que você e a Paige estejam bem. Obrigada pela mensagem e pelo recado na caixa postal. Ainda estamos aqui. Tudo bem com você? Por favor, continue mandando notícias. Essa coisa toda com o Jacob é horrível. Talvez você possa vir a Paris. Acha que a Paige traria você? Ligo mais tarde para pensarmos em um plano. Beijos, mamãe e papai

Paris. Jacob. Dou uma olhada no caderno. Jacob Banks é meu irmão, que está doente em Paris. Meus pais estão com ele, e estou fingindo que estou com Paige em Penzance.

Eu moro em Penzance. Vou morar em Penzance para sempre, mas hoje não estou lá. Hoje estou no Ártico. E vim para cá sozinha.

Lembrar de Jacob o invoca, porque, quando olho os e-mails pelo celular, as palavras "Jacob Banks" pulam na tela.

Sabe-se lá como, ele me mandou um e-mail.

Querida Flora,

Obrigado pelo cartão. O meu Jacques trouxe para mim. Felizmente os pais não viram. Na próxima, mande dentro de um envelope! Minha irmãzinha. Você se apresentou de um jeito todo formal, sem saber que nos conhecemos. Isso me afeta sempre, todas as vezes. Está tudo bem com você? Você parecia muito preocupada porque a mamãe e o Steve não voltaram para casa. Minha culpa. Sinto muito. Houve uma emergência comigo quando eles estavam tentando ir embora. Não se preocupe. Eles estão bem. Você está em Penzance com a sua amiga? Ou não? Tudo acontecendo conforme o planejado, ou você fugiu para viver uma aventura? Se estiver vivendo uma aventura e não vier me ver, vou ficar muito ofendido. Por favor, responda. Preciso de você para me manter entretido durante esta doença cansativa. E se cuida. Responda assim que puder. Faça todas as perguntas, como sempre fez.

Beijos, seu irmão Jacob

Leio de novo e de novo. As coisas não fazem sentido.

Sempre há coisas que não fazem sentido.

Você se apresentou de um jeito todo formal, sem saber que nos conhecemos.

Fugiu para viver uma aventura?

Olho em volta, quase esperando vê-lo ali parado, rindo de mim. Nós nos conhecíamos quando éramos novos. Não nos conhecemos mais.

Fico surpresa apenas brevemente por estar em uma paisagem nevada com ar brilhante e um horizonte recortado por montanhas. Fugi para viver uma aventura, como Jacob disse. Não sei como ele sabia disso. Não é possível que eu já tenha feito isso antes. Nunca saí de Penzance. Decido encontrar um lugar quente onde eu possa sentar e tentar escrever uma resposta sensata para meu irmão. Eu amo o Jacob. Ele me deixava pintar suas unhas dos pés. E ele disse para eu fazer perguntas, e eu vou fazer. Tenho muitas perguntas.

Sinto as pedras no bolso enquanto caminho. Elas se chocam, fazem barulho. Olho para cada rosto que passa, mas nenhum deles pertence a Drake.

12

O APOSENTO TEM TAPETE BEGE, E ESTOU SENTADA NELE, OLHANDO PARA ele, pegando as cerdas com os dedos. Sinto cheiro de comida, mas não gosto do cheiro e não estou com fome. Tem fragmentos brilhantes no tapete, como se alguém tivesse derrubado glitter. Tento pegar as partículas, mas não consigo. A frustração me faz chorar.

Estou chorando e chorando. Todo o meu corpo é sacudido pelos soluços. Não sei por que estou tentando pegar partículas de glitter do tapete. Não sei por que as quero.

Alguém entra, olha para mim ali, sentada no tapete, e ri, e de repente estou balançando no ar.

Alguém me segura. Olho para o rosto da pessoa e sei que é meu irmão, Jacob.

Ele diz:

— Que foi, coisinha?

Aponto para o tapete e tento falar "brilhante" antes de perceber que aquilo não é algo desconcertante acontecendo comigo, mas uma lembrança.

Acordei dentro de uma das minhas lembranças. Consigo sentir os cheiros e ouvir os sons. Posso tocar o cabelo de Jacob e sentir sua textura. Estou realmente ali. Mas sei que não estou. Estou dentro de alguma coisa que deve estar enterrada em minha mente. Estou enterrada profundamente em meu cérebro.

Presa em um espaço pequeno e escuro. Não consigo me mover. Meus ouvidos zumbem. Fecho os olhos com força e tento me livrar disso. Não quero essa sensação.

Meu coração bate forte quando me obrigo a voltar ao presente. Tenho dezessete anos e estou em uma cafeteria quente e fumegante, sentada a uma das mesas, e tem um homem em pé na minha frente, aparentemente esperando eu falar alguma coisa.

Quero ir ao Flambards. Esse não é o pensamento certo. Eu o empurro para longe.

As outras pessoas aqui têm ar saudável e filhos gordinhos, e elas falam alto e dão risada. Tento ignorá-las e me concentrar apenas no homem.

— Um café? — Acho que é isso que ele espera que eu diga. — Com leite? Por favor?

— É claro — ele responde. O homem tem uma pinta marrom em um lado do rosto, cabelo espetado e barba. — Mais alguma coisa?

Penso se posso estar com fome.

— Não — decido. — Não, obrigada. — Olho para minha mão. FLORA seja corajosa. Estou em Svalbard. — Só uma pergunta.

— Sim?

— Estou em Svalbard? — Drake está em Svalbard. Ele foi quando tinha dez anos para ver o sol da meia-noite, e agora tem dezenove e teve a chance de voltar.

O homem ri.

— Sim, está! Aqui é Svalbard. Você está em Svalbard.

— Conhece o meu amigo?

Pego o celular e mostro a ele uma fotografia de Drake. Ele está em pé em cima de uma cadeira, de óculos, com o cabelo caindo no rosto. Está vestindo uma camisa azul e jeans. Não sei quando ou onde tirei essa foto, mas sei que é o Drake porque o beijei em uma praia e me lembro dele.

Olho para a foto por um segundo antes de mostrá-la ao homem. Eu adoro o Drake. Eu amo o Drake. É ele, o amor da minha vida, e eu o amo e ele me ama. Ele é meu namorado. Por isso estou aqui. Preciso encontrá-lo porque ele me fez lembrar.

O homem olha para a foto.

— Sim. Acho que o vi — diz. — Tudo bem com você? Acabou de me mostrar essa foto agora mesmo. Sim, eu já disse, tenho certeza de que ele esteve aqui. Se ele voltar, eu aviso que tem uma moça procurando por ele.

— Você o viu?

— Sim. — Ele parece surpreso com meu entusiasmo.

— Obrigada. Ah, obrigada! Pode dizer a ele que a Flora está aqui?

— Flora. Sim, é claro.

Franzo a testa.

— Na verdade, não diga que sou eu. Diga apenas que tem alguém procurando por ele. Quero fazer uma surpresa.

Olho para o celular e passo para a próxima foto. Esperava ver Drake de novo, mas é um cartaz sobre um gato. Um gato desaparecido. Todo mundo está desaparecido.

— Viu esse gato? — pergunto e mostro a outra foto.

Ele ri.

— Não. O gato eu não vi. Não tem muitos gatos por aqui.

Drake está aqui. O homem o reconheceu. Eu não inventei tudo isso. Vim ao lugar certo procurar Drake, que é a pessoa certa. Estou fazendo tudo certo. Vim até aqui, e agora encontrei alguém que reconhece o rosto de Drake. Isso significa que estou quase lá. Significa que vou encontrá-lo antes de a polícia vir me buscar. Preciso escrever imediatamente cada palavra que o homem barbado me disse. Abro a bolsa, pego o caderno e preencho páginas e páginas com minha caligrafia mais caprichada, contando a mim mesma tudo que está em meu cérebro no momento. Não percebo que minha bebida chega, mas, em algum ponto, levanto os olhos do texto e vejo uma xícara de café com leite ao meu lado e começo a beber. Está quente e é o melhor café do mundo.

Acho que estou sentada nesta cafeteria há muito tempo.

Encontro um e-mail estranho de Jacob no meu celular e o leio. Preciso responder. Vejo uma mensagem de minha mãe me convidando para ir a Paris com Paige. Deve ser para Jacob e eu nos vermos novamente. Eu o amo. Quando ele chegou e me pegou no tapete, cada parte de mim foi inundada de amor. Ele era a pessoa que eu mais queria ver quando pequena. Quando eu era normal, ele era meu mundo.

Queria que ele fosse novamente parte do meu mundo.

Escrevo um e-mail em que conto tudo que está em minha cabeça neste momento. Não censuro nada. Conto a ele que beijei Drake na praia e que me lembro disso. Digito cada palavra que dissemos um ao outro enquanto as ondas lavavam as pedras e o luar brilhava sobre a água. Conto que estou em Svalbard e pergunto o que ele acha que devo fazer. Confesso que não sei ao certo o que está acontecendo em minha cabeça. Digo que me lembro de ser pequena e chorar, e ele me pegar e cuidar de mim. Pergunto por que ele foi embora. Faço muitas e muitas perguntas. O e-mail é muito longo.

Mando a mensagem sem reler, mesmo sabendo que está cheia de erros de digitação e deve parecer bizarra.

Vejo uma mensagem de texto de minha mãe no celular e respondo dizendo que estou bem e pedindo para ela não se preocupar comigo. Não menciono minha ida a Paris.

Mando uma segunda mensagem dizendo:

> Quando vocês voltarem, podemos ir ao Flambards?

Levanto a cabeça e meu café ainda está ali esfriando, e todo mundo saiu da cafeteria, e um homem de barba com uma pinta no rosto sorri para mim como se quisesse me ver ir embora. Ele segura um molho de chaves.

— Vou pagar a conta — aviso.

Ele balança a mão.

— Não se preocupe, Flora — diz. — Você parece séria. Seu café é cortesia.

Agradeço e me pergunto como ele sabe meu nome.

O sol do lado de fora é radiante, e me sinto eufórica. Todas as pessoas em Svalbard pensam que sou normal.

Estou andando por uma terra cintilante das maravilhas, onde o ar brilha e todas as pessoas sorriem. Os prédios não são bonitos, mas a natureza se estende em todas as direções. É mágico. Deixei o lugar onde eu morava e as pessoas que me mantinham lá e vim para este lugar novo e frio onde sou livre.

Este lugar pode estar dentro da minha cabeça, mas não me importo com isso. É um lugar maravilhoso, e Drake mora aqui.

Vou andando pela rua e de repente paro. Não sei para onde ir. A casa onde moro fica muito longe daqui. Quero ir ao Flambards, mas também é longe. Leio meus braços, que não me contam nada que já não esteja em minha cabeça, depois vou pegar o caderno.

Minha bolsa não está aqui. Não está comigo.

Não posso fazer nada sem ela. Sempre ando com minha bolsa, e nela estão minhas anotações. Eu as mantenho na bolsa. Estão sempre juntas. Olho para minhas mãos, para os braços, depois pego as anotações dentro da bolsa. Isso é o que eu faço.

Não tem nada em meus braços que diga como chegar ao lugar para onde estou indo, e, mesmo me esforçando para tentar pensar em tudo que posso sobre este lugar, as coisas me escapam. Eu ia para um lugar, mas não sei por quê. Não sei para onde ir. Estou aqui por causa do Drake. Essa é a única coisa que importa. Tenho que encontrá-lo hoje, mas não posso, se estou perdida.

Sem a bolsa, não tenho dinheiro. Não tenho celular. Não tenho chave. Não tenho cadernos. Não tenho ideia do que estou fazendo e ninguém vai poder me ajudar.

Eu beijei o Drake. Esse é o único fato que tenho. Não tem mais nada no mundo.

Ele borbulha e transborda. Este é um lugar frio. Não tenho amigos. Quero minha mãe. Quero meu pai. Quero meu irmão. Quero todos eles com toda a força do meu coração.

Lágrimas correm pelo meu rosto. Não sei o que estou fazendo.

— Drake — falo em voz alta. Preciso me apegar ao nome dele. Drake. Preciso encontrar Drake. Ele vai achar minha bolsa. Vai cuidar de mim.

Preciso lembrar o nome dele. Não tenho caneta, mas preciso lembrar. Agora estou à deriva e, se esquecer Drake, esqueço tudo.

Olho em volta. Essa é a coisa mais urgente que já aconteceu. Sou a única pessoa no universo. Corro um pouco pela rua e paro. Não tenho caneta e não tenho dinheiro.

Tem *Drake* no meu braço, mas vai sumir.

Vejo uma caneta meio enterrada na neve ao lado da rua. Pego a caneta e levanto a manga da blusa. Se escrever o nome dele de novo, de novo e de novo, isso vai me fazer lembrar.

A caneta não funciona. Tenho que usá-la de algum jeito, então arranho o braço com ela até formar a palavra. Marco DRAKE tão fundo na carne que começa a sangrar. Isso é bom, e eu trabalho com mais empenho, perfurando a pele deliberadamente para escrever o nome dele em mim com gotas de sangue. Repito o desenho das letras várias vezes. Gosto da dor. Ela me faz sentir viva.

DRAKE.

Isso é tudo que tenho. Estou perdida, mas tenho o nome de Drake escrito em meu corpo. Talvez eu corte mais fundo quando encontrar uma faca. Quero que ele fique lá para sempre.

Começo a andar. Vou caminhar por aí e alguma coisa vai acontecer, porque, se eu ficar parada, nada vai acontecer. Ando e ando. Minhas pernas estão cansadas, mas ainda é dia. Ando até um corpo d'água. É maior que um rio, mas menor que um mar, porque vejo montanhas e uma casinha do outro lado. Paro em um píer e olho para os barcos atracados ali. Eu me viro, porque não posso ir mais longe que isso, e passo por uma velha máquina com cabos e baldes. Vou até uma igrejinha, torcendo para um ou outro deus me ajudar.

Vou andar. Só isso. Quando encontrar Drake, saberei que é ele.

Algumas horas se passaram. Andei muito, dei voltas e voltas. Estive na igreja mais de uma vez, tenho certeza. Tinha uma mulher lá que sorriu para mim. Fui escrever meu nome no livro de visitantes, mas ele já estava lá, uma, duas vezes, na linha sobre a qual eu me preparava para escrever e na linha acima dela. "Flora Banks", escrevi na primeira vez. "Penzance." "Flora Banks", anotei na segunda vez. "Do lugar frio." Estive em uma loja, mas não tinha dinheiro, por isso fui embora. Respirei fundo e continuei andando. Andei, andei e andei. As lojas agora estão fechadas.

Vejo alguns degraus do lado de fora de um museu e decido sentar ali para descansar os pés.

Um homem fala "Flora". Eu olho para ele. Ele tem cabelo espetado, barba e uma pinta marrom no rosto. Não é Drake.

— Oi — eu digo. Olho para ele com atenção, examino seu rosto. Ele ri. Parece um pouco incomodado. Não falo mais nada, porque não consigo pensar em palavras que possam servir.

— Flora... tudo bem?

Ele sabe meu nome. Senta ao meu lado e põe a mão no meu ombro. Não sei o que fazer, por isso me apoio em seu ombro e choro. Estou soluçando, e o casaco dele começa a ficar pegajoso. Quero pedir desculpas, mas nem isso me sinto capaz de fazer.

— Flora. Que foi?

Ainda não consigo falar, embora queira. Tento respirar fundo e me acalmar, então digo:

— Não tenho...

— Não tem nada, não é? Talvez tenha deixado sua bolsa no café?

Assinto. Não faço ideia.

— Eu tenho a chave. Quer voltar e dar uma olhada?

Olho para ele.

— Sim. Sim, por favor.

Tem uma bolsa no chão embaixo de uma mesa. Corro até lá, pego a bolsa e a abraço.

Tem um caderno dentro da bolsa, e na capa desse caderno está escrito: "A HISTÓRIA DA FLORA. LEIA". Olho para minha mão. Está escrito FLORA seja corajosa.

Abro o caderno e começo a ler. Passei por uma cirurgia quando tinha onze anos e tenho amnésia. Vim para Svalbard procurar Drake porque ele sabe como me consertar. Meu irmão Jacob está muito doente. Meus pais estão em Paris. Paige não é minha amiga.

— Obrigada — digo ao homem. — Obrigada. Você me salvou. Obrigada.

— Tudo bem. — Ele parece desconfortável de novo. Meu comportamento deve ser muito esquisito, mas não me importo. — Não foi nada. Vou tomar uma cerveja com uns amigos. Levo você de volta ao hotel antes.

— Não, obrigada. Estou bem. De verdade. Obrigada. Preciso ir agora. Preciso ir.

13

SIGO O MAPA E DESÇO UMA RUA ESTREITA, PASSO POR UMA ESCOLA E UMA galeria de arte e vários outros edifícios. À direita há uma igrejinha de madeira. Tem montanhas em volta. As nuvens se movem rápidas no céu.

Sei exatamente onde estou (Longyearbyen) e por que estou aqui (Drake) e para onde vou (Pousada Spitsbergen). Estou caminhando na direção certa. Respiro fundo, saboreando cada segundo desse imenso alívio.

Tem alguém andando atrás de mim. É o homem que me ajudou a achar a bolsa. Quando me viro, ele acena. Não tenta me alcançar, e eu sigo meu caminho.

Enquanto ando, vejo uma linha escura se movendo na paisagem. A linha é seguida pelo cinza, e, quando me alcança, quando passa por mim, este mundo, este lugar onde sou ordinariamente humana é transformado.

A luz desaparece. Nada brilha. A terra mágica se torna cinza e sem graça, e a nuvem é um teto sobre minha cabeça. O céu ficou cinzento. A neve perdeu o brilho e se tingiu de cinza. Cada coisa se tingiu de cinza. A nuvem vai ficando mais baixa diante dos meus olhos, e sinto chuva no ar, a repentina mudança na atmosfera que significa que tudo vai ficar molhado. Quando alguma coisa cai em meu rosto, porém, claro que não é chuva. É neve.

Drake vive em um lugar nevado. Eu estou aqui. Estou no lugar nevado, como ele.

O céu atrás de mim e ao longe é azul. Lá tem sol e brilho. Aqui, a neve cai cada vez mais densa e mais rápida, cobre a rua e tinge tudo de branco.

Não sei para onde vou, mas isso não importa. Estou feliz aqui e agora. Sou uma garota no meio da neve, encantada com os flocos brancos que dançam no ar à minha volta. Estou em um belo lugar e uma coisa maravilhosa está acontecendo. Nada mais importa.

Estou no momento. Viver o momento sempre que posso deve ser uma das minhas regras de vida. Não é preciso ter memória para isso.

Esqueço que sempre esqueci tudo. Quando os flocos ficam menores e as nuvens começam a levar a neve para outro lugar mágico, tenho a sensação de que dormi uma noite inteira. Estou cheia de energia, pronta para tudo.

O hotel fica onde o mapa indicava que estaria. Tenho uma chave e um bilhete dizendo para eu ir ao quarto 5, e um mapa que informa em que prédio fica o quarto 5 (é o prédio 5, o que me agrada).

O prédio é de metal ondulado, tem bicicletas e esquis apoiados nas paredes e uma escada de concreto que sobe até a porta principal. Quando viro para subir a escada, vejo que o homem barbudo me seguiu até aqui. Aceno para ele, que acena de volta, vira e se afasta. Assim que passo pela porta, sou atacada pelo cheiro de meias e comida. Está quente aqui dentro, e eu tiro o casaco assim que fecho a porta. Um cartaz avisa para eu tirar os sapatos também, e é o que faço, sento no primeiro degrau da escada e desamarro as botas, que apareceram nos meus pés como num passe de mágica e são o calçado ideal para esta localização. De algum jeito, meus tênis estão na minha bolsa. Estão em uma sacola plástica dentro da bolsa a tiracolo.

A cozinha está arrumada e tem armários com plaquinhas dizendo para as pessoas não usarem certas coisas e não roubarem o leite dos outros. Isso me dá uma ideia. Encho uma chaleira com água e levo ao fogo, encontro uma caneca, pego um saquinho de chá de uma caixa e escolho o leite de melhor aparência na geladeira. Tenho certeza de que ninguém vai se importar se eu pegar um pouquinho.

Tem uma cozinha em casa, e lá tem mais e menos do que tem aqui. Tento pensar. Tem mais, porque lá tem um bule de chá. Tem menos caixas de chá, só uma. Mais e menos. A mulher na cozinha de casa é minha mãe. O homem é meu pai. Eu sou a Flora e não tenho dez anos. Tenho dezessete. Sei disso porque consigo lembrar que beijei um garoto na praia.

Todo mundo tem uma caneca favorita na nossa cozinha. A minha é cor-de-rosa e branca. A da minha mãe tem uma inscrição: "MELHOR MÃE DO MUNDO!" A do meu pai tem um homem desenhado.

Estou muito satisfeita comigo, e troco a caneca branca que peguei por outra, com uma estampa cor-de-rosa. Faço o chá e olho em volta procurando gente com quem conversar.

Quero ir ao Flambards. A ideia aparece do nada em minha cabeça. O Flambards fica muito longe. Escrevo uma mensagem para minha mãe.

> Podemos ir ao Flambards?

Não tem ninguém aqui. Queria saber o que todo mundo está fazendo. Coisas na neve, imagino. Coisas frias. Coisas que as pessoas fazem em lugares como este.

Se visse alguém, mostraria a fotografia no meu celular e perguntaria se a pessoa viu Drake. Vim procurá-lo porque o beijei na praia.

Mesmo que este lugar só exista na minha cabeça, estou aqui sozinha, e estou vivendo. Isso é real.

Minha chave abre o quarto número 5, e eu entro, tranco a porta e sento na cama. Minha cabeça gira. Estendo as mãos para a frente, movimento os dedos e leio as palavras. FLORA seja corajosa. Eu tenho sido corajosa. Segui as instruções nas minhas mãos. Meu braço arde, e, quando levanto a manga da blusa, descubro que entalhei o nome do Drake na pele com algum tipo de lâmina cega, aparentemente. Olho para aquilo por muito tempo. É assustador, empolgante e terrível que eu tenha entalhado uma palavra no braço.

Estou em um lugar estranho que deve ficar muito longe do meu lugar habitual. Este não é o meu quarto, mas as coisas nele são tão familiares que devem ser minhas. Este é meu novo quarto. O lugar que criei para mim. Minha casa. Pego todas as anotações que encontro e fico sentada na cama, e começo a ler tudo de novo.

"Medicação" e "comprimidos" são as palavras que saltam aos olhos. Eu tomo remédios, e é isso que me faz enfrentar os dias. Se tomei alguma coisa recentemente, não anotei. Sinto uma tontura.

Tem uma bolsa grande em uma das camas. Deixo o caderno de lado e tiro tudo de dentro dela, enfileirando os objetos para poder olhar as coisas que trouxe comigo. São praticamente só roupas. Pego uma camiseta vermelha e cheiro, embora não saiba por quê.

Não vejo nenhum comprimido. Preciso fazer alguma coisa quanto a isso, mas não sei nem por onde começar.

Minhas mãos tremem, e eu levanto e me aproximo da janela, apoio as mãos na vidraça para firmá-las. Estava nevando, tenho certeza de que estava nevando, mas agora não está mais. Tem uma encosta bem inclinada atrás da janela, e consigo ver meu reflexo no vidro de um jeito apagado e translúcido, sobreposto às rochas cobertas de neve.

Mesmo sendo um reflexo ruim, vejo que minha aparência não é boa. A menina na janela tem olhos estranhos e pele esquisita. Levanto a mão para tocar meu rosto. Sinto as saliências, mas tenho certeza de que antes ele era liso. Um espelho se materializa na parede, e eu olho realmente para mim.

Não era assim que eu me via. Não reconheço meu rosto. Está vermelho e cheio de manchas, é o rosto de outra pessoa. Tem bolinhas por todos os lados. São saliências vermelhas com a ponta amarelada. A menina no espelho é feia. Minha mãe diz que sou bonita.

Quando passo os dedos pelo rosto, não costumo senti-lo assim repulsivo. Não creio que a pele tenha sido uma das minhas preocupações. Pego a caneta e escrevo cuidadosamente *O que aconteceu com a minha pele?* na parte interna do braço. Escrevo também em um papel amarelo que colo no espelho. E escrevo no meu caderno.

Uma porta é aberta em algum lugar do prédio. Fico feliz porque as pessoas estão começando a chegar. Talvez possa voltar à cozinha e ver o que tem para jantar neste lugar. Estou com fome.

Quando escuto vozes bem na frente da porta, decido sair e me juntar às pessoas. Pego a foto de Drake e repito em voz baixa as palavras que preciso dizer. Meu rosto horrível me deixa acanhada, por isso uso um pouco da maquiagem que encontro na escrivaninha. Espalho a base, faço uma linha sobre os olhos com lápis preto, passo o rímel grosso e o batom vermelho que não posso ter usado antes. É novo, com a ponta inclinada, e pinto os lábios como se aquilo fosse giz de cera. Acho que não ficou muito bom, mas ajeito as beiradas com o dedo e decido que é o suficiente.

Se você tem pele ruim, pode desviar o olhar das pessoas usando batom vermelho. Essa é uma regra.

Troco o suéter por outro cor-de-rosa, pego o casaco na cama extra e saio do quarto, pronta para passar a noite perguntando às pessoas sobre Drake. Minhas anotações relatam que tenho uma amiga chamada Agi, e vou ver se consigo fingir que a reconheço quando ela se aproximar de mim. Repito o nome dela mentalmente muitas vezes. Agi Agi Agi. Mandei uma mensagem para minha mãe dizendo que estou bem em Penzance.

Ainda está claro. Mesmo sendo noite, a claridade é intensa como ao meio-dia. Essa é a magia deste lugar.

— Oi! — O homem no corredor usa calça de pijama e tem uma toalha pendurada no ombro.

São só sete horas, mas acho que aqui tudo funciona de um jeito diferente. Se você passa o dia todo nas montanhas cobertas de neve, vai querer vestir seu pijama. Tenho a sensação de que alguma coisa não está certa, mas não sei por quê.

Tenho um quarto aqui. Isso me anima, e por um segundo tudo que faço é me parabenizar pelo feito. Tenho um quarto no Ártico. A noite tem neve e sol, e Drake e eu estamos aqui, em Svalbard.

— Você está ótima — diz o homem. — Quais são seus planos?

— Ah. — Olho em volta pensando em uma resposta. — Nenhum. Quer dizer, não sei. Nada em especial. Mas minha pele está meio feia, por isso decidi usar batom. Para as manchas não aparecem muito.

Ele assente.

— Vai sair? O que fez ontem?

— Ontem?

Ele não me conhece, ou nunca perguntaria o que fiz ontem. As pessoas me contam o que fiz ontem. Não perguntam. Se ele perguntasse o que fiz hoje, porém, eu teria dito que comprei botas, aparentemente, e procurei Drake e entalhei o nome dele na pele.

— Não sei — respondo, e ele não pergunta por quê.

— E hoje? Tem planos? Está muito arrumada para alguém que só vai tomar café.

Abro a boca para discordar dele.

Depois fecho.

Se ele acha que vou tomar café, então devo estar a caminho do café mesmo. O que significa que é hora do café da manhã. Não vou procurar entretenimento noturno e jantar. Vou tomar café da manhã.

Isso significa que a noite passou e eu não notei. Tento entender essa possibilidade bizarra. Um dia se passou, o dia em que eu tinha que ter encontrado Drake, e não encontrei Drake.

— Escureceu? — pergunto.

— Não. Talvez escureça no fim de agosto. Daqui a três meses.

— Três meses.

Não sabia que o "sol da meia-noite" quer dizer que nunca fica escuro.

— Você tem que fechar a persiana. Não esqueça. Se deixar a luz entrar no quarto a noite toda, não vai dormir nunca. — Ele me encara curioso. — Você dormiu?

— Sim, um pouco. Obrigada, eu só...

— Tudo bem. Você sabe que o café só começa a ser servido daqui a meia hora?

— Sim. Estou um pouco...

— Eu sei. Todos nós ficamos assim.

Essa é a melhor coisa que ele poderia ter dito. Quando estou me afastando, ele diz:

— Não venha para cá no inverno.

Não respondo, porque tem neve, e isso significa que já deve ser inverno, e o que ele falou não faz sentido.

14

— SIM, ELE DIZ QUE TUDO BEM. — AGI OLHA PARA MIM E LHE ENTREGO um maço de dinheiro que está em minha mão. Ela repassa o dinheiro ao homem que dirige o micro-ônibus, que conta as notas e assente. Entro no ônibus e Agi e eu sentamos lado a lado, ela no assento da janela.

Você deve sempre tentar sentar ao lado da janela. Acho que essa é uma das minhas regras. No assento da janela, dá para saber exatamente onde estamos. Mas eu consigo ver tudo pelo para-brisa.

Somos as únicas duas pessoas no ônibus. Vamos fazer um passeio, porque Agi já havia reservado, e no café da manhã ela me convidou para ir também. Eu aceitei, porque foi legal ser convidada. Não a reconheci no café, mas ela me reconheceu e sentou comigo e perguntou sobre Drake. Fingi me lembrar dela, e parece que deu certo.

Talvez a gente esteja indo ver ursos-polares. Drake pode estar perto dos ursos-polares.

O sol brilha. Este lugar é lindo. Acho que não contei a Agi que não sou normal, por isso ela me trata como se eu fosse. Ela me trata como uma amiga que escreveu nas mãos. Vou passar o dia todo me esforçando para ser normal. Esse é o desafio que faço a mim mesma. Não quero que ninguém descubra a verdade sobre mim.

Olho para minha mão esquerda. Escrevi SEJA NORMAL nela. Vejo que Agi está olhando para a inscrição.

— Eu também devia me lembrar disso de vez em quando — ela comenta.

Hoje preciso encontrar Drake. Senão os pais vão notar que desapareci. Sair em um micro-ônibus é uma excelente maneira de ir procurar.

O micro-ônibus vai parando de hotel em hotel, e mais gente vai embarcando. Agi e eu somos as mais novas. Algumas pessoas têm a idade da minha mãe, outras são mais velhas. Uma mulher se inclina para o corredor para falar com a gente. Mas não fala inglês, e eu fico no meio enquanto ela e Agi conversam.

— Ela disse que esta viagem é o sonho da vida dela se realizando — Agi me conta, empurrando os óculos para a parte mais alta do nariz.

— O meu também — respondo e sorrio para a mulher, que me mostra o polegar erguido.

Estamos andando por uma passarela de metal com corrimãos, passando por cima de pedras em direção a um píer de metal com piso de borracha para impedir que as pessoas caiam. Tem um grande barco de metal atracado ali. A palavra Landøysund foi pintada com tinta preta sobre o metal branco. Eu a soletro e tento repetir mentalmente. *Land**ø**y*sund. Landøysund. Land*øysund*.

Acompanho o grupo pela rampa de embarque e sorrio, tentando esconder a surpresa ao constatar que este é um barco de passageiros. Pensei que ficaríamos no micro-ônibus procurando ursos e o Drake. Este barco é um grande e excitante bônus. Beijei Drake em uma praia e agora vamos navegar. Isso é perfeito. Este é o lugar para encontrá-lo.

— Olha só para isso! — Agi comenta. Estamos em pé lado a lado, apoiadas em uma grade branca e olhando para a cidade distante. Tudo o que conseguimos ver é uma cordilheira de montanhas do outro lado da água, um lugar salpicado de rochas e neve. Pode ser uma colina, porque não é alta o suficiente para ser uma montanha, mas parece uma montanha. E ela se estende acompanhando a enseada. A faixa de água se estreita à nossa direita e se alarga à esquerda. Só tem uma construção visível além da água, e é um chalé um pouco afastado da margem. Consigo ver uma silhueta puxando um barco a remo para a praia, e vejo a pessoa erguer o corpo e olhar para o cenário, depois se virar e andar até o chalé e destrancar a porta.

— O típico lar, doce lar — Agi comenta, acompanhando a direção do meu olhar.

— Como é que alguém consegue morar lá? — especulo.

— Como não? Não acha que seria maravilhoso? Talvez não para sempre, mas por um ou dois anos. Na verdade eu moraria ali por um ano, exatamente. No inverno seria bem aconchegante. Dá para passar meses encolhida lá dentro no escuro.

Eu estremeço.

— Eu odiaria.

— Sim. As pessoas dizem para não vir aqui no inverno, mas isso me faz querer ainda mais. Temos invernos escuros na Finlândia. Gosto do aconchego.

Balanço a cabeça. A pessoa entrou na cabana e fechou a porta.

Escrevo no meu caderno um lembrete para não vir para cá no inverno.

Continuamos apoiadas na grade, em silêncio, até o homem que está no comando bater palmas pedindo a atenção de todos. Fico atrás do grupo ouvindo as orientações sobre procedimentos de segurança e explicações sobre aonde vamos, para longe da cidade e pela água para uma área não habitada. Procurei Drake na cidade, mas vou encontrá-lo fora dela.

— Não posso prometer um urso-polar — ele repete várias vezes. — Tem uma fêmea com dois filhotes na área neste momento, e nós os vimos na quinta-feira, mas não dá para garantir nada. Certo? Mas eu ofereço focas e papagaios-do-mar. Isso eu prometo.

Ele continua falando, às vezes em inglês, às vezes em norueguês, e eu paro de prestar atenção. Olho para minhas mãos, que estão brancas de frio. Hoje serei corajosa e normal. Ser normal é ser corajosa. Vou ficar quieta ouvindo outras pessoas. Vou fazer perguntas a elas, em vez de responder às perguntas. Vou olhar para as montanhas e para a água, e vou respirar o ar fresco e frio e ficar quieta. Vou sair deste barco sem ninguém pensar que tem alguma coisa estranha comigo. Vou deixar tudo acontecer como tem que acontecer.

Não me interessa onde estou ou por quê. Estou a bordo de um barco em um cenário de outro mundo vestindo um casaco quente. Isso, no momento, é o suficiente.

O motor começa a funcionar e nós partimos. A cidade desaparece, e a cabana também. O ritmo do mundo todo fica mais lento, quase para.

Pego uma cadeira de plástico de uma pilha e sento no convés superior para olhar o cenário. Cada preocupação que já tive, centenas de ideias sombrias que se fundiram em um vago sentimento de medo, se dissolve. Não tem nada além disso. O ar é tão puro que respirar quase dói. A água é azul, refletindo o céu em sua superfície sedosa. O barco deixa para trás linhas perfeitas e diagonais de ondas baixas.

Minha cabeça está limpa. Respiro fundo e olho para a paisagem com suas cordilheiras e seus picos, os vales cobertos de neve e as rochas pretas. Não tem nada além disso no universo.

Sorrio. Não falo com as pessoas. Só respiro, olho e existo. Este é o Ártico. Estou aqui. Este é o meu presente. Este é o meu mundo.

Sou uma garotinha, me sinto confortável assim. Sinto o mundo me envolver. Eu me sinto segura. Fecho os olhos e penso na escola, nas festas de aniversário, em irmãos mais velhos e no dia animado que teremos amanhã no Flambards. Mal posso esperar para andar no pedalinho com Jacob pedalando. Eu me perco nessa felicidade. Quero ir ao Flambards.

A água reflete as rochas como se fosse um espelho. Estou olhando para uma cordilheira de montanhas e para outra cordilheira de cabeça para baixo. Estou dentro de um barco. É maravilhoso. Eu me debruço sobre a água espelhada e olho para o rosto refletido lá embaixo.

Não é um rosto de dez anos. É o rosto de uma mulher. Ondas distorcem seus traços. Olho até alguém tocar meu ombro.

— Feliz? — ela pergunta. — Você parece tranquila. Estou incomodando? Você parece estar meditabunda.

Desvio o olhar da paisagem hipnótica e olho intrigada para a pessoa à minha frente. Não tenho dez anos. Os anos passaram depressa. A pessoa falando comigo é adulta e é minha amiga. Faço um esforço para acompanhar a conversa. Olho para minha mão. *Seja normal*, ela diz. Eu me esforço e tento fazer o que é esperado.

— Estar o quê? — Sento na cadeira ao lado dela. Minhas mãos estão congelando. Esfrego uma na outra.

— Meditabunda? Li em um livro de idiomas. Era um livro antigo.

— Não sei se as pessoas falam isso. — Tenho quase certeza de que nunca ouvi ninguém dizer que estava meditabundo. Sou Flora. Tinha dez anos, mas não tenho mais. Agora sou muito mais velha. Tenho que agir como adulta para ninguém saber que, por dentro, tenho dez.

— Tudo bem. Vou riscar da minha lista, se você acha que é estranho. Vou falar que você está pensativa.

— Ah — respondo. — Estou feliz, só isso.

— Eu também. Esta é a minha maior viagem. Eu economizei para isso. Um dia inteiro na água. É maravilhoso.

— Sim. É como magia. É um mundo diferente.

— E está bem agasalhada com esse casaco maravilhoso? Suas mãos estão frias.

— Sim, mas estou agasalhada. E você?

— Meu casaco é normal, não é maravilhoso. Mas, sim, estou bem agasalhada. Pega minhas luvas. Pode usar quanto quiser. Você comprou o casaco especificamente para esta viagem?

Pego as luvas, que são brilhantes e forradas, e as visto. Não sei se comprei o casaco especificamente para esta viagem, então finjo.

— Sim. Achei que seria bem quente — respondo. — Você comprou o seu casaco para esta viagem? As pessoas fazem muitas compras antes de viajar? Comprou essas luvas?

— Elas fazem, mas eu não. Não fiz para esta viagem, pelo menos. Tenho essas coisas todas onde moro. Na Finlândia, temos que usar esse tipo de agasalho no inverno. O casaco. As luvas. As botas também. Vou ter que fazer compras se for a algum lugar onde tenha praia e sol quente.

— Como é a sua vida na Finlândia?

— É legal. Eu moro em uma cidade chamada Rauma. Acho que é um lugar bonito. Tem muitas casas de madeira. Fica na água e todo mundo tem barco. Quem não tem acaba precisando dar um braço e uma perna por um barco.

— Sei.

— Isso funciona? É uma expressão curiosa. Eu não daria um braço e uma perna para ter um barco. Seria difícil navegar só com um braço e uma perna.

— Sim, seria. Realmente seria. — Balanço a cabeça para me concentrar. Tento expulsar da mente a imagem de um marinheiro com apenas um braço e uma perna. — Você sempre morou nessa cidade?

— Não. Eu nasci no norte, em um lugar chamado Rovaniemi, na Lapônia. Parte da minha família ainda está lá. Talvez tenha sido isso que me atraiu para cá, para Svalbard. A coisa do norte.

Minha estratégia de fazer perguntas sem responder nada parece estar funcionando. Faço uma atrás da outra sobre a vida na Finlândia, a vida de quem viaja muito, a vida de maneira geral, e Agi responde tudo com alegria. Sempre que ela me pergunta alguma coisa, eu sorrio, balanço a cabeça e pergunto que tipo de animais eles têm na Finlândia ou a que assistem na televisão. O barco segue em frente, navegando pela imensidão do Ártico. Duvido muito de que eu tenha sido mais feliz que agora em toda a minha vida. Se estou fazendo as mesmas perguntas várias vezes, ela não parece se importar.

Olho para minha mão de vez em quando, mas não tem nada para ler, porque minhas mãos estão quentes e eu estou usando luvas.

O tempo passa. Este novo universo me envolve completamente, e o antigo se dissolve em nada.

O homem do barco chama todos os passageiros para o convés inferior, e lá ele informa que estamos quase chegando ao ponto mais distante da nossa viagem. Ele tem falado com as pessoas durante a maior parte do tempo, mas eu o ignorei.

— Tentamos ir a Pyramiden — ele explica e aponta para a frente. — É uma velha cidade mineira russa. Já foi muito movimentada, mas em 1998 as pessoas foram todas embora. Sabiam que não havia mais dinheiro. Foi muito sinistro. Havia copos de café ainda com um pouco da bebida, comida deixada em cima das mesas. Às vezes conseguimos ir até lá dar uma olhada, mas hoje tem muito gelo. Então vamos seguir mais um pouco adiante e paramos para almoçar, depois começamos a viagem de volta. Olhem... uma foca!

Tenho um telefone, e o telefone tira fotos. Preciso tirar as luvas para usá-lo, mas não paro para ler as palavras em minha mão. Com todas as pessoas no barco, um total de vinte e duas, eu me debruço e fotografo a grande e preguiçosa foca de cara engraçada que descansa deitada em uma camada de gelo perto dali. Ela se vira, olha diretamente para nós (parece um homem de bigode, o rosto alaranjado em volta da boca, os olhos caídos) e rola para fora da placa de gelo para nadar. Quero contar a Jacob sobre a foca. Jacob teria adorado.

— É muito bonita — diz uma mulher atrás de mim. Ela é idosa, usa o cabelo preso em um coque arrumado e batom rosa-claro.

— É, sim — concordo. — E não parece muito contente com a gente, não é?

— Parece já ter visto tudo isso antes.

Concordo balançando a cabeça. Não quero dizer mais nada, nem preciso. Fico quieta.

O barco dá um tranco e reduz a velocidade, e estamos atravessando uma fina camada de gelo e seguindo em frente. Isso é empolgante, e eu tiro fotos de tudo. A cidade ao longe é estranha. É um amontoado de prédios de tijolos vermelhos congelados. Tento imaginar aquele lugar vazio, ainda com as coisas dos mineiros russos, mas não consigo.

— Olha! — alguém grita do outro lado do barco. O grito vira um coro. — Urso! Urso!

Todos nos viramos para olhar. Andando sobre o gelo entre o barco e a cidade mineira, vejo um urso-polar e dois filhotes.

Tiro algumas fotos, depois guardo o telefone e só observo. Essas criaturas são violentas. Sei disso porque está escrito no meu braço, nos cadernos, em todos os lugares para onde olho. São bonitas. Andam com elegância em seu próprio ambiente e, se percebem que tem um barco cheio de humanos olhando para eles, não se incomodam nem para olhar em nossa direção. Os filhotes parecem fofos, mas sei que adorariam arrancar e comer os olhos de alguém.

E a mãe faria qualquer coisa para proteger os filhotes. Qualquer coisa. Arrancaria os membros de quem tentasse tirar seus filhos.

Ouço um homem de casaco vermelho perguntar ao nosso guia:

— Este gelo é muito fino para eles conseguirem andar até o barco, não é?

— É, sim — responde o guia. E ergue a voz: — Pessoal! Só para que fiquem sabendo, eles não vão vir até aqui. Entenderam? Estamos totalmente seguros.

Ouço risadas e murmúrios de alívio. Todos nós olhamos hipnotizados para os ursos, que atravessam a placa de gelo em direção à cidade mineira, se afastando de nós.

EU VI URSOS-POLARES, escrevo na palma da mão esquerda, porque esse é o único espaço vazio. Fotos no telefone, acrescento em letras pequenas. É bom não estar mais usando aquelas luvas.

Vejo que Agi está me observando.

— Isso é um hábito inglês? — ela pergunta, de um jeito simpático. — Escrever na mão? Percebi que você sempre faz isso. Não vejo outras pessoas fazendo a mesma coisa. É típico da sua região?

Penso em todas as possíveis respostas que posso dar.

— Sim — digo a ela. — Sim, é isso. É um hábito nosso na Cornualha.

Almoçamos a comida que foi preparada no convés inferior, em uma churrasqueira: pedaços de bacalhau e carne, pães, salada de arroz e salada comum. Entro na fila com um prato na mão, pronta para aceitar tudo que é oferecido.

— Que carne é essa? — pergunto à mulher que está servindo a comida no balcão.

— É baleia — ela responde. — Quer experimentar?

Baleias são grandes. Tenho certeza de que não se deve comê-las. O peixe parece bom, a salada também.

— Não, obrigada — digo. — Baleia não.

— Tem certeza? É uma comida típica deliciosa.

Baleias são enormes. A ideia de comer pedaços de uma delas dispara um alarme dentro de mim. Tenho certeza de que isso não é algo que uma pessoa deva fazer. Tenho certeza de que não comer baleia é uma regra.

— Não, obrigada. Só o peixe, por favor.

— É claro. Como quiser.

Levo meu prato para o convés superior, sento na mesma cadeira e olho para o gelo, para a cidade mineira russa e para os pontinhos distantes que são os ursos-polares. Tiro algumas fotos com o telefone, mas agora ele é só uma câmera, porque não tem internet nem sinal de celular.

Se pudesse ficar aqui para sempre, eu ficaria bem. Seria feliz.

Horas mais tarde, estamos voltando para a cidade, e eu não quero voltar. Não quero mais ter que circular pelo mundo. Quero sair de novo no barco, voltar para onde estão os ursos, as focas e os papagaios-do-mar que voam perto da superfície da água. Quero ficar com essas pessoas, com o homem que diz que os ursos não vão nos pegar, com as outras pessoas e com Agi.

— Olha — diz Agi e segura minha mão. — Olha, ali estão as antenas de satélite. Está vendo?

Sigo a direção que ela aponta. No topo da colina, do mesmo lado onde fica a cidade, vejo uma fileira do que parecem ser pequenas esferas. Elas estão bem na linha do horizonte, no alto de uma encosta coberta de neve. Percebo que não são pequenas. Estão longe.

— Antenas de satélite?

— Sim. Lembra? Estávamos falando sobre elas quando você me contou sobre o seu namorado.

— Meu namorado.

Sou tomada pelo horror. Olho para minhas mãos, mas elas só dizem para eu ser normal, falam sobre os ursos e contam que estou em Svalbard. Elas me dizem para ser corajosa, e, quando levanto a manga grossa, a palavra "Drake" salta da pele e me atinge como um soco na cara. Esfrego o braço, mas o nome está escrito nele com sangue.

Drake trabalha no lugar dos satélites, e estou olhando para os satélites agora. Estou olhando para o lugar onde Drake trabalha, e ele é o homem que eu amo, e acabei de passar um dia glorioso a bordo de um barco, quando devia estar procurando por ele. Vim aqui para procurar Drake e não fiz nada disso.

Eu estava com ele em uma praia. Está começando a perder a nitidez. Quero debruçar na grade e vomitar.

— Flora. — Agi toca meu braço. — Tudo bem? Que foi? Desculpa se falei alguma coisa errada. Estou sentindo que as coisas não foram tão bem entre você e o seu Drake. Você foi procurá-lo há dois dias, mas ele não está com você.

Respiro fundo. Estamos quase em terra firme. Quero gritar, berrar, me jogar do barco e nadar o mais depressa que posso (que pode não ser muito rápido, se é que eu sei nadar) até o lugar dos satélites e rastejar montanha acima para encontrá-lo. Mas não vou fazer isso. Não vou porque, se eu ficar aqui, agindo de um jeito calmo e normal, logo estarei saindo deste barco do jeito normal. Vou sair do barco, manter a calma, depois vou correr e fazer tudo o que eu puder para encontrar o meu Drake. Vou encontrá-lo, nem que para isso eu tenha que subir essas montanhas sozinha. Vou encontrá-lo nem que tenha que enfrentar ursos-polares. Eu o beijei na praia, mas está começando a apagar.

Fecho os olhos com força. Vasculho o interior de minha cabeça, abro caminho entre memórias de infância, da escola, de Jacob e Paige, do meu pai me carregando nas costas, empilhando pedras comigo na praia, nadando comigo no mar.

Consigo ver Drake comigo na praia, mas não ouço o que estamos dizendo.

Meu telefone começa a apitar quando voltamos a ter sinal de celular. Mensagens chegando. Olho para elas rapidamente para ver se tem alguma do Drake, mas são todas dos pais. Não leio nenhuma.

Sou a primeira a sair do barco e recuso a oferta de voltar ao hotel no ônibus.

— Vou procurar o Drake — digo a Agi e me afasto dali correndo. É muito tarde. Já é tarde demais.

15

ESTOU SENTADA NA MARGEM DE UMA RUA. DRAKE NÃO ESTÁ COMIGO. ELE não está em lugar nenhum.

Dentro da minha cabeça reina o descontrole. O fogo. A neve. Uma selva. Uma imensidão do Ártico. Tudo que já aconteceu e tudo que vai acontecer, tudo ao mesmo tempo.

O tempo é uma coisa aleatória. É o que nos faz envelhecer. Os humanos usam o tempo para organizar o mundo. Inventaram um sistema para tentar ordenar o aleatório. Os outros humanos, todos, menos eu, vivem contando horas e minutos, dias e segundos, mas essas coisas não são nada. O universo riria das nossas tentativas de organizá-lo, se ele se desse o trabalho de notá-las.

O tempo é que faz nosso corpo enrugar e apodrecer. Por isso eles o temem. O tempo não me afeta: eu sei que nunca vou envelhecer.

Não sou como eles. Posso olhar pela janela por um tempo e, em termos humanos, terei perdido uma noite. Posso passar horas e horas sentada sozinha à mesa do café da manhã, olhando para o pão e o peixe à minha frente. Posso ficar ali sentada, olhar e esperar até um dia e uma noite terem passado e chegar o café da manhã do dia seguinte, e a mulher de quem eu gosto chegar e sentar ao meu lado, e descobrir que, em termos humanos, só dois minutos se passaram.

Atravesso dias e noites. Não preciso dormir.

Sou a supermulher. Estou aqui por causa do Drake e, é claro, vou encontrá-lo.

Tenho quatro anos e hoje é meu primeiro dia na escola. Estou animada e ando até a escola segurando a mão da minha mãe. Porém, quando chegamos perto do prédio, decido que não quero ir. Quero ir para casa. Tento falar com minha mãe, mas ela ri e diz:

— Você vai ficar bem, minha querida.

Digo a ela que não quero ir. Pergunto por Jacob, mas Jacob foi para a escola dele, que é diferente.

— Vou para uma escola grande — eu disse a ele naquela manhã.

— Bom, eu vou para uma escola muito, muito grande — ele respondeu. — Queria poder ir com você para a escola, Flora, para cuidar de você.

Minha mãe riu.

— A Flora vai ficar bem, Jake.

— Eu sei. Ela vai dominar o lugar antes do Natal. Queria estar lá para ver.

Mas agora Jacob não está aqui, e estamos quase na escola, e não quero mais ir. Puxo a mão de minha mãe tentando falar com ela, mas ela nem percebe.

— Ah, olha — minha mãe diz. — É a Yvonne. Vem, Flora. Vem conhecer a garotinha da Yvonne.

Olho para a menina, ela olha para mim. Suas tranças são marrons, as minhas são loiras. Nós duas usamos moletom vermelho, saia cinza, meia curta branca e sapatos pretos e brilhantes. Ela sorri para mim. Sorrio de volta, apesar de me sentir envergonhada.

— Oi — eu falo.

— Oi — responde a menina.

— Essa é a Flora — minha mãe diz.

— E essa é a Paige — Yvonne apresenta.

Acordo e não sei onde estou. Em uma cama com lençol cor-de-rosa. Estou chorando, mas não sei por quê. A cama tem grades em volta. Olho para minhas mãos. Não tem nada escrito nelas. Sou jovem demais para ter ficado maluca. Sou pequena demais para escrever. Sou uma criança normal chorando por motivos comuns.

Ouço passos na escada. Alguém vem me ver. Choro ainda mais antecipando o carinho.

No entanto, estou pensando em Drake.

Estou em uma caixa de metal e não posso me mexer. Quando tento respirar, engasgo. Um lado meu está muito quente. Não tem ninguém aqui. Não consigo ouvir nada: só um zunido constante nos ouvidos. Um zunido tão alto que meu cérebro vai derreter.

Estou sentada em uma cama com lençóis me envolvendo. Pessoas que não conheço estão sentadas no pé da cama, olhando para mim. Sinto muito, muito, muito medo.

Olho para algumas palavras em uma tela. "Você não pode vir para cá, pode?"

— Posso! — respondo para elas. — Sim, eu *posso vir* para cá.

Agora estou na neve, em pé no meio de uma rua, sentindo o sol no rosto.

Corro pela rua na direção para a qual estou olhando. Continuo correndo. Tem uma criatura parada em um trecho de grama congelada, ao lado da estrada. A ponta das folhas atravessa a camada de neve, e o animal, que tem pelo branco e marrom e chifres, está comendo as folhinhas. Corro até ele, e o animal nem levanta a cabeça.

— Cadê o Drake? — grito. Ele levanta a cabeça, olha nos meus olhos, vira e vai embora.

Eu o sigo. Ando pela grama coberta de neve, satisfeita por estar usando botas reforçadas. A rena (ou algum animal parecido com uma rena) me leva até a beirada de um campo, onde para e come mais grama. Na minha frente tem uma encosta. A rena quer que eu vá até lá, e eu começo a subir.

— Drake! — grito enquanto ando, mas não sinto que terei uma resposta.

Está frio, e logo faço uma curva e desapareço de vista. Alguma coisa nisso me incomoda, e eu paro e levanto as mangas do casaco para ler meus braços.

Não saia da cidade! URSOS-POLARES, está escrito na parte interna do braço esquerdo.

Paro e olho em volta. Não vejo nenhum, o que significa que deve estar tudo bem, mas mesmo assim a rena pode estar me enganando.

Na palma da minha mão está escrito *EU VI URSOS-POLARES. Fotos no telefone.*

Eu os vi e não aconteceu nada. Estou viva. Isso me tranquiliza. Não vou olhar as fotos agora, porque tenho que encontrar Drake.

Duvido muito de que Drake esteja por aqui. Isso, é claro, é um teste de conto de fadas. Tenho uma missão e não devo me distrair dela. Há pedras, pontas afiadas e precipícios, embora ainda não tenha subido muito. Não estou em um caminho de verdade. Acho que só fui passando por cima de algumas pedras, escalando, e agora estou aqui, e posso voltar ou seguir em frente.

Leio meu braço de novo. *Não saia da cidade.* Isso significa que provavelmente é melhor voltar. Apesar de sentir que nada pode me ferir, uma briga com um urso-polar não é algo que eu deva procurar. Se já os vi, não preciso ver de novo.

Mesmo assim, o caminho à minha frente parece interessante. Posso continuar subindo e subindo, e chegaria ao cume e veria o que tem lá. Pode ser qualquer coisa. Uma cidade mágica, o limite da terra, Drake.

Vou subir mais um pouco e dar uma olhada. Depois vou voltar à cidade e continuar procurando. Se olhar em todos os lugares, vou conseguir encontrá-lo. Só preciso me concentrar em permanecer nessa realidade por um tempo. Não devo voltar ao passado.

As ondas quebram no cascalho à nossa frente. Está escuro e tem uma lâmpada de rua em algum lugar, iluminando onde estamos. Vejo um flash de luz. Estou usando um vestido azul e botas pesadas, e estou beijando Drake. Estou beijando Drake e ele está me beijando, e eu o amo e ele me ama, e à nossa volta tem pedras pretas e lisas.

Estou em cima de um pico, tremendo. À minha frente tem uma paisagem. É irregular, com neve, pedras e vegetação rasteira entre elas. Aqui não tem árvores, nenhuma árvore. Não tem casas. Não tem terra mágica. Não tem Drake. Todo mundo está me procurando.

Alguma coisa apita no meu bolso. Quando investigo, descubro que é um telefone, mas não é Drake. É uma mensagem de alguém chamado Jacob, e a mensagem diz apenas:

> por favor, leia seus e-mails

Abro a caixa de e-mails. O telefone parece estar cheio deles.

16

ESTOU EM UMA CAFETERIA, LENDO OS E-MAILS NO MEU TELEFONE. TEM UM café com leite grande ao meu lado, e, quando o percebo, bebo um pouco. Ainda está quente e é delicioso. Tem um homem ali perto, um homem que trabalha aqui, e ele se aproxima quando vê que o estou observando. Ele tem o rosto e a cabeça cheios de cabelos e uma pinta na bochecha.

Toco meu rosto. Tenho mais manchas que ele.

— Tudo bem com seu café? — ele pergunta.

— Sim, obrigada. Está perfeito. — Sorrio e espero que ele pense que sou normal.

— Ótimo. Está tudo bem, Flora? Outro dia você ficou muito preocupada com a sua bolsa.

— Minha bolsa?

— Sim. Essa bolsa aí. Quando a deixou embaixo da mesa. Lembra?

Assinto, fingindo lembrar.

— Sim. Isso mesmo. Estou bem, obrigada. Um pouco... — Não consigo terminar a frase, porque não sei que palavra usar para concluí-la. Um pouco super-humana? Um pouco destemida? Um pouco viva?

— Um pouco confusa. Sim. Acontece com as pessoas por aqui. É um lugar incomum. Quando foi que você dormiu pela última vez?

Dou risada.

— Não lembro. — Rio muito disso. Não consigo lembrar. Rio até chorar, depois vejo que ele está olhando para mim e tento me controlar. — Está tudo bem. Estou bem. — Esse homem é legal, e eu gostaria de tentar explicar, mas não sei como. — Preciso me ajudar a lembrar as coisas — continuo. Estendo as mãos, levanto as mangas, mas vejo a palavra DRAKE entalhada em meu braço e abaixo a manga. — Elas não ficam na minha cabeça. Mas ficam nas minhas mãos.

— Você precisa tentar dormir logo.

— Vou tentar — concordo. — Se eu perceber que é noite.

— Não venha para cá no inverno. É pior.

Balanço a cabeça concordando, tentando dar a impressão de que sei do que ele está falando, e o homem continua:

— Bom, o rapaz por quem você perguntou outro dia? Drake? Acho que ele esteve aqui mais cedo. Posso ver a foto de novo?

Ele pega meu celular em cima da mesa, o que acho um pouco rude. Pego o telefone de volta e descubro que a foto de Drake já está na tela, embora eu estivesse lendo meus e-mails. Ela não devia estar ali. Drake sempre está em primeiro lugar. Está escrito no meu corpo, dominando meu celular. Está em todos os lugares, menos na minha frente.

Eu amo o Drake.

— Sim — ele diz. — Sim, era ele. Falei que tinha uma moça procurando por ele. Acho que o rapaz não esperava ouvir essa notícia de um funcionário da cafeteria.

Encaro o homem. Ele viu Drake! Drake esteve aqui, neste café. Eu o encontrei. Vim ao lugar certo. Ele está aqui. Penso muito nisso, tento juntar essa informação à minha outra lembrança. Drake está neste momento, e este momento pode ficar na minha cabeça.

— O que ele disse? — consigo perguntar.

— Alguma coisa como: "Tem certeza de que está falando com a pessoa certa?" Perguntei onde você poderia encontrá-lo, e ele disse que está sempre por aí.

— Tudo bem. — Sinto as lágrimas voltarem aos meus olhos e tento me livrar delas piscando. Quando levanto a cabeça, o homem foi atender outro cliente, e eu me permito chorar só por um momento. Acontece que só quero ficar aqui sentada e chorar, chorar e chorar. Choro enquanto as lágrimas duram, balançando a cabeça e afastando pessoas que querem me ajudar. — Estou feliz — digo a elas em meio às lágrimas. — Estou feliz.

Quando paro de chorar, bebo mais um gole de café, mas agora ele está frio.

Há novos e-mails no meu telefone. Eu me esqueci deles, e agora os leio, começando pelo mais antigo de Jacob Banks.

> Ah, Flora. A única coisa previsível sobre você é que vai fazer alguma coisa surpreendente. O Ártico? Estou fazendo o possível para os pais não descobrirem, mas não vai demorar muito. Quase morri, só para segurá-los aqui. Para sorte da sua aventura, minha saúde está tão ruim que eles têm que ficar comigo, só por precaução. Quando me sinto melhor, lembro aos dois que você tem quase dezoito anos e está com a Paige, e que é a minha vez de ser paparicado. Suas mensagens têm chegado na hora certa e deixado os dois tranquilos. Então, garota brilhante e insana. Só vou encobrir sua loucura se você me mandar notícias uma vez por dia, pelo menos. De preferência duas vezes, ou mais. Espero que encontre esse garoto que merece tanto esforço. De qualquer maneira, vou contar aos pais onde você está em dois dias, então você tem até lá para encontrá-lo.

A ideia das suas aventuras é melhor para mim do que qualquer
merda "paliativa" que eles me dão, mas também estou maluco
de preocupação com você. Você não vai lembrar, mas, na
última vez que ficou sem tomar o remédio, teve uma fase
maníaca antes de estabilizar em um tipo estranho de adorável
anormalidade. Estou apavorado com você aí. É perigoso. Se as
coisas ficarem estranhas, VÁ PARA O AEROPORTO E COMPRE UMA
PASSAGEM PARA PARIS. Escreva isso na sua mão direita agora.
Vai.
Obrigado por me fazer perguntas, porque isso me faz sentir
útil. Vou preencher as lacunas de costume:
Você e eu somos meios-irmãos. Temos, é desnecessário dizer,
a mesma mãe. Temos pais diferentes: o seu é o Steve. O meu é
um filho da mãe que fugiu, e, quando a mãe se casou com o
Steve, ele me deu seu sobrenome para podermos ser a família
feliz e unida que somos hoje.
Conto mais quando tiver tempo. Enquanto isso, você TEM que
ligar para a nossa mãe e dizer a ela que está tudo bem. Se
ela não estivesse enlouquecida aqui comigo, você não
teria conseguido pôr esse plano em prática. Você diz que
lembra de mim te pegando no colo quando você era criança.
Eu fazia isso o tempo todo. Você era brilhante. Você é.
MANDE NOTÍCIAS.

Beijos, Jacob

Jacob não parece estar surpreso por eu ter fugido. Escrevo no meu caderno: "Já viajei antes??"

O e-mail seguinte é mais curto.

```
Flora? Escreva para mim. Por favor. Diz que está bem. Só
isso. Só preciso saber. Caso contrário, vou ter que falar a
verdade. Beijos, J
```

O seguinte é ainda mais curto.

```
Flora! Bj, J
```

Depois veio a mensagem pelo celular. Sei que preciso escrever para ele, essa pessoa que apareceu do nada e que é o irmão na minha cabeça. Respondo sua última mensagem.

> Desculpa, estou bem. Estou me sentindo incrível, na verdade. Posso fazer qualquer coisa. Não se preocupe comigo. Espero que você esteja bem. Beijos, Flora PS Ainda não achei o Drake, mas quase. Estou agora mesmo em um café onde ele também esteve! Estou no caminho certo.

Depois escrevo um e-mail mais longo, também para Jacob, contando tudo que consigo lembrar. Abro meu coração, mas, assim que envio a mensagem, não sei mais o que contei. Mando outra mensagem e pergunto se já fugi antes. Não é possível. Mas, se fugi, eu não saberia. E Jacob parece pensar que eu já fugi, então preciso que ele me fale.

Mando outra mensagem fazendo perguntas, perguntas e mais perguntas. Quero saber tudo sobre ele, sobre mim, sobre nossa família. Quero que ele me conte todas as coisas que esqueci. Eu sei, é pedir demais. Não sei o que não sei. Só sei que quero saber tudo.

O telefone começa a tocar na minha mão. A tela diz que é minha mãe. Fecho os olhos com força. Jacob disse que tenho que falar com ela. Ele tem razão. Tenho que atender, mas preciso fingir que estou em Penzance.

Estou em Penzance. No momento, só tenho uma vaga ideia do que Penzance significa.

Aperto o botão.

— Oi, mãe! — Atendo com a voz mais alegre e animada que consigo produzir.

— Por que a notificação de chamada internacional? — O tom dela é firme. Não sabia que a voz dela poderia me fazer sentir assim. Derreto. Viro uma poça no chão. Tenho doze anos. Tenho nove. Tenho seis. Tenho três.

Preciso me concentrar. É difícil, mas volto ao presente. Não tenho resposta para a pergunta difícil.

— Não sei. — É só o que eu consigo dizer.

— Está em Penzance?

— Eu moro em Penzance — respondo.

— Sim, mas não é onde você está agora.

Não digo nada. Não sei o que dizer.

— Flora?

— Oi.

— Flora... onde você está?

Respiro fundo. Tinha alguma coisa na mensagem de Jacob sobre minha mania virar uma adorável normalidade. Tento usar esse recurso. "Adorável", digo a mim mesma. "Normalidade", acrescento.

— Você me pediu para ir para a França — falo com a mais adorável e normal das vozes. Li isso no meu caderno. Torço para que seja verdade.

— Falei que nós íamos conversar sobre a possibilidade de você vir para a França. Que nós planejaríamos as coisas. E isso foi dias atrás. E você mandou várias mensagens estranhas sobre... Bom, sobre querer ir ao Flambards.

Não consigo pensar em nada para dizer.

— Estou bem — respondo. — Fiquem com o Jacob. Estou bem. Garanto. Não precisamos ir ao Flambards.

Ela está falando, mas não consigo ouvir porque não sei o que fazer. Sei que, se contar que estou no Ártico, ela vai chamar a polícia e eles virão até aqui, até este lugar coberto de neve, e me levarão embora, e ainda não encontrei Drake. Preciso encontrar Drake, e ele vai me ajudar a explicar tudo isso para todo mundo. Não preciso mais ter medo. Posso fazer qualquer coisa. Minha mãe ainda não entende isso.

Não sei o que falar, por isso desligo. Se eles ligarem para a polícia em Penzance, ninguém vai me encontrar, porque não estou lá.

Drake não vai acreditar no que fiz para encontrá-lo. Mas ele vai saber que isso significa que vamos ser felizes para sempre.

Eu beijei o Drake na praia. Tem uma imagem nebulosa disso na minha cabeça. Eu me levo até a praia. Faço um esforço para voltar lá. As pedras são pretas. Beijei um garoto. Mas não consigo segurar a lembrança. Estou em uma caixa de metal e meus ouvidos zumbem. Tudo está ficando estranho. Não devemos ir ao Flambards.

17

MEU ROSTO AINDA ESTÁ CHEIO DE BOLINHAS. PASSO BATOM ANTES DE SAIR, porque vai ajudar a desviar a atenção. É um batom legal e brilhante que não consigo me imaginar comprando, mas estou feliz por ter comprado. Parece quase novo.

A mulher de óculos está esperando no pé da escada. Eu me preparei para isso.

— Oi, Agi — falo, e ela sorri.

— Oi, Flora! Lembrou de mim! Como vai?

Eu a encaro.

— Esqueci de você?

— Está tudo bem. Não se preocupe, Flora.

— Desculpe. Eu... esqueço as coisas. — Não sei como explicar.

— Eu sei. — Ela toca meu braço. — Tudo bem. Eu sei que você tem problemas. Você me mostrou o caderno. Lembra? Não, desculpa. Não lembra. Você estava bem no barco, mas ficou descontrolada quando desembarcou. Perdemos você de vista, depois te encontramos sentada no píer, tentando pegar um barco emprestado para ir remando até o local das antenas de satélite. Eu ia chamar uma ambulância e você me mostrou o seu caderno. Ficou doente quando era menina e tem problemas de memória. Tudo bem. Vou ficar com você esta noite, para o caso de você esquecer as coisas. Eu posso te rememorar. Se tentar ir a algum lugar, pelo menos vai ter a minha companhia.

— *Lembrar*. Você vai me lembrar.

— E você vai me ajudar com o inglês! Obrigada! Podemos apertar o passo?

Assinto.

— Vamos — digo. Não sei aonde vamos, mas vou tentar não dizer isso a ela. Vou andar ao lado dela e ver o que acontece. Não vou me distrair. Não vou viajar no tempo para lugares dentro da minha cabeça. Não vou visitar lembranças ou coisas que podem ser lembranças. Vou só andar com essa mulher, com Agi, e nós vamos a um lugar fazer uma coisa. Drake vai fazer parte disso.

Começamos a andar por uma rua.

— Como foi o seu dia? — pergunto. Acho que são palavras normais.

— Ah, foi interessante — ela responde. — Depois que pus você na cama, fui andar naqueles trenós de cachorro. É menos divertido do que se pode pensar.

— Não acho que é divertido. — Tento imaginar um trenó de cachorro. Não sei nem o que isso pode envolver. Cachorros, imagino. Trenós. Se eu fosse andar de trenó, não ia querer que tivesse um cachorro.

Ela me pôs na cama. Tento descobrir se me sinto como se tivesse dormido. É impossível decidir. Talvez eu tenha dormido.

— Certo. Então é ainda menos divertido que isso. Os cachorros ficavam correndo para cima de mim. Estou cheia de hematomas nas pernas. E estava frio. É óbvio. — Ela sorri. — Mas deixa pra lá! Eu escrevo essas coisas no meu blog.

— Eu queria ler.

— É claro! Vou te dar o endereço do site de novo. Eu escrevo novamente no seu caderno.

— Ah, desculpa. Normalmente não sou...

— Eu sei. É porque você não trouxe os comprimidos. Não se preocupe. Vamos encontrar o seu Drake esta noite, Flora. É muito importante para você. Você tem um amigo aqui e nós precisamos encontrá-lo.

Continuamos andando e ela fala comigo, mas não escuto realmente. E de repente escuto, porque ouço o nome de Drake.

— Drake — ela está dizendo. — Fale sobre ele. Fale mais.

Eu sorrio.

— Eu beijei o Drake na praia.

— Sim. Você me contou. E me mostrou a fotografia dele. Ele usa óculos, tem cara de nerd. — Ela me encara. — De um jeito legal. Nerd chique.

— Nerd chique.

— Ainda não teve nenhuma notícia dele?

— Recebo muitos e-mails e mensagens. São de... pessoas.

Eu lembraria se Drake tivesse escrito para mim desde que cheguei aqui. Não lembraria? Tenho certeza que sim. Toco o telefone no bolso do casaco. Quero pegá-lo e olhar agora, mas não vou, porque seria esquisito e rude. Tento me concentrar na conversa com Agi.

Estou olhando para nós duas do alto. Estou usando um casaco de pele. Onde arrumei um casaco de pele? Ninguém tem um.

Agi, por exemplo (Agi, Agi, Agi: eu sei o nome dela), está vestida com uma grande jaqueta verde de zíper com uma cara muito mais industrial do que pele. Mas a pele do meu casaco não é de animal. Provavelmente também foi confeccionado em uma fábrica. Pelo menos tenho essa sensação. Espero que meu lindo casaco não tenha sido feito de um animal morto, porque isso seria errado.

Agi está vestida com um jeans escuro e justo e usa botas de neve iguais às minhas. Ela usa uma touca de pompom na cabeça. Eu também estou de touca, mas a minha é vermelha e não tem pompom. Não sei onde a arrumei. Agi usa luvas acolchoadas, mas eu não, e meus dedos estão gelados.

Do alto, eu nos vejo andando juntas e percebo que estamos conversando e espero que o que sai da minha boca faça sentido, porque minha versão lá embaixo está falando, mas minha versão aqui em cima está longe demais para ouvir. Agi está respondendo, o que me dá esperança. Às vezes ela ri. Uma ou duas vezes ela toca meu braço. Pelo jeito, estou indo bem. Acho que estou sendo normal.

Estou na praia com Drake. Tem um lampejo de luz. As pedras são pretas. A água é preta. O céu é preto. Estou vestida de preto e Drake está vestido de preto. Tudo é preto. Estou com Drake, está escuro e nós nos beijamos.

Estou no lugar frio, e meus pés se movem, um na frente do outro, e estou andando na rua com a mulher de óculos. Ela olha para mim, e vejo pela expressão em seu rosto que acabei de fazer ou dizer alguma coisa esquisita.

— Desculpa — peço. — Desculpa, eu só... me distraí um pouquinho. Não foi minha intenção.

— Ei, tudo bem! Não se preocupe, Flora. Eu acho você fascinante. É sério.

— Ah. Sério?

— Sim! Você é uma garota incrível! É tão jovem, tão bonita...

— Mas minha pele é horrível — interrompo. Toco meu rosto e sinto as saliências e os buracos.

— Ah, isso? Deve ser porque não está tomando o remédio. Quantos anos faz?

— Eu tinha dez anos. Agora tenho dezessete.

— Sete anos. Você tomou os comprimidos durante sete anos. Quantos por dia?

Dou de ombros. Não faço ideia.

— Alguns.

— Bom, vamos dizer que foram três. Uma substância química entrando no seu corpo vinte e uma vezes por semana, embora por um bom motivo... — Ela para. — Embora. Essa palavra existe? Ouvi em uma entrevista antiga com a sua princesa Diana.

— Embora. Sim, existe. Uma palavra só, acho. — Gosto da ideia de ter uma "princesa Diana".

— Obrigada. Então, embora seja por um bom motivo, você passou muito tempo tomando esse remédio. Não sabe o nome?

— Não.

— Nem o efeito?

— Não.

— Bem, seja o que for, você pode estar na fissura. Ou pior que isso. Talvez eu tenha que ligar para os seus pais, afinal.

Ela olha para mim, e eu balanço a cabeça.

— Por favor, não. — Não sei por que ela está falando em fissura.

— Deve ser para controlar as coisas na sua cabeça, que foi evidentemente danificada pelo tumor. Você se incomoda por eu falar diretamente?

Dou risada.

— Não. Vou esquecer essa conversa mesmo, pode falar o que quiser.

— Sim. Você também disse isso ontem. E hoje. Acho que o que você tem é como o mal de Alzheimer, mas em uma garota jovem. É muito trágico para você. Só vive o aqui e agora.

— Não é trágico. Não é. Eu amo o Drake. Eu beijei o Drake.

— Consegue descobrir o nome do seu remédio? Acho que vamos ter que comprar. Tenho medo de que você não esteja segura sem ele.

— Vou tentar.

— Obrigada.

— Tenho dezessete anos. Quantos anos você tem? — O nome dela é Abby? Ally? Ellie? Ella? Está escapando, desaparecendo, apesar do meu esforço para lembrar. Não a chamo por nome nenhum.

— Eu? Tenho vinte e sete anos. Dez a mais que você. — Ela ri. — Uma velha, na verdade. Por isso me sinto responsável por você.

— Obrigada por me ajudar.

— Você é realmente interessante. Tem certeza de que posso escrever sobre você no meu blog?

— Já me perguntou isso?

— Sim. Talvez seja melhor escrever, para poder provar. Não quero te perturbar. Podemos escrever nosso acordo no seu caderno.

— Tudo bem.

Chegamos a uma praça que parece ser o centro de alguma coisa. Tem dois restaurantes, um supermercado do outro lado, um hotel, um bar. Queria saber se vamos ao bar. Deixo minha nova amiga tomar as decisões. Ela olha para mim como se me incentivasse, segura minha mão e começa a atravessar a praça. Ainda está claro, e o sol brilha em meus olhos.

— Espero de verdade que a gente encontre seu adorável Drake aqui. Os alunos bebem aqui — ela diz. — Seu amigo vai nos ajudar a conseguir o seu remédio. Ele vai saber o que fazer. Se não encontrarmos o Drake, vou ter que...

— Eu beijei ele na praia.

Minha amiga dá um tapinha no meu braço.

— Sim — ela fala. — Sim, eu sei. E agora você veio a Svalbard para encontrá-lo. E esta noite vamos finalmente conseguir.

— Não devemos ir ao Flambards. Não podemos ir.

Ela parece muito preocupada. Sei que precisamos encontrar Drake agora. Ou todo mundo vai tentar me fazer voltar para casa.

18

TEM COPOS VAZIOS EM CIMA DA MESA. TEM UM COPO CHEIO NA MINHA frente. Tem cerveja nele. Parece que estou bebendo cerveja. Acho que não devia beber nada alcoólico, mas pego o copo e bebo, e o gosto é o mesmo que já está na minha boca, por isso bebo outro gole. Não gosto do sabor, mas o cheiro da bebida me faz lembrar meu pai, por isso continuo bebendo. Meu pai bebe cerveja. Minha mãe bebe vinho.

Tem uma mulher ao meu lado. Ela usa óculos. Eu a conheço. Ela está conversando com um homem que tem barba, muito cabelo e uma pinta no rosto, sentado do outro lado da nossa mesa. Acho que não o conheço.

— Que maravilha — falo, porque estou em um bar com pessoas, e isso me faz feliz.

Eles param de falar e sorriem para mim.

— Sim — diz a menina. — Não é? Ah, Flora. Você está bebendo a minha cerveja. Devia beber a sua limonada. Aqui está.

Ela empurra um copo em minha direção e pega o de cerveja. Franzo a testa para ela.

Tem uma parede de tábuas de madeira atrás de mim. As mesas são de madeira. O lugar é quente, quase fumegante, embora faça parte de um lugar frio. Fizeram o interior quente porque o exterior é frio.

Tem muita gente aqui. Todos penduraram o casaco nas costas da cadeira. São casacos diferentes dos meus. Os outros são feitos de um material novo, o meu é de pele.

Eu me recosto na cadeira e estudo o ambiente, olhando para todos os rostos que vejo. Tem quarenta e duas pessoas aqui, e, pelo que consigo ver, nove usam óculos. Três dessas pessoas de óculos são mulheres (uma delas está sentada ao meu lado), e seis são homens. Quatro desses homens são velhos, e isso deixa só dois que podem ser Drake. Um deles está sentado junto ao balcão e tem cabelo vermelho, o que significa que definitivamente não é o meu Drake. O outro está sentado em uma das mesas, olhando para o outro lado, e eu levanto e ando entre as mesas, tentando vê-lo de frente, olhar seu rosto, descobrir se é o meu Drake.

Ouço alguém falar "Flora" atrás de mim, mas é uma voz feminina, por isso não pode ser Drake, e eu não olho para trás. Ando para o outro lado da sala e viro para examinar a pessoa que nesse salão tem mais chances de ser meu adorável e inteligente Drake.

Não é ele. É um homem de cabelo escuro e óculos (com um rosto que não é o certo), e eu pego o telefone no bolso e viro para ele. Provavelmente ele é a melhor pessoa para eu perguntar.

— Com licença — falo. — Conhece o Drake Andreasson? É este aqui.

Mostro a tela para ele. Tem um aviso de "18 chamadas perdidas", e eu faço as letras sumirem para mostrar só a foto. O homem olha para mim com a testa franzida, dá de ombros e fala algumas coisas em um idioma diferente.

Estou no lugar frio. Nem todo mundo fala inglês aqui. Sorrio, esperando que ele entenda que estou me desculpando. Mostro novamente o celular e tento fazer cara de quem está perguntando alguma coisa.

Ele pega o aparelho e olha para a tela. Dá de ombros de novo, balança a cabeça e diz coisas que não entendo. Pego o telefone de volta e olho para minha mesa. Vejo a palavra "Mãe" escrita na tela, mas deixei o aparelho no mudo e ele não faz barulho. Como ele não está tocando, não atendo.

Uma mulher segura minha mão, e eu a sigo. Ela usa óculos e eu a conheço. Seu nome pode ser Ella.

— Vem, Flora, senta aqui. É melhor ficar com a gente. Somos seus amigos — ela diz.

— Eu sei.

— Pega sua bebida.

— Está bem.

O homem de barba se inclina em minha direção. Não o conheço.

— Não se preocupe, Flora — diz. — Você vai ficar bem. Vai ficar bem com a gente e vai encontrar o seu amigo. O Drake.

— Vocês estão me ajudando a procurar o Drake? Obrigada!

— Por nada. Lembra de mim? Toby, do café?

Não lembro.

— É claro — respondo.

Ele pega um copo.

— Saúde — diz.

— Saúde.

Tem um copo na minha frente. Pego e bebo um gole. É limonada. Não quero limonada. Sou adulta e quero beber cerveja. Tem meio copo de cerveja na mesa ao lado, que está vazia, e eu verifico se as pessoas que estão comigo não estão olhando antes de pegar o copo.

Assim é melhor.

Abby e o homem de barba estão conversando. Queria saber como eles se conhecem.

Bebo metade da cerveja de uma vez só. A bebida me faz formigar. Eles estão distraídos com a conversa. Isto aqui está ficando chato. Estou cheia de energia. Quero fazer alguma coisa. Cansei de ser eu. Não suporto ser a pobre garota chata que não entende nada nem por mais um momento. Essa não sou eu. Essa não é a verdadeira Flora Banks. Eu posso ser muito melhor do que isso.

Bato de leve no braço de Emma.

— Vou ao banheiro — aviso e bebo um pouco de limonada para provar que estou me comportando, como se essas duas pessoas fossem meus pais.

Ela olha para mim. Seu rosto é muito bondoso. Ela usa óculos, como Drake.

— Tudo bem ir sozinha? O banheiro fica logo ali. Está vendo a placa? Quer que eu vá com você?

Olho na direção que ela aponta e vejo a placa.

— Não — respondo. — Eu vou sozinha. É claro que vou. Sou capaz de ir sozinha ao banheiro.

— É claro que é. Sim, com certeza. Desculpa.

Ando entre as mesas, que são afastadas umas das outras, mas ainda ficam no caminho. O lugar está bem cheio, mas não completamente. Estou usando jeans, e vejo se tem algum dinheiro nos bolsos. Encontro notas desconhecidas. Está escrito "krone" nelas. Krone. É estranho que o dinheiro do lugar frio seja o krone, mas tenho certeza de que os krones servem para comprar mais cerveja. Tenho algumas moedas furadas no centro.

Vou ao banheiro, porque sei que a mulher está olhando (Alice? Amber?). Sento no vaso sanitário, levanto as mangas e leio tudo que escrevi nas mãos e nos braços, mas a única parte que faz sentido é FLORA *seja corajosa*. Tem coisas como *supermulher* e *lugar frio está na minha cabeça* e DRAKEDRAKEDRAKE e 5827, e um grande DRAKE cortado na pele. Gosto mais desse.

No meu pulso esquerdo está escrito *Agi. Amiga. Óculos*. Essa é a mulher. O nome dela é Agi. Encontro uma caneta no meu outro bolso, onde sempre fica, e escrevo em letras grandes sobre a palavra *supermulher*. AGI. Isso deve me fazer lembrar. Se soubesse o nome do homem, também escreveria.

Saio do banheiro e vejo se eles estão me esperando. Os dois ainda estão conversando, e caminho rapidamente para o balcão, que é longo, de madeira e tem muitas torneiras de cerveja.

Vou beber cerveja como uma pessoa normal. Essa é uma das coisas que preciso fazer, antes de poder ver Drake. Preciso mostrar ao mundo que posso agir como uma pessoa comum. Tenho dezessete anos e beijei um garoto na praia.

— Quero quatro cervejas, por favor — peço ao barman, com toda a educação. Se beber duas bem depressa, vou alcançar as outras pessoas e ser normal.

O barman é alto, tem barba grisalha e usa uma camiseta preta com a palavra "Motörhead" estampada no peito.

— Quatro cervejas — ele responde, olhando para mim com uma cara desconfiada. — Quantos anos você tem, minha querida?

Não sei o que dizer. Tenho certeza de que tenho dezessete. Porém quero dar a resposta certa, não a verdadeira.

— Idade suficiente? — arrisco, e ele ri.

— Tudo bem... serve — ele responde, pega quatro copos da bandeja de uma lavadora e começa a enchê-los. — Está de férias?

— Sim. — Lembro que tenho que ser normal. — Você mora aqui? O tempo todo?

— Meu bisavô era mineiro aqui. Meu avô também. Meu pai se mudou para Tromsø. Eu voltei para cá há dezenove anos. Somos quatro gerações de Spitsbergen.

— Mineiros?

Ele me entrega o primeiro copo. Sento em uma banqueta do bar para vê-lo encher os outros e começo a beber a cerveja enquanto espero.

— Sim, mineiros de carvão. Eles tinham uma vida terrível. Onde você está hospedada?

Franzo a testa. Não acho que seja uma boa pergunta. Mais que isso, não sei a resposta.

Ele ri e levanta as mãos.

— Desculpa. Só perguntei porque alguns hotéis já foram alojamentos de mineiros. Se estiver na Pousada Spitsbergen, por exemplo, aqueles prédios já foram moradia de mineiros. Eles não eram bem tratados. Era uma vida infernal. Iam a pé para o trabalho, atravessavam os vales na neve, no gelo e embaixo de nevascas, e na escuridão do inverno. Recebiam um balde de água para se lavar uma vez por mês, "precisassem disso ou não". — Ele ri e olha para mim. Eu também rio.

— Isso não é muito legal.

— Não, não é.

Tem outras pessoas no bar. Pago as cervejas e levo os copos de volta à mesa onde estava sentada. Parece que já terminei de beber um copo.

— Ah, aí está você — diz a mulher (Agi! AgiAgiAgi, eu li no meu braço), e o homem que tem uma barba grande e cabelo espetado. Eles pegam as cervejas e agradecem, mas olham para mim, depois se entreolham.

— Mesmo se não encontrarmos o Drake esta noite — Agi avisa —, vamos entrar em contato com a sua família. Seus pais. Eles vão ter que vir te buscar.

Balanço a cabeça.

— Não! — grito. Eles não podem fazer isso. Não podem. — Quando encontrarmos o Drake, ele pode conversar com eles por mim. Pode explicar.

Fico apavorada com a ideia de que Agi pode dar um telefonema e estragar tudo. Olho para ela. Ela olha para o homem e faz uma careta.

— Não sou idiota — falo, um tom mais alto. — Eu vejo vocês trocando olhares. Pensando que eu sou uma inútil. Vocês não são minha mãe e meu pai. Sou adulta. Vim para cá, não vim? Vocês chegaram a este lugar de algum jeito, eu também cheguei, e tenho dinheiro no bolso para pagar uma cerveja para vocês, tenho um casaco, minhas botas, e só preciso do Drake. Só do Drake. Preciso do Drake porque ele me fez lembrar. Não preciso que vocês contem para minha mãe. Vocês não têm esse direito. Eu decido. Vocês só estão aqui porque eu imaginei vocês.

Pego um dos copos de cerveja e bebo rapidamente. É horrível, mas me obrigo a beber, gole após gole. O sabor para de me lembrar meu pai e começa a me dar enjoo. Saio de perto da mesa cambaleando, tentando manter a dignidade. Não sei para onde ir, mas tenho na mão um copo grande com cerveja, por isso não posso sair do bar. Volto para perto do balcão e sento em uma banqueta para conversar com aquele homem de novo, falar sobre os mineiros.

O salão está em silêncio. Todo mundo olha para mim. Eles nem fingem que não estão olhando.

Flutuo até o teto, porque isso é muito difícil. Do teto eu consigo me ver gritando. Minha voz é tão alta que consigo ouvir o que eu falo, mesmo estando tão longe.

— Parem de olhar para mim! — grito. — Estou bem. Sou normal! Normal! Normal! E não devemos ir ao Flambards! Não devemos. Não devemos.

Depois eu choro e olho para o barman. Pergunto alguma coisa, ele balança a cabeça e sai de trás do balcão para falar comigo. Uma mulher que estava em uma mesa próxima também se aproxima, uma mulher mais velha que provavelmente não conheço, e ela apoia um braço sobre meus ombros. A figura que me representa se vira, apoia a cabeça em seu ombro e chora.

— Não chora, Flora — cochicho para mim mesma e voo de volta ao meu corpo. Olho para minha mão. FLORA seja corajosa, está escrito, e eu olho para as palavras até absorver a mensagem. Sou Flora. Tenho que ser corajosa, ou isso nunca será feito.

Eu me afasto da mulher legal, que tem cheiro de sabonete e cigarro.

— Desculpa — peço. Fungo e limpo o rosto com um lenço que o barman me oferece.

— Minha querida, não tem problema nenhum — ela diz. — Este lugar é difícil. Nunca venha para cá no inverno. Você não lembra de mim, mas eu vendi as botas para você. É uma mocinha impressionante.

Assinto.

— Obrigada pelas botas.

Provavelmente ainda vou estar aqui no inverno. Todo mundo diz que o inverno é pior, mas não sei por quê. Não pode ser mais frio ou ter mais neve. Talvez seja menos mágico no inverno. Talvez pare de me curar.

— Ela está com a gente. Com licença — diz uma voz. Olho para cima e vejo a mulher, Ally, Andi, Abigail, Ellie. Não é Drake. A mulher de óculos segura minha mão. — Vem, Flora — ela diz. — Vamos levar você de volta para o seu quarto e para a cama. Acho que ela não devia ter bebido.

O homem barbudo e cabeludo está ao lado dela e começa a falar naquele outro idioma, e o barman e a mulher mais velha respondem naquela língua, e todos estão falando sobre mim usando palavras que não entendo.

Estou perto da porta. O barman voltou para trás do balcão para servir uma cerveja a outra pessoa. O barbudo, a mulher legal e Ellie estão falando de mim. As outras pessoas começaram a conversar entre elas. As pessoas não olham mais para mim.

Saio da banqueta. Ninguém percebe. Vou me virando até não ter ninguém entre mim e a porta.

Quando o caminho fica livre, eu me movo rapidamente, corro para fora. Tem uma escada do lado de fora e eu não esperava, por isso caio, desço rolando, mas não sinto dor, porque pareço quicar, e a verdade é que esse é o jeito mais eficiente de descer. Nada dói quando me levanto.

Estou em uma praça. Tem restaurantes, um hotel e um supermercado fechado, e do outro lado da praça tem uma rua. Corro para a rua. Não sei se devo ir para a direita ou para a esquerda. Vou para a direita e corro.

Está começando a nevar. Talvez logo fique escuro.

Nunca escurece. Esse é o negócio neste lugar. É claro o tempo todo, porque ele só existe dentro da minha cabeça. Tem luz o dia inteiro e tem luz a noite inteira. Nunca devo vir para cá no inverno.

Tem alguém no fim da rua, e eu corro como louca porque, mesmo através da neve, posso ver que esse homem é parecido com Drake. Quando me aproximo ele se torna mais parecido com Drake, não menos. Tem mais alguém com ele. É uma mulher. Eu a ignoro, me concentro em Drake. É o meu Drake. Ele me ama e eu o encontrei. Ele me fez lembrar e agora vai me fazer lembrar de novo.

O homem está usando os óculos do Drake. Está usando o jeans do Drake. Ele tem o cabelo do Drake. Eles se viram e se afastam de mim, porque não me enxergaram no meio da neve.

Beijei esse homem na praia. Sei que beijei. Eu sei porque isso ainda está na minha cabeça. Tenho que alcançá-lo. Ele vai me salvar.

Não peguei meu casaco, mas não sinto frio, porque estou correndo. Continuo, passo por prédios e por alguns carros estacionados na frente deles. Passo correndo por um casal que caminha em minha direção e não paro, porque essas não são as pessoas que eu quero. Passo por velhas máquinas que têm roldanas e cabos e grandes cestos enferrujados e lembro do homem me contando sobre os mineiros e a vida terrível que tinham.

Eu lembro.

Eu lembro.

Drake está na minha frente, e eu lembrei coisas. Drake me faz lembrar.

A neve cai tão densa que não consigo mais vê-los. Paro quando estou ao lado de um vasto trecho de água, com montanhas cobertas de neve do outro lado. Tem um píer que entra na água e alguns barcos amarrados a ele. A neve cai silenciosa à minha volta, e eu me levanto e olho em volta, vejo as nuvens próximas e mais nada. Sou só eu. Estou aqui, neste lugar dentro da minha cabeça, e estou sozinha. Drake esteve aqui e não está mais.

Na água, vejo uma luz fraca e ouço o ruído de um barco movido por remos. Sento no píer, na neve. Deito e me encolho. A neve cai sobre mim. Começa a criar um cobertor branco sobre mim.

Fecho os olhos.

Quando voltar a abri-los, estarei em uma cama cor-de-rosa em um quarto no sótão, de volta ao lugar normal.

19

A FRONHA É FRIA EMBAIXO DO MEU ROSTO. EU ME ESPREGUIÇO. ESTOU descalça, e meus pés tocam o lençol preso ao pé da cama. Exploro as laterais: estou em uma cama de solteiro, minha cabeça está latejando e não quero abrir os olhos, porque estarei em Penzance e nenhuma das coisas na minha cabeça terá acontecido.

Toco meu rosto com os dedos. A pele está áspera, cheia de buracos e saliências. Levo os dedos às têmporas e sinto a pulsação.

Tem palavras no meu braço, palavras grandes escritas com caneta preta.

EU VI O DRAKE, está escrito. EM UM BARCO.

Eu vi o Drake. Em um barco. Quero me lembrar disso, mas não lembro. Não lembro, mas acredito nisso.

Este quarto tem duas camas, e tem uma pessoa dormindo na outra. Isso não acontece em casa.

A pessoa na outra cama está virada para mim, tem um espaço estreito entre nós, e ela parece dormir tranquilamente. Os olhos estão fechados e a pele é melhor que a minha. Ela tem faces vermelhas e cabelo castanho.

Provavelmente eu a conheço, ou não estaríamos dormindo no mesmo quarto. Talvez seja Paige. Paige tem pele lisa e cabelo escuro.

Tem um mapa na parede atrás dela, um mapa onde há ilhas e muito mar azul. Entre nós, em cima de uma mesinha, tem uma pilha de livros, mas foram escritos em um idioma estranho que não sei ler. O título de um deles é *Neljäntienristeys*. Ou eu perdi a capacidade de entender o sentido das palavras, ou essa é uma língua diferente.

Fecho os olhos de novo. Não tenho ideia de quanto tempo passei dormindo, mas está claro lá fora, o que significa que é dia. Olho para a janela, mas a persiana está abaixada, e só consigo ver a luz do sol em torno dela.

Olho para minhas mãos. Uma delas diz FLORA seja corajosa e Drake, e a outra diz Agi e lugar frio está na minha cabeça e EU VI O DRAKE EM UM BARCO. Mais acima, no braço, está escrito DRAKE, mas não com caneta. É como se meu próprio braço estivesse me dizendo isso. Agi é uma mulher de óculos. Essa mulher não usa óculos, mas está dormindo na cama, não precisa deles. As pessoas, digo em pensamento, não precisam usar óculos quando estão dormindo. Isso parece sensato. Sento e olho em volta: na mesa maior perto da cama dela tem um par de óculos, as pernas esticadas, olhando para a porta com seu olhar vazio.

Agi. Essa mulher se chama Agi e é minha amiga. Eu a conheço. Estou impressionada comigo mesma por me lembrar de tudo isso.

Por isso amo o Drake. Ele me beijou na praia e me fez lembrar.

Eu me sinto sã. E me sinto racional. Sinto que dormi por muito tempo.

Eu me sinto normal. Não estou flutuando no tempo e no espaço; sinto falta disso, mas estou satisfeita, porque tenho um trabalho a fazer.

Minha máquina está ao meu lado. Meu telefone. Pego o aparelho e olho o que está acontecendo, e me arrependo imediatamente.

Irmãzinha,

Imagine que você é mãe de um filho que está em seu leito de morte. Você tem certeza de que a outra filha, aquela de quem você costuma cuidar, está bem, então vai ficar perto daquele que tem os tumores. Mas acontece que a outra filha não está segura em casa com a amiga, e, quando você finalmente a rastreia, ela está no polo Norte procurando um garoto.
Eles descobriram onde você está em dois segundos, só precisaram procurar. A mamãe decidiu ficar junto do leito de morte, e Steve acabou de partir para te buscar. Atenção: ele vai aparecer em Svalbard em um dia mais ou menos, e vai te achar muito mais depressa do que você achou o seu Drake. Vai te trazer direto para Paris, provavelmente em uma camisa de força.
Eles acionaram a polícia, claro, e, se houver um policial nessa ilha, ele vai começar a te procurar assim que a pessoa certa passar as mensagens certas.
A Paige contou a eles sobre sua ligação com o Drake, e também contou que não esteve com você em casa nem por um momento e que te viu a caminho da estação com um casaco de pele, a mala e a palavra "Spitsbergen" escrita na mão em letras grandes. Ela é uma boa detetive, embora tenha pensado que você estava a caminho da Gay Paree, já que, se entendi bem, você disse que era isso que estava acontecendo. Ela achou que "Spitsbergen" era só uma obsessão. Diz que nunca imaginou que você poderia realmente ir para lá. Os pais não estão contentes por ela ter te abandonado. Ela está muito arrependida e preocupada, e caiu na real: parece que foi a mãe dela, aquela mulher tóxica, que a incentivou.
E então eles se deram conta de que você fugiu para o Ártico para a aventura de procurar o garoto. Nossa mãe é obcecada

pela sua proteção, superprotetora a ponto de não aceitar que você tem seus direitos, e eu sei que em alguma medida você sabe disso. De agora em diante, ela vai ficar ainda mais desesperada para te manter no radar. Você vai ter que tirar o máximo proveito da liberdade que tem agora.

Meu tempo está acabando. Odeio isso. Não quero morrer. Eu tenho vinte e quatro anos, e pessoas de vinte e quatro anos não morrem. Não é justo. Eu me enfureço com a ideia de a cortina baixar, mas estou me forçando a deixar isso de lado por um momento e pensar em você. Tenho algumas coisas para dizer:

Não deixe que eles te obriguem a voltar a tomar calmantes. Seja você mesma. Se você é difícil, esquisita, estranha ou engraçada, tudo bem. Essa é você, Flora. A pessoa que é agora, com todas as suas imperfeições e dificuldades. A pessoa que pode ser um chute no saco, que faz os pais arrancarem os cabelos, que escreve e-mails malucos e adoráveis, que se apaixonou por um garoto em uma praia da Cornualha e foi atrás dele no fim da Terra. Essa é você. Essa é minha irmã. Você tem amnésia, mas está viva. Então viva a sua vida.

Você perguntou por que eu fugi para Paris e cortei todo e qualquer contato com os pais. Foi porque eu não suportava ver como eles te tratavam. Eles te mantinham medicada placidamente em casa. Não te deixavam ser quem você é. Eu avisei que, se continuassem fazendo você tomar aqueles comprimidos (de que não precisa, não existe remédio para amnésia anterógrada, já que você não tem epilepsia, e todas as pílulas são calmantes para te manter quieta e dócil), eu iria embora e nunca mais falaria com eles. Eles continuaram, então eu fui embora. Mas mantive contato com você, minha

Flora. Eles bloquearam meu número no seu celular, mas sempre
encontrei maneiras de te alcançar. Trocamos e-mails,
conversamos, mandamos cartas. Eu mandava cartões-postais
sempre, mas nunca soube se você os recebia. Espero que sim.
Até duas semanas atrás, meu contato com os pais se limitava a
um cartão de Natal, e só os vi uma vez, e foi graças a você.
Depois recebi a terrível notícia sobre mim e tudo mudou,
voltei a precisar deles.
Então, essa é a verdade. Já disse isso antes, e queria poder
ficar repetindo para sempre, mas não posso. Você não vai
lembrar, mas já parou de tomar os comprimidos antes, e coisas
malucas e maravilhosas aconteceram. Os pais odiaram, mas
você e eu AMAMOS. Vivemos momentos juntos, e eu queria que
você pudesse ter essas lembranças, minha querida. Nós
caminhamos, rimos, fizemos compras e brincamos de esconder.
Vimos filmes. Passamos a noite toda conversando. Você é meu
universo.
Espero poder te ver.
Se não der... bem, obrigado por tudo. Foi demais.

Beijos, Jacob

Olho para a mensagem de Jacob. Eu o amo e ele vai morrer. Já fugi antes. Minha mãe e meu pai mentem para mim há anos e anos, e não posso confiar neles. Preciso escrever isto: *não confie na mãe e no pai*. Preciso encontrar Drake, e essa é a única coisa em que posso pensar agora, porque uma pessoa da polícia vem me buscar e me levar para casa, e, se não o tiver encontrado até lá, nunca mais.

Meu pai está vindo. Escrevo isso no braço. As letras saem trêmulas.

Tem toneladas de mensagens e e-mails dos pais, mas não leio nenhum. Sento na cama e fico observando Agi dormir. Levanto, sento rapidamente de novo na cama. Minha cabeça dói. Estou enjoada. Sinto um gosto estranho na boca.

Meu estômago revira. Estou de calcinha e camiseta, mas o jeans na outra cama é meu (tem meu nome na etiqueta), e eu me visto o mais depressa que posso e abro a porta. Deve haver um banheiro por perto, porque sempre tem banheiros perto dos quartos.

Ando pelo corredor sabendo que preciso encontrar um banheiro com urgência. Tento abrir todas as portas, inclusive as que têm números, e a sexta porta se abre para um cômodo escuro com cheiro de gel de banho, vapor e outras pessoas. Encontro o interruptor e descubro que, sim, isso é um banheiro. Consigo trancar a porta depois de entrar e me debruço sobre o vaso antes de vomitar violentamente.

Tinha esquecido (é claro) como é vomitar, mas agora me lembro de quando eu era pequena. Meu estômago se comprime, e o vaso fica cheio de um líquido fino e fedido. Definitivamente, nunca mais vou beber cerveja. Assim que puder, vou escrever isso na minha mão e, mais tarde, vou anotar também no caderno. É importante que isso se torne uma regra de vida.

Ajoelhada, tento segurar o cabelo até tudo isso acabar. Meus olhos estão cheios de lágrimas, e quero voltar para a cama e dormir de novo. Mas a polícia está me procurando, e meu pai (ou "Steve") vem me buscar, e, embora eu queira ir para Paris porque quero ver Jacob, não quero ver os pais que me doparam para me tornar mais fácil de comandar. Quero ver Drake. Não posso ir embora sem ver Drake. Eu o vi em um barco. Sei que vi. Vi Drake em um barco.

Jacob é a única pessoa em quem posso confiar, e ele vai morrer.

Como tem um chuveiro aqui, tiro toda a roupa e deixo a água quente lavar os vestígios de enjoo. Pego um pouco do gel de banho e do xampu que estão bem ali e me lavo adequadamente. Não tenho toalha, é claro, então me seco mais ou menos com o papel que tem ao lado do vaso e me visto. Tudo parece meio úmido, mas não faz mal. Escovo os dentes com um pouco da pasta de alguém no dedo. Minha boca fica imediatamente fresca e gostosa como neve.

Demoro um pouco para encontrar o quarto certo, mas é a única porta que não está trancada, porque não a fechei direito quando saí. A mulher, Agi, ainda dorme, e eu pego tudo que acho que é meu, inclusive o casaco de pele que tem FLORA na etiqueta, e a bolsa, onde está meu caderno, e saio. Não tem mais ninguém acordado. Olho o celular e descubro que é porque são cinco e dez da manhã.

Às oito, a mulher que trabalha na loja de sapatos chega e me encontra esperando na porta da loja. De acordo com minhas anotações, ela foi legal comigo e vendeu as botas para mim. Examinando o celular e o caderno, descobri muitas coisas e encontrei o recibo da compra entre as páginas. Tinha o nome da loja, e aqui estou eu, pronta para pedir ajuda a ela. Tenho uma folha de fatos que preparei agora há pouco, onde defini tudo que preciso falar e perguntar a ela.

A mulher para quando me vê.

— Flora. — Ela tem olhos bondosos, o cabelo longo e grisalho e está usando jeans e suéter vermelho. — Entra, é claro, mas o que você está fazendo aqui? Vou ligar para a pousada e pedir para a Agi vir te buscar.

— Preciso da sua ajuda com um assunto, e eles vêm me buscar de qualquer jeito. Um homem vem me buscar. É o meu pai. Eles chamaram a polícia, mas não quero ver a polícia.

— Seu pai vem te buscar? Ah, essa notícia é excelente. Fico muito satisfeita. E a polícia aqui é boa. Eles não têm muito para fazer. Não acontece muita coisa. Depois que terminarmos esta conversa, vou ligar para eles e avisar que você está aqui.

Entro na loja e sento onde ela diz que devo sentar, em uma banqueta atrás do computador, enquanto ela anda de um lado para o outro fazendo coisas.

— Desculpa — começo. — Eu devia saber, mas como é o seu nome?

Ela para, vira e olha para mim.

— Henny, minha querida, Henny Osterberg. E sabe de uma coisa? Eu ainda não tinha falado o meu nome. Você não esqueceu. Estou me apresentando agora.

— Ah, que bom! Como uma pessoa normal.

— Como uma pessoa normal. Um café?

Enquanto ela prepara o café, eu conto o que me trouxe aqui.

— Na última vez você disse para eu tentar no Instituto Polar — explico, estudando seu rosto para ter certeza de que é isso mesmo. É o que está escrito na minha folha de fatos, e eu copiei tudo do caderno. — Para procurar o Drake. Fui até lá, mas estava fechado. Ele veio para cá para estudar. Ele me beijou na praia.

Duas figuras sombrias se beijando em uma praia escura. Eu as vejo, mas não consigo ouvir o que dizem. Antes eu conseguia ouvir as palavras, e agora elas sumiram.

— Certo. O seu pai está vindo e você quer tentar encontrá-lo mais uma vez, enquanto pode? Os seus pais não vão entender sobre o garoto?

— Sim. Agora. Acho que o vi ontem à noite. Em um barco.

— Não conheço o seu Drake, minha querida. Falei para você ir ao Instituto Polar porque fica no mesmo prédio da UNIS, e é lá que a pesquisa acontece. — Ela me dá uma caneca. — Cuidado, está quente. Mas, Flora, ele está aqui, e você está certa. Toby o encontrou na cafeteria há alguns dias e falou que havia uma moça procurando por ele, e ele ficou um pouco assustado, porque... — Ela para e respira fundo. — Bem, ele tem uma namorada aqui. Lamento muito ter que dizer isso, mas é verdade. O Toby queria te contar, mas ficou com receio de te deixar muito perturbada tão longe de casa. Mas você precisa saber. É uma cientista russa mais velha que ele. Nadia Ivanova. Conheço a Nadia, porque ela está aqui há dois anos.

— O Drake tem namorada?

— Sinto muito, querida.

— Ele tem namorada. Mas sou eu. Não é Nadia Ivanova.

Drake é meu namorado. Era da Paige, mas depois eu o beijei na praia, e agora ele é meu. Empurro as palavras de Henny Osterberg para fora da minha cabeça.

— Onde ele mora?

Drake ficou amigo de uma garota porque pensa que estou em Penzance. Ele passa o tempo com uma cientista russa mais velha porque está solitário. Eles só falam sobre ciência, provavelmente.

— Bem, ela mora em um lugar afastado, uma casa do outro lado da água. Trabalha lá e vem para a universidade em um barquinho. Ela rema até aqui. Pelo que sei, o Drake passa muito tempo lá.

— Então eu o vi ontem à noite! Eu vi! Em um barco!

— Sim, Flora, parece que você o viu.

Bebo um gole do meu café. Eu o vi. Fiz o que vim fazer aqui, encontrei Drake. Andei pela cidade até encontrá-lo. Mal posso conter minha alegria. Estou sorrindo como uma idiota. Toco meu rosto. E agora essa mulher está me dizendo aonde tenho que ir para encontrá-lo.

— Ela mora do outro lado da água?

— Sim. Aparentemente, Longyearbyen não é suficientemente isolada! É a única casa do lado de lá. Dá para ver do píer.

— E o Drake está lá agora?

— Ah, não, menina. Vamos telefonar para a Nadia e pedir para o Drake vir aqui falar com você. Se o seu pai vem te buscar, é melhor ficar por perto. Mas entendo que você tenha que ter esse encontro antes de ir, ou acho que você vai acabar voltando, não é?

— Provavelmente.

— Tomou café da manhã?

— Não. Quer que eu vá buscar alguma coisa? Para você e para mim? Henny me encara. Seja qual for o teste, parece que fui aprovada.

— Vai lá, então. — Ela me dá dinheiro. — Vá ao supermercado do outro lado da rua, na praça, na frente do bar. Compre alguma coisa na seção de padaria. Certo? Pode trazer leite também? Se conseguiu vir da Inglaterra até aqui, acho que consegue comprar comida. Confio em você.

Escrevo em um pedaço de papel: Padaria e leite. Henny. Loja. A maioria das inscrições desapareceu da minha mão, e escrevo nela também.

— Obrigada, Henny. Você é muito legal comigo.

— Volte direto para cá, e vamos tentar fazer o Drake vir te ver. Prometo que vou cuidar disso. Mas, Flora, você tem que voltar direto para cá. Certo?

— Sim. Eu volto depressa.

Pego minha bolsa, ponho o caderno e a folha de fatos dentro dela e saio da loja. Viro à direita, porque é lá que fica o supermercado com a padaria, e ando obediente ao longo da praça. Atravesso a rua. Sigo em direção ao supermercado. E continuo andando, desço a rua paralela à da loja de Henny.

Começo a correr. Eu me sinto mal com isso, porque ela é legal comigo, mas acabou de me dizer onde posso encontrar Drake, e não tem outra coisa que eu possa fazer senão ir até lá antes que a polícia me leve embora.

No período entre a hora em que saí da pousada e a chegada à loja de Henny, li minha troca de e-mails com Drake. Estou inundada de amor. Drake é real. Ele me beijou na praia, e depois escreveu mensagens maravilhosas para mim. Ele está aqui de verdade, e agora sei em que casa ele está.

Drake escreveu:

Não consigo parar de pensar em você.

E também:

Passo mais tempo do que você pode imaginar pensando em você nua.

Ele escreveu:

Seu corpo é perfeito. Eu sei que é.

E escreveu:

Também amo você.

    Eu o amo e ele me ama. Mesmo que tenha uma pessoa chamada Nadia, quero ir até ele, respirar seu ar, olhar em seus olhos. Quero tocá-lo com meus dedos. Quero tocar seu rosto, seu cabelo. Quero sentir seu cheiro. Não posso ir para casa sem fazer essas coisas.
    Corro para o píer. Hoje o sol está brilhando e as nuvens são finas e bonitas, e não vai nevar. Elas dançam pelo céu a caminho de outro lugar onde vão despejar a neve mais tarde.
    Tem muitos barquinhos por ali, amarrados com cordas fortes ao píer de madeira. Um homem de macacão azul está fazendo alguma coisa em um barco grande, e ele sorri e levanta a mão para me cumprimentar. Aceno de volta e tento pensar depressa no que fazer. Preciso continuar em movimento.
    Henny disse que a casa era a única que dava para ver. Só tem uma casa do lado de lá, um pouco acima da orla, à esquerda. Acho que já

notei aquela casa antes. Sento, pego meu caderno e escrevo um bilhete rápido.

Desculpe, peguei seu barco emprestado. Não é roubo, vou devolver. Aqui está um dinheiro pelo aluguel.

Caminho confiante em direção ao menor barco a remo, que está ancorado no canto da estrutura de madeira, e deixo o bilhete e o dinheiro embaixo de uma pedra ao lado dele. Desamarro a corda do barco como se tivesse todo o direito de usá-lo. Ela está enrolada em torno de uma estaca de metal no píer, é fácil soltá-la. Não sei bem o que fazer a seguir, então seguro a corda e pulo dentro do barco, que balança, mas não vira.

É difícil tirar os remos do lugar, e é claro que nem imagino como usá-los, mas consigo encaixá-los no suporte de metal.

Sob o sol brilhante do Ártico, começo a deslizar pela água para ir encontrar o amor da minha vida. Aconteça o que acontecer a seguir, vou encontrá-lo, e isso vai mudar tudo.

O homem no píer está gritando alguma coisa, mas não olho para trás. Já devo ter remado um barco antes, porque meus braços sabem o que fazer, e me inclino para trás e para a frente movendo os remos, que cortam a água, usando-os para me impulsionar como se estivéssemos em um meio sólido.

Isso não parece ser real, mas acho que é. Estou na água, remando ao encontro de Drake, e o mundo se reduziu ao meu entorno, de um jeito que isso é tudo que existe. Esta sou eu, Flora, sendo corajosa, finalmente.

O sol está à minha direita, ofuscando a visão desse lado. Assim que a cidade, os barcos, o homem e as máquinas ficam para trás, tento esquecê-los. Duas aves me acompanham por um tempo. São pequenas, e eu as reconheço de fotos, mas não sei o nome delas. São lisas e brilhantes, pretas e brancas, com bicos curvados e listrados de amarelo e vermelho. Elas deslizam sobre a água rumo à terra, balançando um pouco sobre a superfície, depois decolam usando a água como pista. Gosto de suas costas pretas, do rosto branco e do vermelho no bico. Elas são minhas amigas. Já as vi em livros quando eu era pequena.

Eu beijei o Drake, e trocamos e-mails apaixonados e maravilhosos que ninguém jamais viu, neste ou em outro mundo. Ele me amava naquela época e vai me amar agora.

Acho que estou remando errado. De repente penso que deveria estar de costas para Drake, de costas para a cabana. Estou remando de frente, olhando determinada para o destino. Isso não funciona, e meus braços estão protestando. Mudo de posição no barco e olho para a cidade, mas não me permito ver que agora tem duas pessoas acenando do píer.

É muito mais fácil remar assim, e me pergunto quando fiz isso antes. Não importa. Vejo o contorno da cidade ficando cada vez menor e mais longe. Mais aves pousam na água perto de mim, e algumas deslizam ao lado do barco por um tempo, me fazendo companhia.

— Obrigada — digo a elas. Papagaios-do-mar. São papagaios-do-mar. Fico muito feliz comigo mesma. — Obrigada, papagaios-do-mar — digo. Elas respondem que não foi nada.

Drake está na minha frente. Estou remando pela água cintilante em direção a Drake Andreasson, o amor da minha vida.

20

TEM UM BARCO FORA DA ÁGUA, NA ENCOSTA COBERTA DE NEVE DA ORLA, e eu deixo o meu ao lado. Meus braços queimam de um jeito prazeroso.

Fico parada por um momento e olho para cima. A casa agora está perto de mim, só um pouco acima pela encosta, onde a inclinação ainda é suave.

Não posso parar para pensar ou me preocupar com nada. O e-mail de Jacob que li hoje de manhã passa pela minha cabeça. Meu irmão disse para eu ser eu mesma e viver minha vida. Inspiro as palavras e o imagino ao meu lado, me incentivando, enquanto caminho para a casa e, antes que possa me deter, bato na porta. Bato com força quatro vezes seguidas.

A casa é de madeira e tem um telhado inclinado perfeito e uma chaminé. É como uma casinha de um livro infantil. A porta é pintada de preto. Tem cortinas nas janelas, e elas estão abertas, mas não me movo para olhar para dentro. Fico onde estou e espero.

Meu coração está batendo forte. Alguma coisa está para acontecer. Espero, espero e espero. Bato de novo. Tem movimento lá dentro.

A porta se abre devagar, mas não tem ninguém. Dou um passo para entrar, e de repente ele está ali.

Drake Andreasson, o amor da minha vida, está bem ali. Não existe distância entre nós. Eu me jogo em cima dele. É isso. Tudo o que fiz foi por este momento. Eu me jogo em seus braços, e lágrimas escorrem pelo meu rosto. Sinto o cheiro dele. Eu o beijei na praia. Lembro de seu cheiro.

Ele me tira do chão e beija meus lábios.
Não.

Ele se aproxima, passa um braço sobre meus ombros e me puxa para perto.
Não.

Ele diz: "Flora, não acredito que você está aqui".
Não.

Nossos olhos se encontram e algo se passa entre nós.
Não.

Ele me empurra para fora e fecha a porta na minha cara. É isso que acontece.
Ele diz:
— Que porra você veio fazer aqui, Flora? Meu Deus! — E põe as mãos sobre meus ombros, me empurra para fora e bate a porta. Tento enfiar o pé na soleira para impedir, mas é tarde demais. A porta se fecha e eu fico ali sozinha com o pé encostado na porta fechada. Ouço o barulho da chave na fechadura do outro lado.
Olho para a porta. Isso não está certo. Ouço pessoas gritando lá dentro. A voz de Drake, e uma mulher gritando de volta. Não sei o que fazer. Não consigo pensar ou sentir nada, então fico exatamente onde estou e espero.

Quando a porta se abre de novo, vejo uma mulher linda do outro lado.

— Oi — ela diz. O sotaque deve ser americano. A mulher tem cabelo longo e liso e parece uma bailarina.

Olho para ela, mas não tenho voz para responder.

— Quer entrar? — pergunta a mulher.

Ouço a voz de Drake atrás dela.

— Ela não vai entrar. Essa maluca me persegue!

A mulher segura meu braço e me conduz para dentro da casa.

— Vem — ela fala. — Entra e conta pra gente o que está acontecendo. — E olha para Drake. — Ela não é uma ameaça, seu idiota. Olha para ela. Você não pode bater a porta na cara dela, Drake. O que está acontecendo?

Drake não me olha. Ele usa os óculos de armação pesada. O cabelo está um pouco mais comprido e bagunçado do que era quando o beijei na praia. Drake usa jeans e uma camiseta azul-escura, e seus braços são mais musculosos do que eu lembrava.

— Ela é maluca — ele diz.

Tento fingir que ele não disse isso. Tento entender como tudo pode estar dando tão errado. Fiz o que vim fazer aqui. Encontrei Drake. Lembrei que ele me beijou e escreveu palavras incríveis que ainda estão na minha cabeça. Não entendo por que ele se comporta desse jeito horrível.

— Drake — falo. Agora estou dentro da casa. A mulher fecha a porta, e estamos em um hall onde tem dois casacos pesados pendurados em um cabide de parede. Aqui dentro é quente. — Eu quis vir procurar você porque... — Respiro fundo. Essa é a coisa mais importante que fiz na vida. — Porque eu te amo e você me ama. Você me beijou na praia. Eu lembro. Você me fez lembrar. Fez isso acontecer. Eu posso ver que... — Não consigo concluir a frase, porque não sei o que dizer. Aceno para mostrar que tem uma mulher linda ao meu lado. Toco minha pele imperfeita.

— Flora.

Olho para ele. Olho nos olhos dele, sorvendo-o. Ele me encara por uma fração de segundo e desvia o olhar.

— Flora — repete. Ele está estranho. Tento olhar em seus olhos, mas é impossível, porque ele só olha à minha volta, nunca para o meu rosto. — Escuta, eu fiquei sabendo que você estava na cidade. O garçom da cafeteria disse que uma garota estava me procurando, e, quando ele descreveu essa garota, me dei conta de que era você. Mas... nem por um segundo imaginei que poderia ser mesmo, sabe? Ser você. Não você. Não Flora Banks. Não a amiga da Paige. — Ele parece desconfortável. — Os seus pais sabem que você está aqui?

— Sabem. Drake, eu vim te procurar porque eu te amo.

— Eu sei, você já disse isso. Mas... Flora, escuta. Não sei o que você imagina que está acontecendo.

— Você me beijou na praia e mandou e-mails lindos para mim.

Ele olha nos meus olhos por alguns segundos. Abre a boca. Fecha de novo, vira e se afasta. Olho para a mulher. Nadia.

— Nadia, não se preocupe. — Meu tom de voz é estranho, porque não sei como agir. Preciso falar tudo depressa, enquanto as coisas ainda estão na minha cabeça, porque acho que elas desaparecem da minha cabeça. — Isso aconteceu antes de ele conhecer você. Antes de ele vir para cá. Teve uma festa quando ele estava indo embora de Penzance, e depois da festa ele foi me procurar na praia e nós nos beijamos. Ele disse coisas maravilhosas. E me deu esta pedra. — Eu a tiro do bolso do casaco, onde ela sempre fica, e mostro para os dois. — Esta pedra preta. — Sei que a segunda pedra também está lá, mas este não é o momento para dar a ele. Eu vou dar a pedra quando tudo estiver resolvido.

— Flora — diz Drake —, eu não te dei essa pedra. Ela estava no meu quarto. Você foi ao meu quarto em Penzance e pegou a pedra. Eu não te dei uma pedra. Mas você esteve no meu quarto e pegou várias coisas minhas. A tia Kate me contou. A Paige ia pegar tudo, mas não foi.

Balanço a cabeça e apago as palavras erradas que ele está dizendo.

— Depois ele veio embora para cá, mas me mandou um e-mail. Eu respondi, e nós trocamos várias mensagens. Foi incrível. Isso nunca tinha acontecido comigo.

Olho para Drake.

— Você disse as coisas mais bonitas. Fez com que eu me sentisse normal. Melhor que normal. Você me fez sentir... viva. Viva e diferente de um jeito maravilhoso. Não de um jeito esquisito. E eu me lembro do nosso beijo. Você me fez lembrar.

— Flora...

— Depois você perguntou se eu podia vir para cá. Acabei de ler todos os e-mails de novo, por isso eu sei. Eles ainda estão na minha cabeça. Você não pode me dizer que não existiram, porque eu tenho todos bem aqui. E eu vim porque você é a melhor coisa na minha vida, porque ainda consigo me lembrar de ter beijado você na praia. Eu lembro. Essa é a única coisa que não desaparece. E é assim porque você é a única pessoa que já me amou como eu sou, que não tentou me tornar comum, que não pensou que ser comum seria ótimo para mim. Você e o meu irmão Jacob. Todos os outros mentem para mim. Eu tive que vir encontrar você. Olha... o seu nome está no meu braço. — Levanto a manga da blusa.

Drake faz uma careta. Nadia olha para o meu braço.

Ela o empurra para o lado e passa um braço sobre meus ombros.

— Senta aqui, Flora — ela diz. Seu inglês tem sotaque americano, mas ela é russa. Ela é Nadia, a cientista russa. Eu lembro o que Henny falou.

Percebo que estou chorando. Lágrimas correm pelas minhas faces. Toco meu rosto. A pele não é tão áspera como eu esperava.

A sala de estar é quente e aconchegante. As paredes são pintadas de vermelho-escuro. Os sofás e as poltronas são fofos e cobertos de almofadas. Tem um tapete no chão e dois grandes aquecedores. Em um canto, uma mesa com um computador e uma pilha enorme de papéis. Ouço música tocando ao fundo, alguma coisa com orquestra cantada por um homem de voz grave.

Nadia me leva ao sofá e me faz sentar.

— Vai, Drake, pelo amor de Deus — diz Nadia. — Ela veio até aqui para procurar você. Tem o seu *nome* cortado no *braço*. Lide com isso.

— Mas, Nadia — Drake responde em voz baixa, como se assim pudesse me impedir de ouvi-lo —, eu não sei do que ela está falando. Ela é amiga da Paige. Aquela que perde a memória. Eu já falei sobre ela. Os pais tentam mantê-la em casa. Eles mentem para ela. Sobre isso ela tem razão.

Não consigo falar, porque parece que estou chorando muito.

— Bom, se tentam mantê-la em casa, acho que não estão se esforçando muito. — Ela olha para mim. — Para quem nós podemos telefonar? — Nadia toca meu ombro. — Vou buscar alguma coisa para você beber. Fica aqui sentada. Está tudo bem. Você vai ficar bem. Drake, por favor, fala com ela. A menina não está bem, mas não é perigosa. Seja gentil. Ela é jovem. Não acredito que você a deixou lá fora na neve.

Enquanto Nadia vai até a cozinha, Drake senta ao meu lado no sofá. Ele toca meu ombro de um jeito hesitante, e eu me apoio em seu peito e choro, choro e choro. Sinto o tecido da camiseta ficando molhado com minhas lágrimas e fungo, mas continuo chorando. Ele tem exatamente o mesmo cheiro de que me lembro.

— Flora — Drake fala quando paro para respirar. — Flora, vamos conversar sobre isso. Consegue se acalmar para a gente conversar?

Com um enorme esforço, eu me controlo. Paro de chorar. Respiro fundo. Quero me afastar, sumir, ter três ou sete anos, acordar em um lugar e um tempo diferentes, mas faço um esforço e fico bem ali. Não vou para o teto. Isso é importante.

Estou com Drake. Só preciso dizer as palavras certas na ordem certa, e tudo vai ser perfeito.

— Flora — ele diz —, não sei o que você pensa que aconteceu entre nós, mas não aconteceu. Você era amiga da Paige. Só isso. Eu nunca te beijei em praia nenhuma, Flora. Eu nunca te convidei para vir aqui.

Fito seus olhos escuros. O cabelo cai sobre o rosto. Ele se afastou um pouco, e agora não nos tocamos mais. Queria que ele pusesse um braço sobre meus ombros, mas sei que isso não vai acontecer.

Ele me beijou na praia. Beijou. Não vou deixar Drake sair dessa. Sei que ele me beijou porque eu lembro.

— Você me beijou. Eu estava na praia e você chegou. Disse coisas lindas. A Paige sabe. Por isso ela não fala mais comigo.

— É. — Ele suspira profundamente. — E é aí que a coisa fica complicada. Caramba. A última coisa que eu esperava era que isso me seguisse até aqui. Olha só. A Paige me mandou vários e-mails furiosos logo que eu cheguei aqui. Ela me acusou de dormir com você. Disse que sabia de tudo. E me falou coisas horríveis por eu ter me metido com alguém tão vulnerável quanto você, estragado a amizade entre vocês duas e ter sido um canalha egoísta. Esse tipo de coisa. E a verdade é que ela tem razão de estar furiosa comigo. Eu fui até a praia naquela noite em Penzance e beijei uma garota. Não foi o meu melhor momento. Eu beijei a Lily. Ela estava na festa. É amiga do meu primo. Ela estava na festa e eu estava bêbado, e estava me preparando para deixar a Cornualha para sempre e... bom, uma coisa levou a outra, e eu sou um idiota, não sou um cara muito legal às vezes, e estava de partida, e acabei sentado na praia com ela, era minha última noite na Cornualha e... sim, eu beijei a garota. Mas foi a Lily, Flora. Não foi você. Mas eu olhei em volta e você estava lá, apoiada na grade, olhando para a gente. Eu sabia que você ia contar para a Paige.

Ele está mentindo. Sei que está mentindo. O rosto dele diz que é mentira.

— Mas nunca imaginei que você diria à Paige que eu te beijei. Sinto muito por isso ter mexido tanto com a sua cabeça. Tanto que você acha que lembra. Entendeu? Sinto muito. De verdade.

Nadia está na nossa frente. Não sei há quanto tempo ela está aqui. Quando olho em sua direção, ela me dá um copo com um líquido escuro.

— Bebe — diz. — É conhaque. Lamento por você se sentir desse jeito. Acho que você é muito corajosa e o Drake é um idiota.

— Ele está mentindo — respondo. — Eu sei que ele me beijou. Eu lembro. Sei que coisas ele me disse. — Não posso contar, porque me sinto humilhada. Respiro fundo. — E tem as mensagens que ele mandou. Os e-mails mais lindos. Ele era diferente de como é agora. — Olho para Drake. — Completamente diferente. Eu sei que ele escreveu os e-mails, porque li todos hoje de manhã.

— Juro que não mandei e-mail nenhum. Nunca mandei um e-mail para você em toda a minha vida. — Ele olha para Nadia. — É verdade. Sério.

— Mandei uma mensagem para você. — Eu vi no meu telefone há uma hora. Sei que mandei uma mensagem para ele.

— Você nem tem o meu número aqui. O número antigo que eu usava na Inglaterra não funciona mais. Se mandou alguma mensagem, eu não recebi.

Nadia está perfeitamente maquiada, vestida com um jeans justo e uma blusa preta salpicada de tachinhas. Não parece uma pessoa que mora em um chalé isolado em um lugar frio.

Pego minha bolsa.

— Tenho os e-mails bem aqui. — Abro a bolsa, consciente de que tem uma grande chance de eles não estarem ali, de eu ter tirado os e-mails de lá para mostrar para Henny ou jogado as folhas no mar gelado. Mas eles estão lá. — Olha.

Não sei bem para quem dar o maço de folhas de papel, mas acabo entregando a Drake, porque as mensagens são dele. Nadia se espreme ao lado dele no sofá, e eu me afasto para abrir espaço. Drake não desliza para o espaço que acabei de ceder. Nadia se senta ali.

Meu Drake, o amor da minha vida, não me quer perto dele.

Drake lê as próprias palavras e parece incomodado quando deixa as folhas com Nadia e se levanta e começa a andar pela sala. Não consigo mais olhar para ele. Não sei o que pensar. Não sei se tinha alguma Lily na festa ou se ele está dizendo qualquer coisa por saber que ninguém no mundo vai acreditar em mim, se ele me desmentir.

Nadia lê cada palavra impressa.

Drake abre o laptop.

— Olha — diz —, o endereço de e-mail que tem aí não é o meu. Essas mensagens foram enviadas por DrakeAndreasson@hotmail.com. Meu e-mail é... — ele olha rapidamente para mim — um endereço do Google. Acho que ninguém mais usa Hotmail, usa?

— É verdade — Nadia confirma com um tom gentil. — Esse endereço não é o que o Drake costuma usar, mas... — ela o encara com ar duro — talvez ele tenha um e-mail que eu não conheço. Drake... se você escreveu essas mensagens, tudo bem. Eu não me importo, *de verdade*. Mas vou me importar se você estiver brincando com a cabeça de uma menina doente. Isso me incomodaria muito.

— Eu não escrevi. Você sabe que eu nunca estive nas antenas de satélite, não sabe? Não escrevi uma palavra do que tem aí.

— Quem foi, então? — pergunto. Bebo todo o conhaque do copo que Nadia pôs em minha mão e fico em pé. Estou furiosa. — Olha para esses papéis. Os e-mails existem. Eu vim até aqui, até este lugar frio, por causa dessas mensagens. Elas significam tudo. Mudaram meu universo. Eu vim aqui te procurar. Você disse: "Se você estivesse aqui as coisas seriam diferentes". Bom, eu estou aqui. Eu sei que não quer me ver, mas você não pode mentir na minha cara desse jeito. Todo mundo mente, menos o Jacob, e isso vai parar. Essas mensagens são reais. Vou te mostrar. Vou mostrar as mensagens na minha conta de e-mail. Na minha caixa de entrada.

Ele se afasta do computador. Sou movida pela mais absoluta fúria. Meus dedos tremem. Sento na cadeira, que é um modelo especial, sem encosto.

Estou no teto me observando. Meus dedos castigam o teclado. Nadia se levanta e para atrás de mim com Drake. Ele tenta segurar a mão dela, mas ela se esquiva. Não parece muito amistosa com ele.

Drake olha para a tela. Fica paralisado.

Ela olha para a tela. Fica paralisada.

Volto ao meu corpo e também olho para a tela. Estou fazendo um esforço enorme para não ficar paralisada, como eles.

— Estão vendo? — pergunto, mesmo sabendo que tem algo errado. Ouço o tremor em minha voz. — Aí estão. As mensagens. Bem aqui.

Estou olhando para a caixa de entrada na tela, mas todas as mensagens nela vêm de Flora Banks. Essa não pode ser a caixa de entrada da minha conta. Fiz alguma coisa errada.

Olho para o topo da tela. Essa conta pertence a DrakeAndreasson@hotmail.com. E ali estão todas as mensagens da nossa correspondência. Todas elas.

— Você tem essa conta no seu computador — falo, mas minha voz desaparece.

— Flora. — Agora Drake está bravo. — Você mesma fez o login nessa conta. Você fez isso. Escreveu as mensagens. Criou a conta. E depois veio aqui. Você me perseguiu, quando não devia ter autorização nem para sair de casa. Nunca. Vou chamar a polícia, e eles vão te levar para casa. Você... — Ele para e sopra o ar pela boca.

Olho para a tela. Meus dedos acabaram de fazer isso. Eles me levaram diretamente à conta de e-mail de Drake. Tento pensar em uma explicação diferente. Ela já estava lá, na tela. Ele fez o login enquanto Nadia lia os e-mails. Ia tentar deletar a conta.

Eu escrevi as mensagens.

Não posso ter escrito as mensagens. Eu as recebi. Não posso tê-las escrito também.

— Para, Drake! — Nadia está dizendo. — Escuta o que você está falando, por favor. A garota não está bem. Ela precisa de ajuda. A gente precisa cuidar dela. Mas temos que chamar a polícia, porque eles vão nos ajudar a cuidar dela.

— Não — protesto. Estou em pé. — Não chamem ninguém. Não façam nada. Esqueçam. Esqueçam tudo isso. Estou indo embora.

Pego meu casaco em uma cadeira e corro para a porta da frente. Nenhum dos dois faz muito esforço para me impedir de ir.

— Você está... — Nadia está dizendo a Drake quando saio. Ela continua falando, mas eu vou embora.

Não posso voltar, então corro para o outro lado. Os dois barquinhos estão na praia, na minha frente, mas subo a encosta atrás do chalé. O sol está brilhando. A subida vai ficando mais íngreme. Pedrinhas brotam da neve. Alguma coisa que parece uma raposa foge de mim ao longe.

Estou no topo de uma colina, e, embora saiba que fiz algo terrível, não tenho ideia do que é.

Há um minuto ou uma hora eu sabia, mas isso desapareceu da minha cabeça, e não tive tempo de anotar nada, e agora está tudo perdido. Sei que tenho de ficar longe, mas não sei do que estou me escondendo.

Estou no cume de uma montanha em um lugar gélido e impossivelmente bonito. Lá embaixo, bem ao longe, tem uma faixa de água de um lado, com dois barcos a remo na margem. Do outro, o nada. Montanhas se estendem até onde a vista pode alcançar. O céu é do mais profundo azul, o sol é ofuscante. Tem um pouco de neve no chão, mas sinto calor, porque estou vestindo um pesado casaco de pele. A paisagem é clara e nevada. Não pode ser real. Estou me escondendo em algum lugar dentro da minha cabeça.

Quando olho para trás, vejo uma cabana lá embaixo, perto dos barcos; corri para longe dela, subi a montanha, me afastei de tudo que tem dentro dela. Não devia estar aqui fora sozinha, pois sei que existe algum perigo.

Prefiro correr o risco a enfrentar o que tem na cabana.

Como não há árvores aqui, preciso atravessar o cume antes de conseguir me esconder. Assim que passar por ele, estarei em território aberto. Seremos apenas eu, as montanhas, as rochas e a neve. Em pé no topo da montanha, tiro duas pedras lisas do bolso do casaco. Não sei por que estou fazendo isso, mas sei que é essencial. As pedras são pretas e, juntas, se encaixam perfeitamente na palma da minha mão. Eu as jogo, uma depois da outra, com toda a força, o mais longe possível. Elas desaparecem entre as rochas cobertas de neve, e eu fico satisfeita.

Logo terei sumido de vista. Vou encontrar um lugar onde me esconder e não vou me mexer até me lembrar do que fiz. Não importa quanto tempo leve. Provavelmente vou ficar aqui, neste lugar gelado, pelo resto da vida.

21

— **FLORA!**

Tem alguém me chamando. Distante, só consigo ouvir mais ou menos. Não sei quem são essas pessoas ou o que estão fazendo, mas sei que não quero vê-las.

Quero sumir, desaparecer no tempo e no espaço. Quero flutuar para o céu. Quero deixar meu corpo para trás.

Já fiz isso. Estou sozinha no lugar frio. Isto não é real. Nada disto é real. Posso ficar aqui para sempre, sentada na neve neste lugar frio com seu céu azul.

Eu beijei um garoto na praia. Levanto a manga da blusa. Cortei o nome dele no meu braço. Não quero ver as letras, por isso pego um punhado de neve e esfrego na palavra para fazê-la desaparecer.

Quando alguém senta ao meu lado, não viro para olhar.

— Achei você! Meu Deus!

É um homem que não conheço. É um homem que não é o Drake. Ele tem cabelo no rosto e na cabeça, e eu me afasto dele. Criei um assassino que veio acabar com essa parte minha sentada na neve.

— Ei — fala o assassino —, vamos lá. Levanta. Todo mundo está te procurando.

Ele fica em pé e grita alguma coisa para a encosta da montanha em um idioma estranho. Depois estende a mão para me ajudar a levantar, mas eu não a aceito. Ele olha em volta, senta de novo ao meu lado e toca a manga do meu casaco. Ele tem uma pinta marrom no rosto. Para um assassino, ele é gentil.

— Vamos, Flora, você não pode ficar sentada aqui. Não é seguro. Não quer morrer, quer?

Dou de ombros.

— Bom, tudo bem. Talvez você queira. Mas eu não quero, e as outras pessoas que estão procurando você também não. Vem. Temos que entrar.

Não me mexo.

— Lembra de mim?

— Não. — É inútil fingir.

— Toby. Vendi muito café para você, apesar de normalmente eu não cobrar. Vi você diariamente nos últimos quatro dias.

Balanço a cabeça.

— Vou ficar aqui.

Ele se senta ao meu lado.

— Você bebeu demais, e a culpa é nossa. Minha e da Agi. Mas não é motivo para isso. Sua vida é difícil. Você ficou perturbada. As pessoas ficam. O tempo todo. Vem, vamos entrar e conversar. Tem gente preocupada com você.

O homem tem um rosto bondoso, está dizendo coisas legais, mas não quero ele aqui.

— Diz para elas irem embora.

— Elas não vão. Escuta, Flora, você precisa ir para um lugar fechado, porque aqui está em perigo, e está colocando em risco todo mundo que está te procurando.

— Não vou.

— Vai sim. — Ele olha em volta, evidentemente torcendo para alguém aparecer e ajudá-lo. — Escuta, se for preciso eu vou te carregar. Tem ursos aqui. As histórias são terríveis. Se você não for comigo, eu vou ter que te levar.

— Não sou criança.

Sou sim. Fui criança minha vida inteira. As pessoas pegam as crianças e as carregam, quando elas se recusam a cumprir ordens. Tenho dezessete anos, mas estou regredindo, ficando menor. Logo vou deixar de existir.

— Eu te achei incrível, Flora, desde que te conheci. Deu para ver que você é diferente. Veio até Spitsbergen para procurar um garoto. E continuava falando dele, sobre como ele te fez lembrar, como tinha que encontrá-lo depressa, antes que seus pais chegassem. Você é alguém que faz o que tem que fazer. Encontrou o garoto. Não pode desistir agora. Você tem amnésia, mas está viva. Pode viver a sua vida.

Alguém já me disse isso.

— Não posso — respondo. — Eu desisti. Vai embora, por favor.

— Aqui não é seguro, Flora. Eu tenho uma arma.

— Vai atirar em mim?

— Não. É porque estamos no território dos ursos.

— Já atirou em um urso-polar?

— Não. Tive que aprender a usar uma arma para poder esquiar. Mas coisas horríveis acontecem, e você não deve sair assim nunca, sozinha e sem proteção. No inverno é pior, porque não dá para ver nada. Consegue imaginar o inverno aqui?

— Agora deve ser inverno. Está frio.

Ele sorri.

— É verão. Por isso nunca escurece.

— Achei que fosse só na minha cabeça.

— No verão nunca fica escuro por aqui. No inverno nunca tem luz. É escuro como a noite de novembro até o fim de janeiro, quando o sol começa a aparecer. Em março os primeiros raios de sol atingem a cidade, e é tempo de festa. É muito mais fácil ser feliz. Não venha para cá no inverno.

Estremeço.

— Não venho.

Pego a caneta, ergo a manga até onde posso e escrevo no braço: NÃO IR A SVALBARD NO INVERNO. Essa pode se tornar uma das minhas regras.

— Pronto. Agora vamos voltar — ele diz.

Balanço a cabeça. Tento dizer "não posso", mas não consigo falar. Ele passa um braço em torno dos meus ombros e, surpresa por ele ser um ser humano de verdade, quente, me apoio nele. Faço um esforço para parar de chorar antes mesmo de começar realmente.

— Sou uma imprestável — falo. — Não consigo fazer nada. Não sou nem uma pessoa de verdade, porque não sei o que está acontecendo. Não tenho ideia do que estou fazendo aqui. Eu beijei o Drake em uma praia.

Olho para ele esperando a validação. Lembro de ter beijado Drake na praia. De algum jeito isso me trouxe aqui, para a neve, sozinha.

O sol me ofusca. A luz incide diretamente em meus olhos. Estou olhando para a frente, porque não posso encarar esse estranho enquanto falo essas coisas. Não interessa com quem estou falando. Só preciso falar.

— Não sou humana. Só existo, como um animal.

— Bom, se me permite opinar — o homem responde com tom cuidadoso —, penso que você está falando bobagem. Não acha que todo mundo se sente assim? Meio maluco, como se não fosse uma pessoa de verdade, como se não existisse? Todo mundo se sente assim de vez em quando. Lembro que falei com você quando perdeu a sua bolsa. E daí? Você não lembra disso, e talvez seja bom. Isso não me faz melhor que você. Sou um estranho do seu ponto de vista, mas isso é o que eu acho. Eu vejo uma garota que sofreu uma terrível lesão cerebral. Alguém que, ao que parece, é trancada pelos pais para ser mantida segura. Mas aí dentro tem uma personagem, uma viajante, e sua lembrança desse garoto Drake a impulsionou a agir. Eu acho, Flora, que você não veio aqui procurar o Drake, mas a si mesma. Não foi o Drake. Ele nem é um herói romântico, na verdade. Foi você. Talvez você tenha vindo aqui porque ouviu o Drake falar sobre o lugar para onde ia, e isso despertou seu interesse. Eu vim de Oslo, e Svalbard despertou meu interesse, embora eu nem seja realmente do tipo aventureiro. Como você, senti que tinha que vir. Algumas pessoas têm que vir para cá. Precisamos deste lugar. — Ele move a mão mostrando o horizonte irregular, as pedras, a neve, o território selvagem que parece não ter fim. — Precisamos ser fragmentos na natureza selvagem aqui no polo. O sol da meia-noite. A escuridão do meio-dia. A aurora boreal. Foi isso que te trouxe, Flora, que te fez vir. Você é a pessoa mais corajosa que eu já conheci.

Olho para ele.

— Você está sendo legal, só isso.

— Estou falando sério. Eu respeito você. Você é melhor que as pessoas que chama de "normais", porque tem muitas coisas para superar, e tem superado todas elas. Mas agora, por favor, vem comigo. Vamos andar bem devagar e com muito cuidado de volta ao chalé, porque tem um urso-polar a dois picos de nós, e eles correm muito. Temos que ir imediatamente.

Chegamos à porta, e o homem cujo nome não sei (acho que não, pelo menos) me empurra para dentro e se vira para voltar à colina. Ele é mais corajoso do que parece, esse homem barbudo do café.

— A casa do Drake — ele diz. — Entra. Tem seis pessoas aqui fora te procurando, e tem um urso. Acho que é a mãe com os filhotes, o que significa que ela é protetora. Espere aí dentro, perto da porta. Cada vez que alguém voltar, feche a porta. Tem mais cinco pessoas aqui fora. Vou procurá-las e avisar que você está segura.

Fico dentro da casa, paralisada. Ele disse que é a "casa do Drake". Isso significa que o Drake está aqui? Se alguém for morto por um urso porque estava me procurando, vou achar o urso e me oferecer como comida também. Se o urso levar um tiro, a culpa vai ser minha. O urso não está fazendo nada errado. Está apenas sendo um urso.

Espero não ter causado a morte de ninguém fazendo coisas idiotas. Posso ter causado. E pensar que não vou saber se causei ou não me deixa arrepiada. Se esse urso rasgar alguém por minha causa, vou esquecer e seguir em frente como sempre, e ninguém vai me contar.

Depois de alguns minutos, a porta se abre e duas mulheres entram. Olho para elas. Não sei quem são.

Uma delas, a que parece uma bailarina, guarda um rifle em um cofre atrás da porta e o tranca.

— Flora! Você voltou! — diz a outra, a que usa óculos. Ela me abraça. — Ah, graças a Deus, Flora. Isso é maravilhoso. Ah, Flora, desculpe ter deixado você beber cerveja.

Parece que a conheço, mas não conheço.

— Tem um urso — aviso.

— Sim — diz a outra mulher. — Senta. Está tudo bem. O Toby e os outros sabem o que estão fazendo. Garanto que ele vai trazer todo mundo de volta. É mais durão do que aparenta. — Ela parece nervosa.

Sento no chão ao lado da porta. Quero ver as pessoas voltando. A mulher de óculos senta ao meu lado e segura minha mão.

— Sou eu — diz. — Agi. Sua amiga.

Agi. Tento pôr o nome dela na cabeça.

A próxima pessoa que passa pela porta é Drake. Meu coração pula quando o vejo: é o meu Drake. Eu o beijei na praia. E eu amo o

Drake. Tem uma mulher com ele, uma mulher mais velha, mas tudo que vejo é o garoto que eu amo.

É o Drake. Quase caio quando fico em pé. Drake! Vim a Svalbard para ver o Drake, e agora ele está aqui. Caminho na direção dele quase sem respirar. Ele vai curar minha mente e fazer tudo ficar melhor.

— Drake! — sussurro.

Ele olha para mim, e vejo que está com medo. Aconteceu alguma coisa.

— Drake — repito.

Ele toca meu braço de um jeito meio estranho e me leva para outra sala. Tem um tapete no chão e um sofá bonito. Ele me faz sentar. A mulher que parece bailarina sai da sala.

— Flora — ele fala. — Você não lembra, não é?

Balanço a cabeça. Não lembro.

— Você me beijou na praia — respondo. — Eu me lembro disso.

— Você não me beijou na praia. Você pensa que lembra disso, mas não aconteceu. Acha que escrevi e-mails para você, mas não escrevi. Você mesma escreveu. Tudo saiu da sua cabeça. Sinto muito, Flora. Fico feliz por você estar em segurança.

Não olho para ele. Não consigo. Resmungo alguma coisa e tento me afastar.

— Eu me sinto muito mal com tudo isso — ele continua. — Quando você esteve aqui, agora há pouco, não fui muito legal com você. Desculpa. Você fugiu, e, quando vimos que não tinha entrado no barco, tivemos que ligar para a Henny e pedir para ela trazer mais gente para procurar você. Achei que você tinha desaparecido para sempre. E teria sido minha culpa. É bom te ver segura.

Não suporto ouvir a voz dele. Alguma coisa desligou dentro da minha cabeça, e não estou apaixonada por ele. Agora não consigo nem imaginar. Não amo o Drake. Não o conheço. Ele é um estranho, e não consigo pensar em nada para dizer a ele. Não o beijei na praia. Não ia querer beijar esse garoto, e ele não ia querer me beijar.

Vou sentir saudade de ter sentimentos. Vou sentir saudade de pensar que tenho uma lembrança de verdade. Não vou sentir saudade do Drake, porque esse garoto não é o Drake da minha cabeça. Eu o inventei. Cada pedacinho dele.

— Tudo bem — falo. Esfrego a parte de dentro do braço onde sei que seu nome está gravado na minha pele. — Sério.

— É?

— É. Eu tinha duas pedras. Joguei as duas fora.

— Eu costumava pegar pedras que tinham um formato bonito. Em Penzance. Só porque elas estavam lá. Essas pedras eram só isso. Você pegou na casa da minha tia Kate.

— Você não me deu uma pedra?

— Não. Você foi na casa da Kate e do Jon. Eles me contaram. Ia voltar para pegar todas as minhas coisas, mas acho que acabou vindo para cá.

— Eu fui na casa deles?

— Foi.

— Ah. — Fico feliz por ter jogado as pedras fora. Nada é o que pensei que fosse.

A mulher que parece uma bailarina é uma cientista russa chamada Nadia, e esta é a casa dela. Ela faz café para todo mundo, depois distribui uma bebida escura e quente que Agi diz que é conhaque. Bebo tudo que colocam na minha frente. Drake desaparece, vai para outro cômodo, e eu fico satisfeita. Eu achava que o conhecia, mas ele é um estranho.

Vou ter que escrever um grande bilhete para mim sobre isso, para o caso de eu voltar a fazer papel de idiota de novo, de novo e de novo. É fundamental lembrar de parar de procurá-lo. Tenho que escrever isso no caderno com urgência. Olho em volta procurando minha bolsa. Está no canto. Vou buscá-la correndo e sento de novo no sofá.

— Há quanto tempo você conhece o Drake? — pergunto a Nadia, como se o tempo tivesse algum significado.

Ela dá de ombros.

— Umas duas semanas. As coisas funcionam de um jeito diferente aqui. Ele costuma ficar aqui, mas não é exatamente... — Nadia parece disposta a falar mais, mas para, e a verdade é que não quero saber.

Ficamos todos sentados em silêncio. Ainda tem alguém lá fora, com o homem que chama Toby e faz café e sabe atirar em ursos, e que foi mais legal comigo do que todo mundo, exceto Jacob, e eu não sei quem é. Tenho a sensação de que todo mundo que conheci no Ártico está nesta sala.

Fecho os olhos com força. Quero sair do meu corpo, flutuar para longe, voltar ao cume e olhar para o urso, para as pessoas, para Toby com sua arma. Espero que o urso não tenha que morrer. Eu tento, tento, mas continuo aqui, presa no meu próprio corpo. Pego uma caneta e um caderno na bolsa e escrevo: EU NÃO BEIJEI O DRAKE EM UMA PRAIA E ELE NÃO ME MANDOU NENHUM E-MAIL. Não posso me esquecer disso. Depois começo a ler minhas anotações mais recentes.

Um tiro é disparado lá fora. Explode e ecoa. Eu pulo e derrubo o caderno. Todo mundo fica tenso. Eu sinto, mas não olho para ninguém, porque não quero ver aquelas caras.

Puxo os joelhos contra o peito e apoio a cabeça neles. Vai ter sangue na neve. Um urso, que vivia em seu habitat, sentiu o cheiro de comida e foi atrás dela, e foi morto por minha causa. Quero desaparecer. Quero voltar para a neve, onde é meu lugar. Quero encontrar o corpo do urso. Toby disse que era uma mãe com seus filhotes. O que vai acontecer com os filhotes agora?

A porta é aberta. Dois homens passam por ela e a fecham.

— Olhem! — Nadia grita da sala de estar, e, por ter gente suficiente aqui, e por causa do tom da voz dela, corro para ver o que ela está olhando.

Pela janela, vemos um urso-polar andando calmamente, se afastando da casa, voltando para seu território. Dois ursinhos seguem o urso maior.

Seu pelo é branco amarelado. O corpo balança de um lado para o outro quando anda. O urso é enorme e aterrorizante. E anda tranquilamente, as pernas grossas, as patas imensas. Os bebês vão logo atrás.

Viro e olho para Toby.

— Tinha outro?

— Não. — Ele sorri. — Só os três. Assustei a mãe. Ela chegou mais perto do que eu gostaria de ter visto.

Começo a chorar e o abraço. Ele afaga meu cabelo e me afasta.

— Tem alguém aqui para te ver — diz e me vira para um homem que reconheço.

— Eu chego e sou perseguido por um urso — diz o homem. Ele usa um casaco de náilon cujo zíper acabou de abrir, e embaixo da jaqueta tem um pulôver de tricô estampado. O cabelo está todo bagunçado. Já o vi muitas vezes antes, mas nunca o vi aqui. Ele nunca esteve no lugar frio.

Não acredito que é ele. Não me atrevo a dizer a palavra. Olho para minhas mãos. Levanto as mangas para olhar os dois braços. Na parte interna de um deles, em letras trêmulas, escrevi: **meu pai está vindo**.

Olho para ele. A palavra parece apropriada.

— Pai? — Conheço meu pai. Sempre conheci meu pai. Conheço meu pai.

Ele assente. É claro que é meu pai. Eu o conheço. Conheço desde sempre, minha vida toda. Corro para seus braços e espero que ele me abrace para sempre.

Sentamos no sofá e eu me apoio nele.

— O Jacob é real?

Isso é o que eu preciso saber. Se inventei os e-mails de Drake, devo ter feito a mesma coisa com os de Jacob. Acabei de ler sobre Jacob no meu caderno. Ele aparecia, escrevia para mim justamente quando eu precisava. Drake escreveu mensagens maravilhosas dizendo exatamente o que eu queria ouvir. Quando ele parou de escrever, Jacob começou, e mandava de longe incentivo e respostas e apoio. Quero que as mensagens de Jacob sejam reais, mas sei que não são.

— Jacob? — Meu pai olha para mim, me leva a sério. — Sim, Flora. O Jacob é real. Ele é seu irmão. Tem vinte e quatro anos e está em Paris. Receio que ele não fique conosco por muito mais tempo. Tive que me despedir dele antes de vir para cá.

— Mas ele... escreveria coisas assim? — Pego a bolsa e procuro o telefone dentro dela. Encontro o e-mail de Jacob e mostro para o meu pai. — Isso. Ele teria escrito isso? Parece alguma coisa que ele diria? Foi ele que escreveu, não fui eu?

Observo o rosto de meu pai enquanto ele lê. Ele assente, respira fundo, parece se acalmar.

— Ah, sim. — E me devolve o celular. — Sim. É seu irmão. Ele não mudou. Então vocês sempre estiveram em contato. Eu devia saber. Ele nunca nos contou. Nem mesmo quando ficamos desesperados tentando descobrir onde você estava.

— Mas é ele.

— Sim. É ele. Com toda a certeza. Você vai me contar, Flora? Vai me contar tudo que puder?

Olho em volta. Agi está conversando com Toby. Eu os observo por um segundo e vejo que parecem que vão se beijar. Drake e Nadia discutem em outra sala. Ouço a voz deles, mas não o que dizem. A mulher mais velha está falando ao telefone.

Começo a contar para ele tudo que posso, falando tão rápido quanto possível antes que as coisas desapareçam da minha cabeça. Sei que o relato é atrapalhado, e tem coisas que estou confundindo, mas acabei de ler tudo e sinto que a maioria das informações ainda está na minha cabeça.

— ... e eu cheguei aqui — falo, as palavras se atropelando. — E o Drake me contou agora há pouco que não nos beijamos. Eu o vi beijando outra pessoa. Não fui eu. Só na minha cabeça. Eu lembrava disso, mas estava errado. — Odeio dizer essas palavras, mas tenho que explicar tudo, por isso continuo falando. — E todos os e-mails. Ele não escreveu. Fui eu. Mas eu não sabia o que estava fazendo. — É difícil pôr as palavras para fora.

Meu pai segura minha mão.

— Aposto que você escreveu e-mails melhores do que ele jamais poderia ter escrito.

Olho em seus olhos claros e vejo que ele também está chorando.

— Sim! — respondo. — É verdade. — Rio, apesar de tudo. — Acho que escrevi os melhores e-mails que já foram escritos.

— Não conheço o rapaz. Posso estar cometendo um erro de julgamento. Mas parece que ele não é o tipo de pessoa que pode mandar para alguém "os melhores e-mails que já foram escritos". Ele devia agradecer por você ter feito dele alguém um milhão de vezes mais interessante. Não acho que seja um Casanova. — Ele suspira. — Ah, Flora. Você não está tomando os comprimidos, está?

— Não.

— Mas é você mesma. Você é a Flora. Minha Flora. Fez muitos amigos, veio ao polo Norte e encontrou o garoto. Está viva. Lúcida. Você é capaz. Acho que nós temos que deixar você ser essa Flora. A verdadeira Flora. Eu soube na última vez, sério, mas agora você é adulta. Não é uma criança que tem que ser protegida de tudo, certo? Sinto muito, querida.

— Não, na verdade não. — Sinto que tenho que corrigir uma coisa. — Não sou muito capaz.

— Você é um milhão de vezes mais capaz do que jamais deixamos você ser. E agora eu receio que tenha que te levar de volta para casa. E... — Ele respira fundo.

Sinto as coisas começarem a perder a nitidez e tento me agarrar a elas.

— A sua mãe — ele continua — é muito protetora. Ela te adora. Faz isso por amor. Foi isso que afastou o Jacob, exatamente como ele disse. Nós mentimos para você. Ele está certo. Você já saiu de casa antes. Essa é a terceira viagem, e tenho certeza de que você vai fazer outras. Temos que pensar na sua independência. Tudo que sua mãe sempre quis foi manter você segura. Ela te ama. Não posso obrigá-la a nada. Estou aqui para te levar de volta, e eu...

Ele para de falar e engole a saliva. Depois passa a mão no cabelo espetado.

— Bom — continua —, estou em conflito. Só isso. Não tenho alternativa. Tenho que te levar de volta. Mas entendo que, provavelmente, você não quer ir.

Assinto. Essa é a terceira viagem que faço. Eu sou capaz. Eu viajo. Meu pai acredita em mim. Escrevo e-mails melhor que o Drake. Eles vão pensar na minha independência. Não tenho tomado os comprimidos, mas estou bem.

Henny me dá uma bebida. É quente e fumegante. Seguro a caneca com as duas mãos.

Isso tudo é muita coisa para eu pensar, e tomo um gole da minha bebida e me encolho junto do meu pai.

PARTE TRÊS

22

NÃO FAÇO IDEIA DE ONDE ESTOU.

Não consigo pensar. Na minha cabeça, palavras vêm e vão, mas nada se encaixa.

Não faço ideia.

Nenhuma ideia.

Não tenho ideias.

Uma mulher está chorando. Ela está chorando, chorando e chorando. Não gosto disso.

Sinto cheiro de alguma coisa de que gosto. Tem uma bebida em cima da mesa, na minha frente. Se esticar a mão, eu pego a caneca. Se pegar a caneca, posso beber. Não devo derrubar a bebida.

Olho para ela. A caneca é cor-de-rosa e branca. Estico a mão e a toco. Está quente. Seguro pela alça. Levanto. A bebida respinga na mesa. Eu a devolvo. Reclino a cabeça e fecho os olhos. Tem algumas palavras na minha mão.

Abro os olhos. Tem uma caneca em cima da mesa na minha frente. Não vou tentar pegá-la.

Tem gente em algum lugar nesta sala, conversando. Tento entender o que dizem.

— Ela está *bem*.

— Não está. Você devia ter visto antes. Não suporto olhar para ela desse jeito. Isso não é certo. Não é justo. Ela está lá.

— Ela está viva. Está segura. Ah, meu Deus, eu sei, Steve. Eu sei. Mas não vai ser assim para sempre. É só por enquanto. Só para mantê-la aqui novamente. Não posso perdê-la. Não posso deixá-la fazer tudo de novo. Melhor que fique assim a...

— Ela está respirando. Não está viva. Não é a mesma coisa.

Fecho os olhos.

Tem uma televisão ligada. Um homem e uma mulher na tela, falando diretamente para mim, dizendo "a reforma da cozinha". De repente ela para, e as palavras "Homes under the Hammer" aparecem na tela. "Casas sob o Martelo."

Não sei por que casas estariam embaixo de um martelo.

Estou em uma poltrona confortável na sala de estar, assistindo televisão. Fecho os olhos por um momento.

— Ela devia saber sobre ele. Pelo menos que tinha um irmão.

— Não vejo necessidade de perturbá-la desse jeito. É melhor assim.

— Ela vai lembrar dele em algum momento.

Estou sentada à mesa, e tem comida na minha frente. Olho para ela. Massa, vegetais e coisas.

— Qual é o nome disso? — pergunto.

— Lasanha de vegetais, querida — responde uma mulher. Olho para o rosto dela. Seus olhos estão vermelhos. Ela esteve chorando. Não tem comida diante dela. Ela é minha mãe.

O homem está sentado na minha frente. Ele também tem um prato de lasanha de vegetais e está comendo pedaços grandes. Ele levanta a cabeça e sorri, mas vejo grandes bolsas escuras embaixo de seus olhos. Seu cabelo é espetado. Ele é meu pai.

— Come — ele diz.
— Eu gosto disso?
— Muito.
— E você adora pão de alho — diz minha mãe. — Vai, come um pedaço.

Pego um pedaço de pão, apesar de ser amarelo e ter pontinhos verdes. Não parece muito bom. Pego para que ela fique feliz.

Experimento a lasanha de vegetais. É boa.

Olho para minhas mãos. Em uma delas está escrito: FLORA seja corajosa. Não tem mais nada nelas. Olho os dois braços. Não sei por que estou fazendo isso, mas não tem nada neles. Tem um curativo pequeno na parte interna de um dos braços, e eu começo a puxar o esparadrapo.

— Não faz isso — diz minha mãe. Ela olha para o meu pai. — Vou procurar um jeito de remover essa tatuagem — fala para ele. — Ela não precisa do próprio corpo dizendo para ela ser corajosa cada vez que olha para baixo.

— Sério?
— Isso pode encher a cabeça dela de ideias.

Não tenho ideias.

Nenhuma ideia.

Aos poucos as coisas vão ficando mais claras.

Meus pais estão vestidos de preto. E estão sérios. A maquiagem e o perfume de minha mãe me dizem que eles vão a algum lugar.

— Aonde vocês vão? — pergunto.
— A lugar nenhum. Você precisa ir dormir agora, Flora.
— Não quero ir dormir. Não estou cansada.
— Precisa tomar o remédio.

Ela me leva para cima, me faz subir mais uma escada, e entramos no meu quarto com as paredes completamente cor-de-rosa, a colcha rosa, a mobília branca, as cortinas cor-de-rosa e um quadro com fotos de pessoas. Tem fotos do homem, da mulher e de mim. Tem uma caixa de Lego, bonecas e ursinhos de pelúcia.

— Por que não veste seu pijama, meu bem? — ela diz. Enquanto me visto, ela conta comprimidos e pega um copo de água em algum lugar. Minha mãe me entrega a água e me dá comprimido após comprimido. Engulo todos, um a um, tomando um gole de água depois de cada um.

— Para a cama agora.

Entro embaixo do cobertor e deito a cabeça no travesseiro. Ela põe um ursinho em meus braços.

— Você vai dormir, querida. — Ela beija minha testa e sussurra: — Desculpa, Flora. Desculpa. Sei que isso é errado. Seu pai tem razão. Mas não posso perder você também. Não posso.

Fecho os olhos e mergulho na escuridão.

Acordo e vejo a luz em torno das cortinas. Por um segundo penso que estou em um lugar onde nunca escurece, nem mesmo à noite: um lugar que tem a luz do dia entrando pelas frestas da persiana mesmo que sejam três da manhã. Mas sempre escurece à noite, portanto esse lugar não pode existir. A luz lá fora significa que é dia.

Tem um caderno sobre o travesseiro, ao lado da minha cabeça. Eu pego o caderno, abro e começo a ler.

> *Você é Flora Banks.*
> *Você tem dezessete anos e mora em Penzance, na Cornualha.*
> *Quando tinha dez anos, apareceu um tumor no seu cérebro, e os médicos o removeram quando você tinha onze. Parte da sua memória se foi com ele. Você consegue lembrar da sua vida antes da doença, mas desde a cirurgia não consegue construir novas memórias.*

Você tem AMNÉSIA ANTERÓGRADA. Consegue manter as coisas na cabeça por algumas horas e, quando as esquece, sente uma confusão repentina. Seu pai e eu te ajudamos a lembrar quem é e o que está acontecendo.

Você consegue lembrar como fazer as coisas (como ligar o chuveiro). Lembra de nós e às vezes de pessoas que conheceu antes dos dez anos. Esquece outras, mas tudo bem, porque as pessoas aqui te conhecem e entendem.

Você nunca pode morar fora de Penzance, e nunca vai querer ir embora, porque esta cidade está mapeada na sua cabeça e é o seu lar. Morávamos nesta casa antes da sua doença, por isso você a conhece bem. Sempre vai morar conosco, e nós sempre vamos cuidar de você. Você nunca pode ir a lugar nenhum sozinha: você não quer e não precisa ir.

Você é boa em leitura e redação e gosta de assistir televisão.

Vamos sempre garantir que você tenha tudo de que precisar. Você toma remédio duas vezes por dia, e vai tomar para sempre.

Beijos,
Mamãe

Leio tudo duas vezes, até absorver a informação. Moro aqui. Nunca saio. Isso é bom. Não consigo nem imaginar sair daqui.

Levanto e sinto tontura. Começo a enxergar tudo preto e sento no chão. Daqui consigo enxergar embaixo da cama. Tem uma caixa lá. Estico o braço e a puxo para mim.

Está vazia. Tem uma caixa de sapatos vazia embaixo da minha cama. Acho que devia ter coisas dentro dela, mas não sei por que penso isso. Não sei por que haveria de ter coisas dentro dela, e não sei por que está vazia.

Desço a escada. Tem cartas no capacho, e eu vou pegá-las. Ando cambaleando. Nada parece real.

Tem três envelopes. Dois são brancos e datilografados, endereçados ao sr. e sra. Banks, e o terceiro é marrom, também datilografado, e endereçado só à sra. Banks.

— O que está fazendo? — Minha mãe pega as cartas da minha mão e as examina, uma, duas, três, e as deixa de lado. — Por que está olhando as cartas, Flora?

Dou de ombros. Não sei.

— Não sei — respondo. — Elas estavam no chão e eu peguei.

— Porque é isso que as pessoas fazem?

— É o que as pessoas fazem — repito.

Ela sorri.

— Tudo bem, querida. Desculpa.

Estou sentada no sofá com as costas eretas, um pouco nervosa, porque meu pai acabou de me dizer que tem uma visita para mim, e não tenho ideia de quem viria me visitar.

Uma garota entra na sala. Ela tem cabelo comprido, escuro e enrolado, e veste um short de brim e uma camiseta cor-de-rosa e verde.

— Flora! — ela diz. — Ah, meu Deus, Flora. É muito bom te ver.

Ela senta ao meu lado no sofá. Olho para ela.

— Sou a Paige. Lembra? Paige. Sua amiga.

Ela é familiar. Paige usava tranças e nós nos conhecemos no primeiro dia de aula.

— Flora? — ela diz. — Flora. Fala alguma coisa.

— Tudo bem — meu pai interfere. — É só dar alguns minutos. Ela está melhorando. Quer beber alguma coisa?

— Ah, não, obrigada.

— Vou deixar vocês conversarem, então — meu pai avisa, mas não vai embora. Ele acrescenta: — Eu sei que isso é chocante. É só por enquanto. Neste momento, depois do Jacob, a Annie precisa saber que ela está segura. Entende?

— Sim. É claro, é claro que sim. Tudo bem. Olha, nós vamos ficar bem. Só vou conversar com ela um pouco e lembrar que nós somos amigas de novo.

— Não conta que deixaram de ser. — A voz dele é firme. — Não fale nada sobre aquilo.

— Tudo bem. Pode deixar. Prometo. É sério, pode ir.

— É claro. Vou fechar a porta. Podem conversar.

No momento em que a porta é fechada, a garota chamada Paige muda completamente. Ela segura meu rosto entre as mãos e olha nos meus olhos.

— Flora — fala, com tom urgente. — Flora, olha para mim. Tenta se concentrar. Flora, sou eu. Ai, meu Deus, não acredito no que eles fizeram com você.

Ela segura meu braço e empurra a manga da blusa para cima.

— Olha isso! Não é o seu braço. Essa não é a sua mão. — Ela pega minha mão direita, onde tem as palavras FLORA seja corajosa. Lambo o dedo e as esfrego, mas elas não saem.

— Seja corajosa. Se eles te dessem meia chance, você seria a pessoa mais corajosa do mundo. Aposto que a tatuagem não vai ficar aí por muito tempo, vai?

Não sei do que ela está falando. Seguro a ponta do curativo no outro braço. Ela afasta minha mão do esparadrapo.

— Olha — diz —, não sei quanto disso tudo você consegue entender, mas vou falar assim mesmo. Sinto muito, Flora. Muito mesmo, de verdade. Fui horrível com você. Estourei com você, e o único culpado era o Drake. Flora, você é minha heroína. Você é incrível, e, Flora, me escuta: *o Drake mentiu para você*. Ele te beijou. Você lembrou, e essa lembrança é real. Ele é um filho da puta por ter falado que não aconteceu. Não acredito que ele desceu tanto. A gente não liga mais para ele. — Ela levanta as sobrancelhas. — Você esqueceu, não é? E eu tenho um namorado novo. Mas você. Você foi ao Ártico! Você fez isso. Chegou lá escrevendo bilhetes sobre tudo. Foi ao polo Norte, você é espetacular. Flora, eu daria qualquer coisa para ser tão forte quanto você, e é por isso que eu sofro vendo a sua mãe te manter desse jeito. Todo mundo quer você fora daqui, e é o que vai acontecer. Lamento muito pela sua mãe, sei que ela está vivendo um momento difícil e que se agarra a você, mas ela não pode fazer isso, e o seu pai não devia concordar, porque ele sabe que é errado. Ele odeia isso. Eu vejo. Mas ele está fazendo o que a sua mãe quer por causa do Jacob. Ai, meu Deus, desculpa. Eu devia ter ido com você. A gente devia ter desmascarado o Drake juntas.

Estou olhando para ela, tentando formar algumas palavras. Eu fui ao Ártico? Nunca fui a lugar nenhum. Nem sei o que é Ártico. As palavras dela são ruídos.

Fico sentada olhando para ela. É a Paige. Ela é minha melhor amiga.

— Eu venho ver você todos os dias. Onde eles guardam os comprimidos? No banheiro? Espero que sim.

Eu sempre vejo a embalagem de comprimidos. Minha mãe está sempre me dando comprimidos.

— Cozinha. — Essa é a palavra para o lugar onde eles estão. Tenho certeza de que é essa a palavra. — Reforma da cozinha — acrescento e franzo a testa, porque não sei por que disse isso.

— Cozinha. Tem certeza? Isso vai ser complicado. Vou ter que pensar em um plano. Temos que conseguir. Você nem imagina as coisas que o seu irmão disse que faria comigo se eu não conseguisse. Mas você precisa confiar em mim. Confia em mim?

Não faço ideia. Respondo que sim com a cabeça.

— Certo. — Vejo que ela está pensando muito. — Tudo bem. Hoje vamos deixar tudo normal. Eu volto na sexta-feira para o seu aniversário. Aí a gente cuida disso.

— Aí a gente cuida disso — eu digo.

Ela me encara.

— Meu Deus, Flora. Eles fizeram uma lobotomia em você. O Jacob avisou que fariam. Ele disse que era exatamente isso que ia acontecer. — Ela segura meu rosto entre as mãos e olha em meus olhos. — Flora, você é um ser humano incrível. É livre e maravilhosa. Seu espírito não se compara a nada na Terra, porque ele brilha, apesar de tudo que tentam fazer com você. E você está drogada *até os ossos*! Além dos ossos. Eles te transformaram em um zumbi. Você nem imagina o que fez ou o que é capaz de fazer. Eles te mataram, Flora. Sua própria mãe te matou.

Olho para ela consternada. Minha mãe não me matou, porque estou viva. Estou viva? Não tenho certeza.

— Vou dizer mais uma coisa. O seu irmão *te adorava*. Ele deu as costas para os seus pais porque eles te drogavam, não tanto quanto agora, mas muito. Ele cuidava de você de longe. Era brilhante. Mas agora ele está morto. E agora eu vou cuidar disso.

Olho para ela. Odeio essas coisas que ela está dizendo. Jacob é meu irmão. Eu pintava as unhas dos pés dele. Ele me pegava no colo. Uma lágrima escorre pela minha bochecha. Ela me abraça forte.

— Você beijou o Drake, sim, e, embora ele fosse meu namorado, fico feliz por você ter beijado. Beijou um homem bonito e inteligente. E depois se lembrou disso. Tudo que tem de ruim nisso é problema dele, mas eu te culpei e sinto muito.

— Eu beijei o Drake? — Vou tentar lembrar disso, se é importante, se já lembrei antes. Não consigo me imaginar beijando alguém.

— Sim. Não consigo acreditar que ele fingiu que você tinha inventado. Só para dar a impressão de que a sua aventura não foi culpa dele, apesar de ter sido. Eu sei que você o beijou porque *tenho uma foto*. A Lily tirou. Não acreditei nela, e ela me mandou a foto. Aqui. — Ela vira o celular, e me inclino para olhar a tela.

Vejo uma foto escura no contorno, com uma faixa de pedras iluminada demais. As pedras brilhantes levam a duas pessoas sentadas. O garoto está de costas para a câmera. Pode ser qualquer um. A menina é loira. Ela usa um vestido branco que brilha na luz. Está inclinada para o menino, beijando-o. Olho para ela.

— É você. — Paige toca a menina na tela com o dedo. — E este é o Drake.

— Esta sou eu? — Seguro o telefone mais perto do rosto, tentando enxergar. Não pensei que tivesse essa aparência.

— É. Olha.

Paige usa os dedos para fazer a garota ficar maior na tela. A imagem fica meio turva. Olho em volta procurando um espelho e, quando vejo um na parede, nós duas levantamos e paramos diante dele.

— Está vendo? — diz Paige. Ela vir minha cabeça no mesmo ângulo da garota da foto. Olho para mim e, quando ela segura o celular, olho para a foto.

— Sim — respondo. Sim, é uma foto minha beijando um garoto em uma praia cheia de pedras muito brilhantes. Olho para o garoto. É o Drake. Eu o beijei na praia, mas não sinto nada.

Paige me leva de volta ao sofá e me faz sentar.

— O Drake sabe *exatamente* o que eu penso dele — ela diz. — Nós trocamos algumas mensagens. Ele diz que se sente muito mal. Alega que agiu no calor do momento, que imaginou que você não lembraria e por isso tudo acabaria bem. Ele também disse que nunca tinha tentado beijar você antes, mas não sei se acredito. Sei lá. As implicações são grandes. Mas tudo bem. Esquece o Drake. É o seguinte: quer sair daqui e voltar a viver a vida?

Ela está olhando para mim de um jeito que sugere que essa é uma pergunta muito importante. Vejo que ela espera uma resposta afirmativa, por isso assinto. É claro que quero viver a vida. Estou confusa com as palavras dela, mas vou pedir para ela escrever tudo, assim posso pensar nisso mais tarde.

Meus pais entram na sala, Paige muda completamente e diz a eles que precisa ir embora.

— Eu venho te ver de novo amanhã, Flora — ela avisa. — Tudo bem, sra. Banks?

— Já passou da hora de me chamar de Annie, Paige. Sim, é claro, tudo bem. É bom para ela ter companhia. Sei que nada do que aconteceu é sua culpa. Você é muito boa com ela.

— Não fui. Queria ter sido. Ela não teve culpa de nada. A culpa foi toda do Drake.

Paige me abraça na porta de casa. Não quero que ela vá embora. Quero que ela explique as coisas até eu entender tudo.

— Até amanhã — ela cochicha. — Eu posso te ajudar. Amo você.

23

— VAI, FLORA — DIZ MINHA MÃE, COM UM GRANDE SORRISO QUE NÃO ALcança os olhos. — Sopre as velas.

— Sopre as velas — repito. Tem um bolo em cima da mesa, na minha frente. As cortinas da sala estão fechadas e está escuro, embora tenha luz lá fora. Talvez este seja um lugar onde está sempre claro, mesmo no meio da noite.

— Vai! — insiste meu pai.

Olho em volta. Paige está sentada ao meu lado.

— Quer que eu sopre com você? — ela pergunta. Depois segura minha mão e a afaga. — Vem, vamos soprar suas velas de aniversário juntas. Um, dois, três...

As velas estão na minha frente, em cima do bolo. São muitas. Muitas chamas pequeninas. Imito Paige e sopro as velas, e elas tremulam e apagam, a maioria delas. Sopramos de novo e todas as chamas se apagam.

Meus pais aplaudem. Olho para eles, de um para o outro. Os dois estão olhando para mim e sorrindo. Olho para mim mesma. Estou de vestido branco, um vestido de festa, e sapatos amarelos.

— Agora tem que cortar o bolo — diz meu pai, pegando uma faca, que entrega para mim.

Minha mãe tira a faca da mão dele antes que eu possa pegá-la.

— Eu faço isso — ela diz. — A Flora não precisa de uma faca afiada.

Paige ainda segura minha mão. Sinto que ela fica tensa com as palavras de minha mãe.

Tem música tocando. Um homem cantando sobre uma banda de um clube de corações solitários, mas não sei o que isso significa. Não sei o significado de nada.

Olho para a luz que entra pelas beiradas da cortina. Por alguma razão, aquilo me entristece.

— Não chora, Flora — Paige fala baixinho.

Minha mãe me dá um pratinho, que é branco com a volta dourada. Tem uma fatia de bolo no prato. Eu o pego e olho para o bolo. É marrom. É bolo de chocolate. Tem círculos coloridos em cima. Parece bom, mas não quero.

Olho para minha mãe. Ela está me observando e sorri quando vê que estou olhando para ela.

— Come, querida — ela diz. — Agora você tem dezoito anos!

— Uma adulta — comenta Paige, e vejo que ela olha para minha mãe.

— Sim, uma adulta — minha mãe concorda. — Do jeito dela.

Ninguém fala nada. O cantor diz que gostaria de levar a gente para casa.

Minha mãe fala depressa, as palavras se atropelando:

— Lamento. Mas não vou perdê-la também, Paige. Não vou. Ela é tudo que tenho e vou mantê-la segura. Cuidar dela. Não suporto fazer outra coisa. Sou mãe dela, e ela vai ficar comigo, e eu vou cuidar de todas as necessidades dela. Ela está bem. Estou mudando a dose, agora que ela se acostumou a estar de novo em casa. Ela só precisa... não pensar nunca mais em fugir para lugar nenhum. É pela segurança dela.

— O dr. Epstein mandou um cartão de aniversário para a Flora — diz Paige. — Ela agora tem dezoito anos.

— Aquele homem não vai chegar perto dela.

Meu pai começa a falar depressa. Ele parece concordar com Paige, não com minha mãe, mas sei que não pode ser.

— Talvez a gente deva sair um pouco com a Flora hoje à tarde? É aniversário dela. E o dia está lindo. Vamos andar na praia?

— Eu posso levar a Flora para ver o mar — diz Paige. — Ela sempre gostou disso. *Prometo* que vou cuidar dela. Vai ser bom para ela. Posso até levá-la ao cinema. Presente de aniversário. Alguma coisa assim. Ela pode sair de casa de vez em quando, não pode?

— Ótima ideia, Paige — meu pai aprova. — Vai ser muito bom para a Flora sair com você.

— Juro que vou cuidar dela.

Todos olham para minha mãe. Ela está olhando para o copo. Percebo que ela e Paige estão bebendo alguma coisa com bolhas em um copo alto de vidro fino. Meu pai bebe um líquido alaranjado em um copo mais grosso. Olho para as bebidas deles. Eu sei alguma coisa sobre isso.

— Cerveja! — falo, apontando o copo.

Paige cai na risada. Meu pai sorri. Minha mãe franze a testa.

— Isso mesmo — diz Paige. — É cerveja.

Olho para o meu copo. Tem limonada nele. Dois cubos de gelo e uma fatia de limão. Isso é bom.

— Não devo beber cerveja porque passo mal — falo, sem saber de onde vêm as palavras. Não sei o que estou dizendo.

— Essa é uma boa regra de vida — Paige responde, depois de alguns segundos.

— Sim, é mesmo — meu pai concorda. — Muito bem, Flora.

Minha mãe não fala nada.

Eles estão conversando, e eu paro de ouvir. Faço um esforço para comer um pedaço de bolo, porque é meu aniversário. Bebo minha limonada. Ouço música. Olho para minhas mãos. Em uma delas está escrito FLORA seja corajosa.

— Vamos!

Paige está parada na porta de casa. Minha mãe toca meu ombro. Eu pulo, assustada, porque ela está atrás de mim, e eu tinha esquecido que ela estava aqui.

— Só uma volta na praia — ela diz. — Mais nada. Promete?

— É claro que prometo, sra. Banks. Eu vou cuidar dela. A senhora sabe que vai ser bom para a Flora respirar um pouco de ar fresco.

— Sim, eu tenho andado com ela pela praia de vez em quando. Tem razão, ela gosta disso. Tudo bem. Um passeio de aniversário. Mas promete que vai trazê-la de volta nos próximos vinte minutos. Vinte minutos é o limite máximo.

— É claro. Quando a gente voltar, ela vai poder abrir o meu presente.

— Isso. Vai ser ótimo. Também temos mais algumas coisas para ela. Tentei espalhar os presentes ao longo do dia para ela ter sempre a alegria de abrir um pacote.

Paige sorri. Ela enrosca o braço no meu e me leva para fora, pelo portão, por uma alameda e até a calçada.

O sol brilha. O céu é azul. O ar tem cheiro de flores e coisas lindas. Paige me leva para fora do jardim e para um parque do outro lado da rua.

— Vamos por aqui — ela diz. — Você gosta de passar por aqui.

Deixo Paige me levar por caminhos que passam entre árvores muito verdes e um lago. Ela me leva até um banco e me faz sentar. Depois fica diferente. Segura meu rosto entre as mãos e olha nos meus olhos.

— Certo, Flora. Hoje vamos começar a trazer de volta você de verdade. Você vai parar de tomar o remédio. Os comprimidos que você está tomando agora não têm nenhum efeito. Eu troquei as embalagens quando estava decorando o seu bolo. E os comprimidos ruins estão aqui. — Ela tira um frasco marrom do bolso e o sacode.

— Os comprimidos ruins estão aí — repito.

— Sim. Os que a sua mãe vai te dar agora são placebos. Acabou a porcaria. Pode ser difícil, mas espero que não seja muito difícil, porque faz pouco tempo que você voltou a tomar remédio. A sua pele vai ficar estranha de novo. Você vai começar a acordar. Vai visitar lugares diferentes na sua cabeça. Vai começar a querer escrever coisas. Sua mãe vai perceber, por isso não temos muito tempo. Vou ficar por perto todo o tempo que eu puder. Você não vai lembrar que eu falei tudo isso, e não temos muito tempo. Vou te dar uma carta, está bem? É muito importante que você leia quando estiver sozinha. Tenho que te levar de volta às quatro e meia, por isso você não pode ler agora. Queria que pudesse e que a gente conversasse sobre ela. Mas você vai ter que ler a carta e guardá-la, e vai ter que continuar lendo enquanto volta ao normal.

Ela toca meu joelho e o afaga.

— Não se preocupe — diz. — Eu sei que você não está entendendo. Sei que não pode entender. Ainda assim, eu preciso falar. Flora, se cuida. Vamos resolver tudo isso para você. Posso ver o seu braço?

Estendo o braço sem saber o que ela quer ver. Paige levanta a manga do meu cardigã e pega uma caneta no bolso dela. Bem no alto, acima do curativo, ela escreve: *Trancar porta. Pegar carta do Jacob no sutiã e ler.*

Franzo a testa.

— Ler?

— Sim. Tenho uma carta para você, e vamos guardá-la no seu sutiã para que eles não vejam. — Ela pega um papel dobrado e afasta minhas roupas do corpo. Empurra o papel para dentro do meu sutiã e arruma as roupas de volta. Depois olha para mim e assente. — É isso. Certo. Agora vamos dar uma olhada rápida no mar, e depois vou te levar de volta para casa.

Estou debruçada sobre uma grade, ao lado de Paige, que é minha amiga, e estamos olhando para o mar. A água está na metade da orla. Tem pedras na praia. A maioria é cinza e preta. Tem uma foto de um gato presa na grade.

Adoro o cheiro do ar. Adoro me debruçar em uma grade e olhar para a água. Algumas aves voam alto no céu. Elas gritam. Quero ficar debruçada nessa grade, respirando o ar fresco e olhando para o mar o tempo todo.

Tem um curativo no meu braço. Levanto a manga e puxo a ponta do esparadrapo. Quando olho embaixo da gaze, vejo letras cortadas na pele. Não entendo, não gosto, por isso devolvo o curativo ao lugar.

Tem carros passando atrás de nós. Tem muita gente na praia. Muitos estão deitados e usam pouca roupa. Crianças correm. Pessoas nadam. Comem. Leem. Vivem.

— Ah, Flora. Você quer ficar aqui, mas não podemos. Desculpa. Olho em volta.

— Não podemos?

— Hoje não. Tenho que te levar de volta. Mas não se preocupa. Não é por muito tempo, e vamos a um lugar melhor que este. Vem. — Ela segura minha mão, e ficamos juntas na calçada esperando uma brecha no trânsito. Deixo Paige me levar para o outro lado da rua e para a casa onde passo todo o meu tempo.

Eles me dão presentes. Abro os pacotes e agradeço. Meus pais me deram um ursinho de pelúcia. É grande, com um laço no pescoço. Eu o abraço com força.

Paige me dá uma bolsa nova. É branca com flores vermelhas e cabe muita coisa nela. Abro a bolsa. Tem garrafinhas lá dentro, coisas com cheiro bom. Tem um batom. Tem colares e echarpes. Um caderno novo e muitas canetas.

Adoro. Adoro tudo que tem dentro da bolsa.

— Obrigada — eu falo para ela e repito o agradecimento muitas vezes.

Paige ri.

— Não foi nada, Flora! De verdade. Fico feliz por ter gostado tanto.

Estamos na porta de casa. Paige está indo embora.

— Não vai — eu falo. Quero que ela fique comigo.

— Eu preciso ir. Mas volto amanhã. Talvez a gente possa sair de novo.

Ela olha para minha mãe, que assente.

— Acho que sim — ela fala.

— Fez bem para a Flora sair hoje — meu pai comenta. — Obrigado, Paige, e obrigado por passar o aniversário com ela. Somos muito gratos, e sei que a Flora também é.

— A Flora também é — repito, e é verdade.

Ele ri.

— Viu?

Paige se despede de mim com um abraço. Ela me puxa para perto e cochicha:

— Vai ao banheiro agora e lê seu braço. — E em voz alta: — Amanhã às onze estarei aqui. Tudo bem?

— Até lá — responde minha mãe.

Entro no banheiro e leio meu braço.

Tem um curativo, e acima dele está escrito: *Trancar porta. Pegar carta do Jacob no sutiã e ler.*

Tranco a porta. Tem alguma coisa dobrada e pontuda no meu sutiã. Pego o papel e desdobro, sento no chão e começo a ler.

24

A PRIMEIRA FOLHA DE PAPEL É PEQUENA, E A CALIGRAFIA NELA É CHEIA de voltas.

> Chère Flora,
> Aqui é o Jacques, companheiro do Jacob. O Jacob passou muitos dias escrevendo isso para você. Eu prometi enviar a carta. Ele se preocupa muito com você. Por favor, escreva logo.
> Grosses bises,
> Jacques

Não tenho ideia do que isso significa, mas alguma coisa dentro de mim me faz continuar. Deixo o bilhete de lado e começo a ler a carta. Leio devagar, porque meu cérebro tem uma dificuldade terrível para processar as palavras, e eu mal entendo um quarto delas.

Minha pequena Flora,

Receio que agora eu já esteja morto. Não é justo, mas é a realidade. Ser um fantasma pode combinar comigo, é o que tenho sido em sua vida há sete anos. Estou tentando olhar o lado positivo, agora que todas as outras possibilidades se esgotaram.

Vou fazer o possível para ficar de olho em você. Olhe ao seu redor agora. Sorria para mim. Beije o ar, e eu estarei nele. Estarei? Quem sabe? Talvez.

Estou mandando esta carta para sua ex--amiga Paige, que será cruelmente assombrada por mim pelo resto de seus dias, a menos que interfira para tirar você da confusão induzida por drogas em que a nossa mãe, sem dúvida, vai te colocar. E ela sabe disso.

Certo. Primeiro o básico:

Você é Flora Banks. Eu sou seu meio-irmão, Jacob Banks. Sou sete anos mais velho que você e queria estar por perto para te trazer para viver comigo, agora que é adulta. Eu morava em Paris com meu namorado, Jacques, que vai ficar de olho em você como puder.

Nossa mãe e seu pai (meu padrasto) mentiram durante sete anos sobre a sua perda de memória. Eles nem te respeitaram o suficiente para contar a violenta e horrível verdade. É evidente que essa missão é minha, então aí vai. Esta é a nossa história:

Quando você tinha dez anos, você, eu e nossos pais sofremos um acidente terrível. Os pais sempre fingiram que você teve um tumor no cérebro, porque não suportam falar ou pensar sobre o acidente, nunca, e não queriam que você perguntasse sobre ele a cada cinco minutos.

Estávamos juntos no banco de trás do carro, a caminho do Flambards, que é um parque temático. Imagina, Flora. Você, uma menina linda e normal de dez anos, perguntando toda animada sobre os brinquedos. Você estava ansiosa havia semanas. Tudo que falava era: "Quero ir ao Flambards", muitas e muitas vezes. Eu, um gay rabugento de dezessete anos, que tinha decidido ir junto só porque você estava muito animada, e porque eu também estava, embora em segredo. Os pais, sentados no banco da frente, ouvindo rádio e conversando sobre as coisas chatas de sempre.

Estávamos em uma rotatória pouco antes do parque, em Culdrose, aquele lugar da Força Aérea, quando um caminhão passou direto pelo cruzamento, ignorando a placa que mandava parar, e bateu na lateral do carro. Capotamos algumas vezes, o carro foi jogado para cima e aterrissou com as rodas para o alto. Os pais saíram ilesos, fisicamente, pelo menos. Você teve ferimentos muito graves na cabeça, porque estávamos quase chegando e você tinha tirado o cinto de segurança. E eu, bem, não tive o tipo de ferimento que você teve, porque ainda estava de cinto, mas também não escapei. Fui o único que ficou preso nas chamas quando o carro pegou fogo. Você foi tirada de lá, os pais haviam saído correndo para buscar ajuda, e eu continuei lá dentro. Acredite, cicatrizes no rosto e cirurgia plástica não são o que um adolescente tímido quer.

Bom, eu fiquei com o raciocínio intocado, você preservou a aparência. Juntos, a gente poderia ter criado um ser humano funcional.

A mãe estava dirigindo. Por isso ela sempre te embrulhou em plástico bolha. Por isso nunca mais dirigiu. Por isso ela teve um esgotamento nervoso que durou sete anos, e ainda está aí.

E é por isso que você tem que recorrer a tantos subterfúgios para fugir sempre que pode. Ela estava dirigindo, nós dois ficamos feridos, e ela sempre se culpou. Tudo que ela fez depois disso foi para tentar garantir que nada parecido acontecesse novamente. Até hoje, acho que ela ainda sofre de estresse pós-traumático, e um dos motivos que tive para ver os dois antes de morrer foi dizer à mãe, mais uma vez, que ela não teve culpa.

Você só tem memórias sólidas da vida antes do acidente. Não tem memória de curto prazo. Você lembra das coisas por uma hora, talvez três, depois esquece tudo. Esse tipo de amnésia muitas vezes melhora com o tempo, porque o cérebro é uma coisa misteriosa e maravilhosa que encontra novos caminhos, mas o seu passou muito tempo sem encontrar novas soluções. Recentemente, desconfiei de que poderia estar melhorando (não só por você lembrar de ter beijado aquele garoto — a memória era a coisa mais importante, não o beijo, mas você sabia que tinha alguma coisa incrível nisso e correu para o polo Norte para ver se o príncipe encantado poderia fazer aquilo acontecer de novo). Como a nossa mãe tem feito você tomar calmantes, é difícil dizer. Mas você começou a falar o tempo todo sobre ir ao Flambards, e isso significa que alguma coisa estava aflorando. Como você pode imaginar, seu pedido para ir a esse lugar específico não foi fácil para a mãe.

Como contei em um dos meus e-mails, o motivo para eu ter me afastado dos pais até agora é que a sua personalidade mudou um pouco depois do acidente. Não sei quanto, mas eles decidiram que isso era um problema. Você se tornou impulsiva e incontrolável, e foi isso que fez de você alguém brilhante. Eles acharam que, quando estava "melhor", você se comportava de um jeito muito perigoso. Subia nas janelas mais altas da casa para sentar no parapeito e falar com os pássaros. Fugia e depois não sabia onde estava. Pintava grandes cenários malucos dentro da sua cabeça. Contava a desconhecidos sobre suas jornadas no tempo e no espaço. E a mãe decidiu (para sua própria segurança, blá, blá, e porque ela não poderia suportar a culpa de novos acidentes) domesticar você.

Eu não suportei aquilo. Foi pior que o ferimento.

Eles tomaram a decisão de te dar um remédio que entorpecia os sentidos, continha as mudanças de humor, te tornava maleável e controlável, argumentando que, de outra forma, você seria um "perigo para si mesma".

A mãe nunca mais foi ela mesma depois do acidente, nunca quis correr o risco de alguma coisa acontecer com você de novo, e estou falando no sentido literal. Ela nunca quis que nada acontecesse. Eles decidiram manter os calmantes, que diziam ser seu "remédio", e você se tornou dócil e "boa", e eles te mantinham em casa, absolutamente segura. Eles compram a droga pela internet, porque nenhum médico permitiria essa dependência tão prolongada. Com o tempo eles acrescentaram um antidepressivo, porque muito calmante pode derrubar uma garota. Não existe medicamento para amnésia. Você não precisa tomar nenhum remédio. Eles entorpecem o seu cérebro porque assim é mais fácil te controlar.

O pior de tudo é que tem um neuropsicólogo chamado Joe Epstein que quer cuidar de você desde que eu o procurei, há anos. Fomos encontrá-lo. Ele adoraria te ajudar, ou te avaliar, pelo menos. Tentou te ver, e a mãe sempre negou. Não por crueldade, mas por medo. Ela quer manter você como era aos dez anos e cuidar de você. Acho que ela quer cuidar da pequena Flora para sempre, para amenizar a culpa que sente por não ter cuidado de você naquela fração de segundo.

    Quando eles disseram não ao dr. Epstein pela primeira vez, fiquei com ódio deles. Vim para Paris e aprendi a falar francês, trabalhei, vivi e construí minha vida. Fiz o possível para me manter em contato com você, com cartões, cartas, e-mails e telefonemas, e sempre foi maravilhoso receber seus contatos hesitantes, quando você telefonava para um número que eu havia deixado sem saber o que estava acontecendo, querendo ouvir novamente todas as explicações.

    Acontece que ninguém segura a minha irmãzinha. Primeiro, um dia você entrou em um trem e foi para Londres sozinha. Tinha treze anos, e eles ficaram malucos. A polícia te encontrou e te levou de volta a Penzance, onde a dose de calmantes foi aumentada. Depois você conseguiu encontrar seu passaporte e apareceu aqui em Paris para me ver. Foi no ano passado, e você era uma linda e confusa menina de dezesseis anos. Você já tinha tatuado seu nome na mão: você queria alguma coisa para lembrar de viver aventuras, e nós fomos a um estúdio de tatuagens e acrescentamos as palavras "seja corajosa". Admito, ajudar você nessa foi um enorme dedo do meio que eu mostrei para os pais. Passamos quatro dias juntos em Paris, e eu mostrei a você a Torre Eiffel, o Musée d'Orsay, os Jardins de Luxemburgo e todas as atrações turísticas, além de te apresentar as alegrias do vinho tinto, das matinês de cinema e dos almoços demorados.

Você conseguiu tudo isso escrevendo para si mesma. Usou a palavra escrita para improvisar parte do trabalho que as vias neurais deveriam estar fazendo. Fez do seu caderno uma memória externa, seu cartão de memória. Você é brilhante.

Então, este ano, você beijou um garoto e se lembrou disso, e foi atrás dele até o topo do mundo. Voltando um pouco, eu me sentia mal e não melhorava nunca, e acabei recebendo a porcaria do diagnóstico de um câncer de rim de estágio 4. Não tinha volta, e pedi aos pais para virem quando percebi que era o fim.

Estou me estendendo porque é necessário. Eles ficaram tão apavorados com minha notícia que deixaram você com a Paige, mas, como o garoto que você beijou era namorado dela, ela decidiu ignorar o compromisso assumido. O incrível é que você se lembrou de ter beijado esse garoto e comprou uma passagem aérea para o Ártico para ir atrás dele. Viveu muitas aventuras, ficou livre da medicação, voltou a ser a Flora de verdade e quase foi comida por um urso.

Não sei bem o que vai acontecer a seguir, mas aposto tudo que tenho que, quando você receber esta carta, já terá voltado a tomar o remédio e retornado ao estado vegetativo, e eles nunca vão deixar você sair para ir a lugar nenhum. Aposto que fica olhando para a televisão e que eles colocam você na cama com um ursinho de pelúcia.

Falei com a Paige, e ela me contou que você realmente beijou o garoto, que ela tem uma foto desse momento. O Jacques vai mandar esta carta para a casa dela. Ela vai levar a carta e garantir que você a leia sozinha, e também vai trocar toda a sua medicação por comprimidos de açúcar, que o J e eu compramos pela internet e mandamos entregar na casa dela. Compramos os comprimidos em todos os formatos, e ela me garante que a sua medicação é vendida em pequenos frascos, que ela vai encher com o tamanho e o formato certo de pílulas. Tome os comprimidos que eles derem e finja que é um zumbi. Não do tipo que come cérebros. Finja ser incapaz, passiva, obediente. Deite no sofá, olhe para a televisão e babe um pouco.

A Paige vai visitar você todos os dias e, quando chegar a hora certa, vai tirar você daí.

Tome cuidado com o que escreve. Eu sei que você precisa escrever as coisas, mas NÃO guarde nada embaixo da cama, porque eles sabem desse esconderijo, sempre souberam. A Paige vai ajudar você a encontrar outro lugar.

Abri uma conta bancária para você, a Paige tem os detalhes. Quero que você viaje e viva aventuras. Você conheceu muita gente em Svalbard, pessoas que gostaram muito de você, porque você é adorável.

Quando completar dezoito anos, você vai poder decidir o que fazer com a sua vida. Pode conversar com o dr. Epstein e ver o que ele tem a oferecer. Pode tomar algumas decisões e assumir o controle. Nada disso vai funcionar a menos que você pare de tomar a porcaria dos comprimidos.

Estou escrevendo isto há eras. Agora tenho que ir.

Se houver alguma forma de vida após a morte, estarei cuidando de você da melhor maneira possível.

Viva a sua vida. Flora, seja corajosa.

Beijos,
Seu irmão Jacob

Querida Flora,

Sou eu, a Paige. Quero te contar algumas coisas.

Primeiro: nós brigamos, você e eu. O Drake era meu namorado. Já contei isso antes e vou contar de novo até você conseguir absorver. Você o beijou na praia. Ele conseguia convencer você e todo mundo de que isso nunca aconteceu, para escapar das consequências (provavelmente mais pela nova namorada do que por qualquer outra coisa), mas eu sei que aconteceu, e eu sei porque a Lily viu vocês. Você não vai se lembrar da Lily, mas ela era uma das amigas do Drake na Cornualha. Ela saiu da festa atrás dele e o seguiu até a praia, provavelmente porque queria beijá-lo, para dizer a verdade. Então o viu se aproximando de você. Disse que ele sentou do seu lado e te beijou. Eu não teria acreditado, mas ela tirou uma foto com o celular e me mostrou. Você também terá visto essa foto, provavelmente, quando ler esta carta. É uma imagem da parte de trás da cabeça dele e do seu rosto. É você, sem dúvida. E é ele. Vocês se beijaram.

Ela me contou na manhã seguinte. E mandou a foto para mim dois dias depois. Fiquei furiosa com vocês e decidi nunca mais falar com nenhum dos dois.

Você era tremendamente vulnerável, e ele foi um filho da puta, e nenhuma de nós duas vai ter motivo para falar com ele de novo, agora que já mandei um e-mail falando tudo que eu penso. Imagino que ele achou que ia escapar dessa porque você esqueceria tudo. Então, olha só. Ele entrou em pânico e falou para você que tinha beijado a Lily, que tirou a foto. Ele não vale nada, Flora, não é digno de você, nem de uma fração do seu tempo.

Enfim, não se preocupe com isso. O que você precisa levar dessa história é: você beijou um cara bonito e inteligente em uma praia à luz do luar. Beijou. Isso aconteceu. E você lembrou, o que é incrível.

Você conheceu pessoas legais enquanto procurava por ele. Sua amiga Agi escreveu sobre você no blog (usando expressões idiomáticas muito interessantes da nossa língua), e o post teve muitas visualizações. Todo mundo pergunta de você, mas seus pais não deixam ninguém se aproximar. O dr. Epstein voltou a fazer contato. Sua mãe não cede, e Steve concorda com ela em quase tudo, porque sabe que ela vai desabar se não for assim. Ele está fazendo tudo que pode para me manter perto de você, e acho que podemos ter um aliado muito discreto.

Finalmente me deixaram voltar à sua casa, só porque sou sua melhor amiga há anos. Eles não imaginam que vou tentar levar você a algum lugar mais de um quilômetro longe da sua casa.

Estão enganados.

Jacob está certo: vou jogar seu remédio fora e colocar no frasco exatamente o mesmo número de pílulas de açúcar. Isso vai nos dar alguns dias para tirar você daí. Fica preparada.

Guarde a carta na caixa em cima do console da sua lareira. NÃO ponha embaixo da cama. Se escrever alguma coisa no braço, escreva na parte de cima, onde sua mãe não possa ver. Flora, sua mãe não é uma pessoa má — ela é adorável. Está sofrendo muito e sinto pena dela. Mas você agora é adulta e pode decidir como quer viver sua vida. Talvez você fique em Penzance. Talvez nunca volte a tomar os remédios, ou talvez encontre alguma coisa que ajude você a ser a pessoa maravilhosa que é. Seja qual for a decisão, ela é sua.

Seu passaporte está comigo. Roubei do escritório quando subi para ir ao banheiro, há alguns dias. Jacob me falou que ele estaria lá.

A gente se vê em breve.

Beijos,
Paige

Tem muita coisa na minha cabeça. Olho para as folhas de papel. Apoio as costas na porta do banheiro. Minha mãe está me chamando lá embaixo. Parece que estou chorando.

25

— FLORA!

O homem está olhando para mim, sorrindo, transferindo o peso de um pé para o outro.

— Flora — ele repete. — É bom ver você de novo. Como se sente?

Ele é careca e velho, e está usando uma camisa com as mangas dobradas, calça e gravata.

— Bem — respondo, e é verdade. Estou bem animada. Sentir coisas é animador.

Paige está ao meu lado, segurando minha mão. Estamos na praia, onde ninguém pode nos ver da rua. Só pode nos ver quem está na praia ou passando de barco. O vento nos despenteia, e a água está agitada, formando um milhão de ondinhas.

Acabamos de descer uma escada, e na grade acima dela tem um cartaz perguntando se vimos um gato sem orelhas. Se vir um gato sem orelhas, você deve levá-lo para casa. Isso devia ser uma regra.

— Sou o dr. Joe Epstein. Neurologista. Estou interessado em você há muitos anos, Flora. Nós nos conhecemos em Paris, quando você esteve lá e o seu irmão me procurou. Lamento muito sobre o Jacob. Muito mesmo. Uma perda terrível. Ele era um jovem complexo e fascinante. Agora você é adulta, e eu gostaria de saber se está interessada em me deixar ajudar com as suas dificuldades de memória.

Hesito.

— Você pode me ajudar de verdade?

— Gostaria de tentar.

— Não sei se te conheço. Não conheço. — Estou com medo desse homem. Ele está falando sobre Jacob. Não entendo o que está acontecendo.

— Eu sei. Desculpa. Olha, eu tenho uma coisa no meu celular para mostrar. Para confirmar o que estou dizendo.

Não sei do que ele está falando, mas vejo o homem bater com o dedo na tela.

— Pronta? — ele pergunta. — Aqui. Isto prova que nós nos conhecemos. Gravamos isso no nosso último encontro para você ver. Olha.

Ele se aproxima, para do meu lado e vira o telefone para Paige e eu podermos ver a tela.

Olho para o aparelho. O homem está na tela. Eu também estou, e também tem um rapaz com uma grande mancha vermelha de um lado do rosto e traços que me fazem chorar, porque é meu irmão mais velho, a pessoa que mais amo no mundo, o garoto que me deixava pintar suas unhas dos pés. Mas ali ele aparece adulto e marcado.

O lado vermelho de seu rosto tem a pele lustrosa e esticada, mas ele parece feliz.

— Oi, Flora — diz Jacob, e o som da voz dele me faz sorrir. — Sou eu, seu irmão Jacob, em Paris, onde eu moro. Olha. — Algumas casas aparecem na tela, e também tem um rio com barcos. — Você está aqui, Flora. Veio me visitar e nós estamos nos divertindo muito. Adoro ter você comigo. Estamos com o Joe Epstein, que sabe tudo sobre memórias como a sua. Aqui está ele. Estamos gravando este vídeo no meu celular e no dele para você saber que o conhece.

O médico aparece na tela. Ele tem a mesma aparência de agora, mas no vídeo está vestido com uma camisa xadrez azul.

— Oi, Flora — ele diz. — Como o Jacob contou, sou Joe Epstein. O Jacob e eu estamos em contato há algum tempo. A sua mãe não quer que eu participe da sua vida, não quer que eu escreva trabalhos sobre você nem que apresente o seu caso em conferências. E eu respeito o direito dela de tomar essa decisão.

— Mas eu não — Jacob anuncia. — E daqui a dois anos você vai ser adulta e a decisão vai ser sua, não dela. O Joe é um neurologista brilhante e quer ajudar. Acho que devemos dar uma chance a ele. Assim que você fizer dezoito anos, pode vir morar aqui comigo, se quiser.

Eu apareço na tela e assinto. Olho para o meu irmão na tela e aqui na praia com um amor profundo. Sinto um arrepio. Quero ver o Jacob.

— Então, quando nos encontrarmos de novo, Flora — diz o homem na tela —, este sou eu. Espero que isso faça sentido para você e que possamos conversar.

O filme para. Olho para o médico real.

— Cadê o Jacob? — pergunto.

Vejo o médico e Paige trocarem um olhar.

— Flora — diz Paige, passando um braço sobre meus ombros. — Flora, o Jacob morreu. Sinto muito. Ele ficou doente e morreu. Eu sinto muito, muito mesmo.

Fecho os olhos. Quero esquecer isso. Quero que essa informação desapareça da minha cabeça.

Paige olha para o médico.

— Temos pouco tempo — ela avisa.

— Flora — ele fala —, parece que você teve recentemente o que chamamos de uma "ilha de memória". Uma lembrança clara e, até onde sabemos, precisa permaneceu com você. Há muitas razões para isso ter acontecido, mas pode ser o começo da suspensão da sua amnésia. Você apresenta essa condição há um tempo incomumente longo. Eu ficaria muito feliz se você aceitasse passar um tempo comigo. O seu caso é incomum e fascinante, e eu adoraria tentar ajudá-la no que for possível.

Olho para Paige sem saber o que fazer. Ela afaga minha mão.

— Tudo bem — ela diz. — Podemos conversar melhor sobre isso antes de você concordar com alguma coisa. Pode ver o vídeo de novo, se quiser. Pode ver quantas vezes quiser. O dr. Epstein mandou para mim, e agora eu também o tenho no meu telefone.

Assinto. Ela olha para o homem.

— Pronto. Obrigada, dr. Epstein. Nós vamos entrar contato assim que ela... — Vejo que Paige olha para mim. — Depende, é claro, do que você quer, Flora. Podemos tirar você daqui, se quiser. Mas você não é obrigada a nada. Não está mais tomando os comprimidos. Pode simplesmente dizer aos seus pais que está indo embora. Ou pode ir e deixar uma carta para eles.

É um dia quente. Afasto o cabelo da testa. Não consigo imaginar a vida longe daqui, mas estou desesperada para fazer coisas, fazer as coisas acontecerem. Estive em Paris. Acabei de ver um filme de mim mesma em Paris. Paris é a capital da França. Aprendi isso na escola. Se posso ir a Paris, também posso ir a outros lugares. Posso fazer coisas. Tem um mundo inteiro lá fora.

— Sim — respondo.

Não sei exatamente com que estou concordando, mas sei que é isso que quero. Há algum tempo, não sei quanto, comecei a acordar e percebi que minha vida se resume a olhar para a televisão e dormir.

Lamento por aquele gato sem orelhas. Eu gostaria de encontrá-lo.

— Tem certeza? Isso vai exigir muito de você, e não vai poder escrever muitas coisas no braço, o que significa que, por enquanto, vai ter que confiar em mim.

— Eu confio em você.

— E no dr. Epstein.

— Sim. Porque o Jacob disse isso.

— Nós podemos ir embora e viver uma aventura. Mas só se você quiser. Não vou sequestrar ninguém. Você pode escolher.

— Eu beijei um garoto na praia. Eu lembro disso.

— Beijou. Você beijou um garoto na praia. E você tem dezoito anos. É adulta e tem opções. O dr. Epstein vai encontrar a gente em Paris de novo, se você quiser conversar com ele de verdade. Eles não podem mais te obrigar a ficar aqui.

Sorrio para ela. Embora não saiba muito sobre nada, sei que tenho uma história. Sei que ela não acabou. Há nuances e sombras de aventuras, pessoas e novos lugares. Não sei o que Paris tem a oferecer nem o que o dr. Epstein pode fazer, mas quero estar lá para descobrir.

— Sim — falo em voz alta. Olho para minha mão. Leio as palavras escritas nela. Olho para Paige e falo em voz alta: — *Flora... seja corajosa.*

Regras de vida da Flora

Não entre em pânico, porque provavelmente está tudo bem, e, se não estiver, o pânico só vai piorar as coisas.

É sempre bom comprar o assento da janela, porque assim você pode saber onde está.

Seja corajosa.

Não entre no território dos ursos-polares.

Viva o momento sempre que puder. Não é preciso ter memória para isso.

Se você tem pele ruim, pode desviar o olhar das pessoas usando batom.

Não coma baleia.

Não beba cerveja porque dá enjoo.

Não vá para Svalbard no inverno.

Se encontrar um gato sem orelhas, você deve levá-lo para casa.

AGRADECIMENTOS

Este livro não existiria sem uma série de pessoas fantásticas. No lado editorial, foi incrível trabalhar com os nomes a seguir, e eu me sinto extremamente sortuda:

Lauren Pearson, Steph Thwaites, Ruth Knowles, Tig Wallace, Annie Eaton, Liza Kaplan, Talia Benamy, Natasha Collie, Clare Kelly, Wendy Shakespeare, Rebecca Ritchie e Emma Bailey, e o restante do time na Penguin Random House e na Curtis Brown.

Kate Apperley fez uma doação para a CLIC Sargent, como parte do leilão que eles organizaram para crianças com câncer, e assim se tornou a tia do Drake.

O dr. Kevin Fong me auxiliou com o lado médico e me passou artigos sobre amnésia para ler; todos os erros e exageros são meus. O dr. Oliver Sacks também ajudou, mesmo sem saber, ao escrever livros tão inspiradores.

Apoio prático de todo tipo chegou de Adam Barr, Charles Barr, Nigel e Bridget Guzek, Lucy Mann e Kevin Ashton, entre outros.

No lado emocional, eu não poderia ter escrito este livro sem o apoio de Craig, meu parceiro de vida, escrita e tudo o mais, e sem as maravilhosas distrações fornecidas por Gabe, Seb, Lottie, Charlie e Alfie.

Impresso no Brasil pelo Sistema Cameron da Divisão Gráfica da
DISTRIBUIDORA RECORD DE SERVIÇOS DE IMPRENSA S.A.